Für Reinhard
mit den besten Wünschen
Killen McNeill
5. November 2023

ars vivendi Krimi

Killen McNeill stammt aus Nordirland. Er studierte Germanistik, war in den Jahren 1973/74 Austauschstudent in Erlangen und zog dann nach Franken. Seit 1976 arbeitet er als Fachlehrer für Englisch an der Haupt- bzw. Mittelschule Scheinfeld. Sein Kurzkrimi »Pfarrers Kinder, Müllers Vieh« wurde 2012 als Siegergeschichte der Jury im Wettbewerb um den Fränkischen Krimipreis ausgezeichnet. 2013 erschien bei ars vivendi sein Roman *Am Schattenufer*, 2015 folgte *Am Strom*.

Killen McNeill

Hassberg

Frankenkrimi

ars vivendi

Originalausgabe

Erste Auflage November 2019

GmbH & Co. KG, Bauhof 1,
90556 Cadolzburg

www.arsvivendi.com

Lektorat: Stephan Naguschewski
Umschlaggestaltung: FYFF, Nürnberg
Motivauswahl: ars vivendi
Coverfoto: © Rula Sibai / Unsplash
Druck: CPI books GmbH, Leck
Gedruckt auf holzfreiem Werkdruckpapier
der Papierfabrik Arctic Paper

MIX
Papier aus verantwortungsvollen Quellen
FSC www.fsc.org FSC® C083411

Printed in Germany

ISBN 978-3-7472-0097-1

Hassberg

NNMH

Erster Teil

Der Todesvogel

Samstag, 19. Mai 2018, 4:58 Uhr

Früher starben die Leute im Dorf Hassberg daheim; sie siechten oft tagelang dahin und lagen auch nachts bei offenem Fenster. Der Ort war von Wäldern umzingelt; Waldkäuze gaben ihren Ruf in der Nacht von sich. *Ku-witt* riefen sie. »Kumm mit« haben die Hassberger in ihren Häusern gehört und es als Aufruf an die Dahinsiechenden verstanden. Wenn morgens die Seele entwichen war und die Kranken mit aufgerissenen Augen tot im Bett lagen, dann wussten die Familien, dass ihre Angehörigen dem Todesruf des Waldkauzes gefolgt waren.

Jetzt ist es finstere Nacht im Rauenwald oberhalb von Hassberg. In der Baumhöhle einer Buche sitzt ein Waldkauz und beobachtet die Szenerie unter sich. *Ku-witt* ruft er, als sich von links und rechts zwei Paar Lichtkegel von Taschenlampen aufeinander zubewegen. Nur er sieht alle vier; sie nähern sich von verschiedenen Seiten des Bergkamms.

Ku-witt.

Ku-witt. Kumm mit.

Unter dem Waldkauz kommen sich die zwei Menschenpaare in der Dunkelheit immer näher. Noch wissen sie nichts voneinander, aber bald würden sich ihre Lichtkegel kreuzen. Dann gehen auf einmal zwei von ihnen aus.

Ku-witt. Kumm mit.

Lautlos erhebt sich der Waldkauz in die Nachtluft.

Nicht die Nachtigall

Samstag, 19. Mai 2018, 5:18 Uhr

»Was war denn das?«

»Eine Eule. Hat wahrscheinlich eine Maus erwischt. Also, ich finde, wir könnten uns duzen, jetzt, wo wir die Morgendämmerung im Wald miteinander verbringen. Ich bin der Siegfried.«

»Ja, das weiß ich schon, Siegfried. Und ich bin die Sieglinde.«

»Passt irgendwie gut zusammen, findest du nicht? Da, das war sie, die Nachtigall, hast sie gehört? Und da noch mal. Geh mal her und schau in die Richtung. Deine Augen müssten sich langsam an die Dunkelheit gewöhnt haben, die Taschenlampen sind ja schon ein bisschen schwach. Da siehst du sie auf ihrem Ast sitzen. Komm, geh her, stell dich vor mich hin, ich halte dich fest. Jetzt schau meinen Arm entlang. Siehst du sie?«

»Ach Gott. Es ist so dunkel.«

»Aber es wird schon heller. Du schaust zu weit nach oben. Da unten ist er, auf dem Haselstrauch. Links vor der Eiche.«

»Wie du dich auskennst. Ja. Jetzt sehe ich ihn. Ach Gott. Wie romantisch. Der kleine Kerl. Süß.«

»Gell? Ich hab dir wirklich nicht zu viel versprochen, oder?«

»Nee. Schön.«

»Das Aufstehen hat sich doch gelohnt, oder?«

»Auf jeden Fall.«

»Das ist das Nachtigallmännchen. Das singt, weil es einsam ist. Das singt sein schönstes Lied für eine Unbekannte.«

»Ich habe gar nicht gewusst, dass du so eine dichterische Ader hast.«

»Ich weiß, wie's ihm geht. Mir geht es auch so.«

»Jetzt übertreibst. Du bist doch verheiratet.«

»Ach, weißt du, Sieglinde, in einer Ehe kann man auch einsam sein.«

»Deine Frau ist doch nett.«

»Für so etwas wie das hier hat sie gar keinen Sinn. Um vier Uhr aufstehen und in den Wald gehen. So etwas findet sie spinnert. Was ich dich fragen wollte, Sieglinde, hast du eigentlich einen Freund?«

»Nee, mit dem Beruf ist es auch nicht so einfach. Männer tun sich schwer damit. Es schreckt sie ab, wenn sie hören, was ich bin.«

»Das verstehe ich überhaupt nicht. So gut, wie du aussiehst. Pass auf, jetzt kommt die Dämmerung, siehst du es? Da, durch die Bäume, die Sonne.«

»Mensch, ich bin so froh, dass du mich überredet hast, mitzugehen. Es ist so schön, wie der Wald jetzt zum Leben erwacht.«

»Mmh, du riechst gut. Wie wär's mit einem Kuss, Sieglinde? Zur Verbrüderung.«

»Aber Siegfried. Wo ich doch deine Pfarrerin bin.«

»Ist doch gut, wenn die Pfarrerin sich mit dem ersten Kirchenvorstand gut versteht.«

»Na, wenn man das so sieht ... Was war das? Das war nicht die Nachtigall. Das war mehr, ich weiß nicht, mehr wie an der Kasse von einem Supermarkt.«

»Hier gibt es doch keinen Supermarkt.«

»Aber du hörst es doch auch. Da, schon wieder.«

»Verdammt. Das sind bestimmt solche Schatzsucher mit ihren Sonden.«

»Da, schau, Taschenlampen. Oh Gott. Wenn man uns hier sieht, was wird man denken? Und überhaupt, wenn man unsere zwei Autos nebeneinander am Parkplatz sieht. Ich gehe besser zurück.«

»Bleib doch da, Sieglinde. Gleich kommen die anderen Vögel dazu.«

»Nee, das ist mir jetzt zu riskant.«

Sieglinde ist fort.

Verflucht und zugenäht. Jetzt, wo er sie fast so weit hatte. Das mit der Nachtigall ist normalerweise eine sichere Sache. Da schmelzen sie dahin, die Weiber, die sich früher so gestellt haben. Früher hätte so ein Weib wie die Sieglinde ihn gar nicht wahrgenommen. Und früher hätte er sich an so ein Weib gar nicht herangetraut. An so ein besseres Weib. Hätte nicht gewusst, was man so sagt. Aber inzwischen ist aus dem Siegfried ja auch etwas Besseres geworden. Jetzt schauen ihn die Frauen ganz anders an, wo er Ortssprecher, Kirchenvorstand, größter Bauer im Ort ist und so ein Auto fährt.

Sagen wir es, wie es ist, jetzt, wo er viel Geld hat.

Jetzt muss er sich gar nicht mehr so anstrengen, jetzt fallen ihm auch solche Weiber wie reife Äpfel in den Schoß. Auch jüngere Frauen. Und dann kommen solche Deppen mit ihren Metalldetektoren dazwischen. Na, denen wird er es zeigen.

Es pingt tatsächlich wie ein Codescanner an der Kasse, immer lauter, immer näher. Dazu das Rascheln von Turnschuhen im Laub. Und da wischen Lichtkegel über den Waldboden. Jetzt hört Siegfried die Stimmen.

»Sachma, kannste nich gleich ausschließen, dass dett Drecksding alle Kronkorken und Bierdosen ufffindet?«

»Nee, weeste, dett is ja dit Problem. Wenn man de Toleranz so anhebt, dann reajiert dit Jerät jar nich mehr. Dann lieber die paar Kronkorken in Koof nehm und dett Jold von de Nibelungen gleech dazu, verstehste?«

Berliner. Um Mitternacht losgefahren, damit sie hier in der Morgendämmerung loslegen können und dann abhauen, bevor sie jemand erwischt.

Und schon sind sie da, auf der Lichtung, und die Taschenlampen wandern über Siegfrieds Lederschuhe, über seine Brax-Hose, seine Lederjacke und hinauf zu seinem Gesicht. Er hält die Hand davor.

»Ey, Alter, wat iss'n dit?«

»Mach das Scheißding aus!«, ruft Siegfried.

»Immer mit de Ruhe, Meesta.«

Die Taschenlampen gehen aus. Als seine Augen sich wieder an die Dunkelheit gewöhnen, schälen sich zwei austauschbare junge Männer heraus, in Cargohosen, Anoraks, mit Wollmützen, Bärten. Einer hat einen Metalldetektor, der jetzt um seine Fesseln baumelt. Der andere hält einen Spaten.

»Was habt ihr hier zu suchen?«, fragt Siegfried.

»Hier in Jottwedeh? Na, wat man so sucht, Meesta. Münzen, keltischen Schmuck, Kriegsjeräte und dit allet.«

»Und dett Jold der Nibelungen«, fügt der andere dazu.

»Und warum so früh?«

»Na, der frühe Vogel, weeste.«

»Dass euch keiner erwischt, glaub ich eher.«

»Nu mach nich so n Jewese!«

»Sachma, wat jeht dir dett an? Watt bist du'n für n Fatzke? Biste hier der Obermacka, oda wat?«

»Ich bin der, dem dieser Wald gehört. Ich bin der, den ihr um Erlaubnis hättet fragen müssen. Ich bin der, der gleich die Polizei anruft und euch abholen lässt, wenn ihr nicht sofort verschwindet. Der bin ich.«

»Ach, dett biste.«

»Dett isser.«

»Hörma, ick gloob, der is tatsächlich der Obermacker.«

»Gloob ick och.«

»Wolltest du dich nich drum kümmern?«

»Um wat?«

»Na, um die Jenehmijung, du Nille!«

»Ach, die Jenehmijung! Nee. Dit warst immer du.«

»Na, sieht so aus, als ob wir tatsächlich nen kleenen Fehler in de Planung hamm. Weeste watt? Ick gloob, wir machn lieba n Abjang.«

»Jute Idee.«

Die zwei kehren um.

»Wie tief geht das Ding überhaupt?«, fragt Siegfried.

»Wat?«

»Bis wie tief könnt ihr etwas aufspüren?«

»Na, dit kommt druff an. Wat willste denn find'n? Jold? Metall? Eene Leiche? Wat? Kiek net so. War nur een Spaß.«

Der andere schüttelt mit dem Kopf. »Eene Leiche spürt dit sowieso nich uff. Da könnte eene Leiche oben liejen, dit Ding macht keenen Piepser.«

»Ick meene nur.«

»Vielleicht ne Leiche mit viel Joldplomben im Mund.«

»Metall, zum Beispiel«, sagt Siegfried. »Stahl, so was. Ja, aus dem Krieg zum Beispiel.«

»Der hier jeht nur bis sechs Zentimeta. Aber es jibt andere, die jehen bis zwee Meta. Aber grabe mal zwee Meta, Meesta. Da biste erschossen.«

»War nur eine Frage. Und jetzt schaut, dass ihr wegkommt.«

»Allet klar, Meesta.«

»Nix für unjut. Sachma, steht hier überall um fünf so een Obermacka herum und passt oof?«

»Haut ab!«

Zwei Meter. Scheiße. Da hat er natürlich nicht daran gedacht, damals, vor vierunddreißig Jahren. Na, es hilft alles nichts. Der muss jetzt gleich behoben werden, der Fehler von damals. Bevor die ganzen Wanderer und Rentner und Freizeitdeppen hier oben alle unterwegs sind. Siegfried läuft zu seinem Geländewagen zurück, einem Mercedes-AMG G 65, den er extra für den Ausflug waschen und polieren hat lassen.

Alles für die Katz.

Inzwischen ist es taghell. Er holt einen Spaten vom Laderaum und stapft zurück in den Wald, in seinen Wald. Wo war das wieder genau? Damals ist er mit dem Bulldog samt Anhänger und Minibagger hochgefahren. Das geht jetzt nicht, würde zu viel Aufsehen erregen. Also alles mit der Hand. In seinen schönen Schuhen, Hose und Lederjacke. Scheiße und noch mal Scheiße. Es war auf jeden Fall links vom Wanderweg, ein ganzes Stück. Da war doch immer so ein besonderer Stein mit einem Hexengesicht. Genau, der hier. Und jetzt ein ganzes Stück nach unten, wohin keiner mehr von dem Weg oben aus sehen kann. Also hier irgendwo muss es gewesen sein, bei diesen Fichten, die damals ganz klein waren. Die Jungs vom Dorf haben sich jahrelang an ihnen bedient, kurz vor Weihnachten. Haben sich eingebildet, der Siegfried kriegt das gar nicht mit. Und? Hat sich der Siegfried aufgeregt? Ist er etwa zur Polizei gerannt und hat die angezeigt? Und hat man ihm dafür gedankt?

Na also.

Und jetzt eben ein Stück nach hinten, ins Unterholz, nicht, dass einem beim Fichtenklau etwas auffällt.

Also hier. Wenn, war es ein guter Ort, weil der Boden aussieht, als wär hier seit hundert Jahren kein Mensch zugange gewesen.

Knirsch. Vorsicht jetzt, ganz langsam, etwas Grünlich-Weißes erscheint, aha, das müsste es sein, genau, der Schädel, jetzt vom Spaten eingedrückt. Mensch, so ein Pech, hätte es nicht das Rückgrat sein können, jetzt muss er alles nach unten ausheben. Es geht hier nur um die Taille. Alles andere ist scheißegal.

Die Lederjacke hat er über einen Ast gehängt, aber seine Schuhe, Hose und Hemd sind voller Dreck und er selbst ist ganz verschwitzt. Er hat sich seine morgendliche Anstrengung anders vorgestellt. Seiner Frau braucht er meistens nicht viel zu erklären, seine kleinen Ausflüge sind ihr wurscht, aber für das hier muss er schon eine Erklärung finden, weil es zur Sparte Ordnung gehört. Er kann ja wohl schlecht heimlich die Waschmaschine füttern. Außerdem weiß er gar nicht, wie sie funktioniert.

Also, was ist denn passiert? Na klar, Reifenpanne im Wald, Reifenwechsel.

Der Schädel ist jetzt freigelegt. Eingeschlagene Stirn, leere Augenhöhlen, der Unterkiefer hängt weg, als ob die Leiche lauthals lacht.

Grins nicht so, du Trottel. Hast dir damals Wunder was eingebildet, was du mir anhaben kannst. Und, hat es dir was geholfen? Niemand hat jemals nach dir gesucht oder gefragt. Nicht einmal vermisst haben sie dich. Kein Hahn hat nach dir gekräht. Hast immer so einen Schneid bei den

Weibern gehabt. Alle wollten sie was von dir. Bloß weil du Gitarre gespielt, gesungen und mit deinen langen Haaren um dich geworfen hast. Und wo sind die jetzt? Was meinst du, wie viele Weiber ich gehabt habe, in den ganzen Jahren, wo du da liegst? Und alles bloß, weil du gemeint hast, du könntest deine Nase in die Angelegenheiten anderer Leute stecken. Schau bloß, was von dir übrig geblieben ist. Wie armselig du da liegst. Von deinen Kleidern keine Spur, von deinem ganzen Scheißangeber-Ami-Zeug, alles verrottet. Dein Brustkorb total zusammengefallen. Das Rückgrat, das so etwas einen Menschen zusammenhalten kann, Wahnsinn. Vorsicht jetzt hier, sachte, sachte, aha, dachte ich mir, der breite Angebergürtel ist noch da, Leder, klar. Und da ist er. Der Riesenklunker von einer Schnalle. Harley-Davidson mit einem Totenkopf drauf. Passt zu deinem eigenen Totenkopf. Habe ich mir doch richtig gemerkt. Wenigstens habe ich mich nicht getäuscht, und das Graben hat sich gelohnt. Ob ein Detektor so etwas tatsächlich aufspüren kann? Egal. Der Kerns Siegfried ist nicht da, wo er jetzt ist, weil er etwas dem Zufall überlässt. Also Gürtel mit Schnalle rausholen, igitt, das Becken fällt zusammen. So, jetzt wirst du wieder zugeschüttet, und obendrauf schichte ich Laub und Geäst und niemand wird jemals daraufkommen, dass du da drunterliegst.

Jetzt grinst du immer noch so, als ob du was weißt, was ich nicht weiß. Lachst dich ganz scheckert.

Gar nichts weißt du. Oder doch? War da was? Wolltest du noch was sagen? Ich höre. Letzte Chance, nein?

Mit dem Spaten haut Siegfried mitten hinein in den Schädel. Es knirscht wie bei einem Axthieb in morsches Holz, Knochensplitter und Zähne fliegen auseinander. Siegfried bleibt gebückt über dem Grab stehen und schnauft tief ein; dann steigt in ihm eine Springflut der Wut hoch, eine altbekannte Wut aus seiner Kindheit und Jugend. Sie breitet sich in ihm aus wie ein lange nicht gesehener Gast in einem vertrauten Gemäuer, und er drischt auf das Skelett ein wie ein Berserker, bis das Grab wie ein klein gehackter Salat aussieht und seine Kleider, seine Hände und sein Gesicht mit grün-weißen Spreißeln und braunen Erdklumpen zugekleistert sind.

Ku-witt.

Gras über die Sache

Sonntag, 20. Mai 2018

»Kilian.«

»Hallo, Lena. Ich bin's, der Eddi. Kennst mich noch?«

»Eddi? Ich kenne keinen Eddi.«

»Pumpernickelwürfel? Russische Eier? Fliegenpilze? Tutti-Frutti-Pudding? Na? Mensch, Lena, Kochen am Sonntagnachmittag bei der Helga!«

»Ach Gott, doch nicht Eddi Caspar?«

»Ja, ja, genau der. Der Hanswurst.«

»Meine Güte, Eddi, ist das lange her. Das Letzte, was ich von dir gehört hab, war, dass du in Berlin so Jingles gemacht hast für Werbung.«

»Genau, da bin ich noch, mit dem Konzertpianisten ist es nichts geworden. Hab zu spät mit dem Klavierspielen angefangen. Aber von den Jingles kann ich sehr gut leben. Kennst du den?« Er summt ein paar Takte durch das Telefon.

»Oh Gott, ja. Warte, das mit dem alten Kerl im Bett: *Hast du Kontineasy zu Haus, musst du nachts dann nicht mehr raus*. Ist das von dir?«

»Ja, das hat dann die Australienreise letztes Jahr bezahlt. Oder das, hmm-hmm-hmm-hmm-hmm?«

»Ich hab's gleich. Der Elektromarkt. *So blöd sind nur wir?*«

»Fast. *Wie blöd kann man sein*. Das war mein Peugeot iOn. Wie geht's dir, Lena?«

»Gut, gut. Mein Mann ist vor zwei Jahren gestorben und ich bin alleine, aber es geht mir inzwischen ganz gut. Wir waren einundvierzig Jahre lang verheiratet, die meisten davon waren schön, und wir haben drei Kinder, denen geht's auch gut, was will man mehr. Also, das ist die Kurzfassung. Das ist ja eine Überraschung. Ich habe oft an dich gedacht. Wie geht es dir? Du hast dich ja nie mehr gemeldet.«

»Mir geht es auch gut. Ich bin auch alleine, mein Freund ist vor drei Jahren gestorben. Wir waren immerhin einundzwanzig Jahre zusammen. Ich bin ja schwul, ich war's damals schon, ich hab's mir ja nicht ausgesucht, nur war es nicht so einfach, damals in Hassberg, mit dem ganzen Fußball und der Kirchweih und der Freiwilligen Feuerwehr und den Schlachtschüsseln und was es alles so gab.«

Sein Brummbass ist ein paar Töne tiefer als früher, aber während er weiterspricht, sieht Lena den jungen Eddi immer klarer vor sich; dünn, hochgewachsen, lange, dunkle Haare, die er so gerne mit der Hand nach hinten wischte, und wie er dann dazu schaute, wie die ganzen Kerle damals auf den *Bravo*-Bildern. Die dicke Brille, den ausgeprägten Adamsapfel, sein scheues Lächeln, seine Klassikplatten unter dem Arm und seine Töpfe im Rucksack. Wie schaut er jetzt aus? Stellt er sie sich jetzt auch vor, wie sie damals war, auf der Schwelle zur Frau, fohlenhaft, die langen, schwarzen Haare? Und der bäuerliche Unterkiefer, auf dem sich ein Lächeln richtig ausbreiten kann, das Lächeln, das ihr jahrelang abhandenkam. Sie ist immer noch schlank, aber die Haare sind jetzt zu einem rot gefärbten Pixie-Cut geschrumpft. Und das Lächeln? Sie schaut in den Spiegel neben dem Telefon und lächelt. Ja, ist wieder da. Aber von Krähenfüßen begleitet.

»Schwul, ja, das dachte ich mir schon«, sagt sie. »Nicht damals, da wäre ich nicht daraufgekommen, da wusste ich gar nicht, dass es so was gibt. Aber später. Da habe ich mir gedacht, der Eddi, klar war der schwul. Aber wieso Schlachtschüsseln, was hat das damit zu tun?«

»Weiß ich auch nicht so genau. Ich kenne hier auf jeden Fall keinen Schwulen, der eine Schlachtschüssel isst.«

»Na ja, wird wohl nicht so einfach sein in Berlin, oder? Weiß dort überhaupt jemand, was eine Schlachtschüssel ist?«

»Stimmt auch wieder.«

Lena muss lachen. »Schön von dir zu hören, Eddi.«

»Ja, Mensch, Lena.«

»Mensch, Eddi.«

»Es wäre schön, wenn wir uns wieder mal sehen könnten, Lena. Deswegen rufe ich eigentlich an. Hast du mitgekriegt, was die in Hassberg inzwischen aufgezogen haben mit dem Sonnwendfeuer? Auf dem Falkenstein, wo wir früher gegrillt haben. *Is Falkenstaafeier – ich bin dabei?*«

»Ich habe schon gehört, dass das inzwischen ein Riesending ist. Aber ich geh nicht nach Hassberg. Ich bin seit damals nie mehr dort gewesen. Du weißt schon, warum. Erinnerst du dich an die Kirchweih 1970?«

»Ja, ja, ich weiß schon. Aber es ist ja ewig her. Wäre es nicht lustig, zusammen da hinzugehen? Das muss ein Riesending sein, da oben auf dem Herrgottsgarten. Letztes Jahr war sogar bei uns in Berlin eine Sendung darüber, und ich hab das auf Facebook verfolgt. Da kommen die Leute von überallher. Das Feuer sieht man bis Schweinfurt und Iphofen. Dieses Jahr habe ich mir gedacht, ich geh mal hin, und dann bist du mir eingefallen. Na, was sagst du, Lena? Die anderen sind mir wurscht, aber mit dir würde ich hingehen. Wir haben uns doch damals gut verstanden. Du bist eigentlich die Einzige, die ich noch sehen will. Wir brauchen uns ja gar nicht bei den anderen zu erkennen geben.

Wahrscheinlich kennen wir sowieso niemanden mehr dort. Und uns kennt eh keiner mehr.«

»Na ja, ich möchte dich auch wiedersehen. Es wäre kein Problem, da hinzugehen, ich bin ja als Reporterin für die *Schweinfurter Nachrichten* unterwegs, und wir sollen jemanden hinschicken. Bisher habe ich es vermieden, nach Hassberg zu gehen, ich habe immer geschaut, dass die mich woanders einteilen, aber vielleicht hast du recht, und es ist wirklich Zeit, Gras über die Sache wachsen zu lassen. Hast du jemals wieder etwas von Helga und Ingrid gehört?«

»Von Helga weiß ich nichts, Ingrid geht's, glaub ich, gut. Sie hat den Siegfried geheiratet, Kinder gekriegt, hat den großen Bauernhof, alles, was sie wollte.«

»Doch nicht den Siegfried?«

»Ja, den Siegfried.«

»Gott. Wenn ich den Namen höre, wird's mir schon schlecht. Das mit dem Gras ist vielleicht doch nicht so einfach.«

»Und wie wär's mit ›den Tatsachen ins Gesicht sehen‹? Oder mit ›die Wahrheit ans Licht bringen‹?«

Lena schnauft tief durch. »Ja, vielleicht hast du recht.«

Hannah

Samstag, 16. Juni 2018

Zum Walter darfst du gehen, aber nicht weiter, hat Oma gesagt. *Mach dem Walter einen schönen bunten Salat, so wie ich es dir gezeigt habe*, hat Mama gesagt. *Aber Vorsicht vor den Stacheln. Und pass auf die Autos in der Gasse auf. Ja, und denk dran, nicht weiter als bis zum Walter*, hat Oma gesagt.

Die Mama und die Oma sind jetzt fort, Oma ist zu Hause bei Opa und Mama ist im Krankenhaus, sie bekommt ein Kind, und dann kommt sie wieder. Es wird ein Junge sein, er hat schon einen Namen, obwohl er noch gar nicht draußen ist, Benjamin heißt er, und Hannah muss ihn lieb haben, sagt die Mama. »Warum?«, hat Hannah gefragt.

»Du hast doch den Walter lieb«, hat die Mama gesagt. »Und genauso wirst du Benjamin lieb haben.«

»Können wir nicht den Walter zu uns holen und den Benjamin im Krankenhaus lassen?«

»Ach, Hannah, das ist jetzt halt so.«

Das ist jetzt halt so. Der Satz wirkt in Hannah nach. Sie geht die Hintertreppe hinunter zum Garten. Ihr blondes Haar ist in zwei Schwänzchen links und rechts gebunden und schwankt mit ihrem runden Kopf bei jedem Schritt mit. Der Garten breitet sich vor ihr aus; ihr Reich. Letztes Jahr war er aber viel größer; ein Feld, vor zwei Jahren war er riesig; ein Universum. Das ist ihre früheste Erinnerung; sie sitzt im Garten, die Beine ausgebreitet, ein Knie aufgeschürft von einem vergessenen Sturz, der Schorf ist schön trocken und weiß; sie zupft daran und er lässt sich wunderbar in einem Stück abziehen. Die Mama hat sie abgestellt, links in ihrem Blickfeld hängt sie Wäsche vor dem Treibhaus auf, von rechts kommt Walter durch das Gras auf sie zugehoppelt, schwarz mit seinen weißen Innenohren. Er ist aus seinem Gehege entkommen. Seine Ohren wedeln. Hannah verhält sich ganz still. Er kommt ganz nah heran und schnuppert an ihrem Gesicht. Seine Nasenlöcher sind riesengroß und rosafarben und bewegen sich rauf und runter und hin und her. Dann legt er sich neben sie hin, fast so groß wie sie, und sie spürt seine Wärme und wie sein Körper beim Schnaufen bebt.

Heute Nachmittag wird Papa den Rasen mähen, aber jetzt ist er schön hoch, da ist er ihr am liebsten, da verschwinden ihre nackten Füße darin und die bunten Blumen trauen sich, aus dem Grün zu schauen. Sie bleibt jetzt stehen in ihrem blauen Röckchen und dem Walter-T-Shirt, wo der Walter vorne drauf ist, hat ihre Mama letztes Jahr zum Geburtstag gemacht und ist vom Internet gekommen. Jetzt ist es ihr zu eng, aber es ist immer noch ihr Lieblingsshirt. Hannah schaut hinunter zum Walter auf ihrem Bauch und gurgelt vor Lachen, weil das Gras weiter darunter ihre Füße versteckt und es aussieht, als endeten ihre dicken, nackten Beine an den Fesseln. Ein Dickerchen ist sie, sagt ihr Opa, schau die Bäckli an, mein Lieber, wie sie runterhängen, das hat sie nicht von seiner Seite, sondern von der Familie ihres Vaters, von den Melbers. A Melberla ist sie halt, sagt der Opa. Die sind alle so. Kein Wunder, wie die so fressen. Die Oma war schon so dick, dass sie, wie sie einmal in Haßfurt in die Telefonzelle zum Telefonieren gegangen ist, ein Weckla mit zwei Bratwürsten mit reingenommen hat, es gegessen hat und dann nimmer rausgekommen ist, und die

Feuerwehr musste die Telefonzelle mit der Rettungsschere aufsägen. Sagt der Opa. Papa sagt, das stimmt gar nicht. Der Opa macht bloß wieder Quatsch.

Sind die Melbers alle so dick, weil sie so viel fressen, oder müssen sie so viel fressen, weil sie so viel Hunger haben?, fragt sich der Opa. Und dass du mir fei nicht so fett wirst, sagt der Opa zu Hannah. Ihr macht das nichts aus, wenn der Opa so redet. Das ist doch bloß der Quatschopa. Der Walter hat auch immer so einen Hunger. Dem hängen die Bäckchen auch so runter, und da sagt keiner was.

Wo sind jetzt die Farbtupfer, die der Walter so gerne frisst? Da, viele Weiße mit gelben Knöpfchen. Sie heißen Kamele, aber sie schauen gar nicht so aus. Hannah pflückt einige mit ihren Blättern und legt sie vorsichtig in ihre blaue Plastikdose. Ein paar Schritte weiter holt sie die ganz Gelben; die Löwenzähne, die auch nicht so ausschauen wie die Zähne von Löwen im Tiergarten, wenn sie gähnen. Jetzt die grünen Blätter von Mamas Beet unter dem Küchenfenster, vom Peterla, das auch nicht wie ein Peter aussieht. Weißgelb, gelb, grün. Das Rote fehlt noch, ja, die Bären, die Himmelbären von der Hecke draußen, die gar nicht blau sind, sondern rot. Hannah geht durch die offene Gartentür hinaus zum Weg hinter dem Haus und läuft hinüber zur anderen Seite. Der lose Kies in der Mitte des geteerten Wegs sticht in ihre nackten Fußsohlen, aber da hat sie schon Hornhaut. Da sind aber keine Himmelbären mehr, jetzt fällt es Hannah wieder ein, sie hat sie alle gegessen, gestern. Oma hat geschimpft, weil das weiße T-Shirt ganz rot war vor lauter Bären. Keine Himmelbären mehr für Walter, oje. Dabei mag er sie so gerne.

Aber wo ist dem Walter sein Stall? Er war doch immer gleich hinter Mamas Garten, in der Wiese nebenan. Ach, da steht er, weiter oben in der Wiese, weiter um die Ecke, neben dem Haus, wo der Mann manchmal herausschaut. Walter hat ein neues Haus.

Es raschelt. Walter steht auf seinen Hinterfüßen, fasst das Gitter seines Geheges mit seinen Vorderpfoten und schaut die Gasse hinunter zu ihr.

»Hallo, Walter.« Hannah deutet auf ihr T-Shirt und läuft auf ihn zu. »Guck, das bist du.« Auch die Gasse ist geschrumpft, seit sie mit der Mama das erste Mal zum Walter gelaufen ist, da ging ihr die Böschung an der Gassenseite fast zum Kopf, und jetzt ist sie nur noch bauchhoch.

Sie ist schon am Gehege. Und Walters tropfende rosa Nase stupft am Gitter. Hannah steigt auf die Böschung, um über das Gitter reichen zu können, weil die Löcher im Gitter zu kleinmaschig sind, um die Blätter durchzuschubsen. »Kamele, Löwenzähne und Peterla«, belehrt sie den Walter und holt die Blüten aus der Plastikdose. »Aber keine Himmelbären. Das ist jetzt halt so.«

Dem Walter fällt scheinbar auch nichts ein gegen dieses älteste aller Totschlagargumente. Er streckt die Vorderpfoten hoch am Gitter, beschnuppert das Grünzeug in Hannahs Hand und frisst es. Es kitzelt, ist warm und nass. Walter macht ein gurrendes Geräusch. Hannah lacht und schaut hoch. Und da sieht sie die Himmelbären. In der Hecke vom nächsten Garten. Rot glänzen sie aus dem Grün heraus.

Nicht weiter als bis zum Walter. Aber der arme Walter mag doch die Himmelbären so gerne. Und es ist nicht viel weiter, nur ein paar Schritte. Mama ist ja nicht da.

»Warte mal, Walter«, sagt Hannah. Eins – zwei – drei – vier ... Sie zählt die Schritte zur nächsten Hecke – fünf – sechs – sieben – acht – neun – zehn – elf – zwölf ... Schon da. Und da ist auch ein Zaun, auf den sie aufsteigen kann, um besser an die Himmelbären zu kommen. Sie braucht beide Hände, also klemmt sie die Plastikdose unter dem Kinn ein. So. Oben. Sie greift nach den Beeren und die Plastikdose fällt von unter ihrem Kinn auf die Hecke. Sie versucht, die Dose mit den Händen zu erreichen, aber sie rüttelt nur an der Hecke und die Dose rutscht durch und landet klappernd auf der Innenseite der Hecke. *Scheißikackarsch*, sagt Hannah leise. Das sagt der Sinan im Kindergarten. Susi schimpft dann. Aber irgendwie gefällt es Hannah, wenn Sinan es sagt. Sie steigt wieder hinunter. Wenn sie der Mama sagt, wo die Dose ist, wird Mama wieder schimpfen. Ah, da ist eine Gartentür, fünf Schritte noch. Ein rostiges Ding, nur angelehnt. Hannah stemmt ihren pummeligen Körper dagegen und sie geht quietschend auf.

Ein neues Reich öffnet sich. Hier mäht aber kein Papa den Rasen, und hier räumt keine Mama auf und pflanzt Beete. Aus dem verwilderten Rasen ragen zwei alte Autos, die langsam in sich zusammenfallen und ihre zerschlissenen Sitze nach außen quetschen, eine braun befleckte Badewanne, einige ausgebaute Fenster und ein Haufen Kacheln. Dahinter steht ein Wohnhaus, dem hinten eine Küche aus roten Backsteinen angebaut wurde, mit hässlichen, vergilbten Gardinen. Haben die gerade gewackelt? Hannah bahnt ihren Weg vorsichtig an allem vorbei.

Zu so was sagt der Opa »Geschlamp«.

Da liegt die blaue Dose. Sie bückt sich und hebt sie auf. Direkt vor ihr, in der Ecke, liegen versteckt die Himmelbären. Ganz weich und süß sehen sie aus. Mmmm. Einer für Walter, einer für Hannah. Sie lassen sich ganz locker nehmen. Einen schiebt sie sich in den Mund und drückt ihn mit der Zunge gegen den Gaumen. Der süße Saft läuft ihr die

Kehle hinunter. Mmmm. Jetzt pflückt sie drei für Walter und legt sie in die Dose.

»Hab ich dich!« Zwei Hände umfassen ihre Waden von hinten. Große Hände mit Schwielen, die in Hannahs pummelige Waden drücken. Sie versucht, sich umzudrehen, aber die Hände lassen sie nicht los.

»Wem gehörst denn du?« Die Stimme ist fistelig und trotzdem rostig, wie die Geräte im Garten, eine Stimme, die nicht oft gebraucht wird. »Wie heißt du?«

»Hannah.«

Die Hände lassen los.

Sie dreht sich um. Der Mann ist klein und dünn, ein Bauch schaut aus seinem karierten Hemd wie eine Kanonenkugel. Bleich ist der Mann, hat eine Glatze und schwitzt durch ein unrasiertes, von tiefen Falten zerfurchtes Gesicht. Er ist alt, noch älter als der Opa, die Schulternähte an seinem Hemd hängen schon mitten an seinen dünnen Oberarmen.

»Gehörst du zu die Melbers?«, fragt er.

»Ja.« Hannah versucht zu lächeln, aber ihr Mund zittert.

»Und du kommst zu mir in den Garten und klaust meine Himbeeren?«

»Die sind für den Walter.«

»Für den ... ach, für den Hasen. Aber du hast doch selber welche gegessen. Wissen deine Eltern, dass du hier bist? Darfst du einfach in fremde Gärten gehen und Sachen klauen?«

»Ich hab doch bloß meine Dose geholt.«

»Und Himbeeren geklaut.«

»Da.« Hannah streckt ihm die Dose entgegen.

Der Mann betrachtet die Himbeeren argwöhnisch. »Die kann ich jetzt nimmer brauchen. Wissen deine Eltern, dass du hier bist?«

»Hannah!«, ruft eine Stimme.

»Das ist mein Papa«, sagt Hannah. »Ich muss jetzt gehen.«

»Wo ist denn deine Mama?«

»Die Mama ist im Krankenhaus und kriegt den Benjamin.«

»Aha«, sagt der Mann. »Dann gehe ich mit und sag deinem Papa, dass du bei mir im Garten warst und Himbeeren geklaut hast.«

Hannahs Gesichtszüge entgleisen und Tränen schießen ihr in die Augen. Wenn der Mann dem Papa sagt, dass sie weiter als bis zum Walter gegangen ist, kriegt sie zu ihrem vierten Geburtstag nächste Woche keinen Stoffwalter.

»Aha, der Papa weiß nicht, dass du hier bist. Also gut, ich sage nichts. Aber du musst mir versprechen, dass du wiederkommst. Versprichst du das?«

»Ja.«

Er betrachtet sie mit seinen Augen, die hell wässrig glänzen, wie Kieselsteine in einem Bach.

»Weißt du, der Walter gehört mir. Das ist mein Hase. Und ich kann mit ihm machen, was ich will. Ich kann aus ihm einen Hasenbraten machen, wenn ich will, und ihn aufessen. So ein Hase schmeckt doch gut.«

»Bitte nicht.«

»Aber nur wenn du nichts zu deinem Papa oder zu deiner Mama sagst, und nur wenn du wiederkommst. Verstehst du?«

»Ja.«

»Schöne Beine hast du, so fesche, stämmige.« Seine Hände umfassen noch einmal ihre Waden, dann rutschen sie hinauf zu ihren Knien. Seine Daumen drücken in ihre Kniescheiben, dann lässt er sie los. »Und jetzt gehst.«

In the Summertime

Sonntag, 4. Oktober 1970

In der Dämmerung kommt ein Mann aus dem Wald. Vor ihm liegt der Weinhang Herrgottsgarten und unterhalb davon das Dorf Hassberg, im Talende eingeklemmt, wie von einer großen Flut angespült. Dahinter breitet sich das Tal aus und öffnet sich zum Main, der in einer gemächlichen Kurve nach Westen fließt. Es ist ein beliebter Aussichtspunkt hier oben, viele Wanderwege kreuzen sich, und eine Bank steht zum Rastmachen bereit. Der Mann ist aber nicht wegen des Panoramas gekommen, nur ein kleiner Ausschnitt davon interessiert ihn. Er macht sich auf den Weg nach unten durch die Weinstockreihen.

»Mir ist langweilig«, sagt Helga. Sie liegt auf der linken Seite ihres Bettes, hält die Hände hinter dem Kopf gefaltet und starrt die Decke an. »Wenn ihr immer nur die *Bravo* bei mir lest, kann ich genauso gut alleine hier sein. Das nächste Mal verstecke ich sie.«

»Das dürfte nicht schwierig sein«, sagt Ingrid, die auf der anderen Bettseite liegt. »Schmeiß sie einfach in die Luft und lass sie fallen, man findet sie hier nie mehr.«

Helga richtet sich auf und schaut zu ihr hinüber. »Dann gehen wir halt jeden Sonntag zu dir, wenn da so super aufgeräumt ist.«

»Dürfen wir nicht«, sagt Ingrid.

»Eben«, sagt Helga und legt sich wieder hin.

»Ich lese keine *Bravo*«, sagt Eddi selbstgefällig. Er steht bei einer Kochplatte am anderen Ende des Zimmers, dünn und schlaksig, dunkle Haare nach vorne gekämmt, mit einer großen Hornbrille. So gebückt, wie er dasteht, sieht er von der Seite aus wie eine Soßenkelle.

»Nee«, sagt Helga. »Du kochst etwas, das wie der Waschtag früher bei der Oma riecht.«

»Du bist ein Banause«, sagt Eddi. »Oder eine Banausin. Das sind Artischocken. Ganz exklusiv sind die. Aus *Feinkost Edelmann* in Schweinfurt. Dazu eine Vinaigrette aus Dijonsenf und Weißweinessig. Aber was der Bauer nicht kennt ...«

»Du Hanswurst«, sagt Helga. So nennen sie ihn manchmal, weil sein Familienname Caspar ist.

»Ich bin gleich fertig«, sagt Lena. Sie liegt ebenfalls auf dem Rücken, in der Mitte des Bettes, zwischen Helga und Ingrid. Die *Bravo* kann sie nur bei Helga lesen. Erstens hat sie das Geld nicht und zweitens ließe ihre Mutter die Zeitschrift nicht ins Haus. Gerade liest sie *Sprechstunde bei Dr. Jochen Sommer*. »Hört zu. Da schreibt einer, Willi, 15, aus Emskirchen, dass die drei schönsten Mädchen aus seiner Klasse alle in ihn verliebt sind. Er schreibt: *Dauernd machen sie mir aus ihren verschiedenen Ecken im Unterricht schöne Augen, manchmal sogar gleichzeitig, sodass ich nicht mehr weiß, wo ich hinschauen soll.* Glaubt ihr, das stimmt?«

»Nie und nimmer«, sagt Helga. »Eingebildeter Schnösel. Das redet der sich bloß ein. Wahrscheinlich verarschen sie den bloß. Das wäre, wie wenn wir alle drei den gleichen Typ wollten. Das wäre eine Mischung aus Mick Jagger ...«

»Igitt«, sagt Lena. »Dem seine Lippen.«

»Genau«, sagt Helga. »Mick Jagger für mich, Barry Ryan mit seinen hässlichen Koteletten für dich ...«

»Süß sind die.«

»Wegen mir, also gut, eine Mischung aus Mick Jagger und Barry Ryan, und wen magst du, Ingrid?«

Ingrid liest schon seit einigen Minuten mit zerfurchter Stirn dieselbe Seite in der *Bravo*. Die drei Mädchen haben sich auf Helgas Bett, das mit Röcken, Blusen, Jeans und Pullis bedeckt ist, Platz freigeschoben. Diese Klamotten vermengen und verwursten sich mit der bunten Welle Kleider, die aus dem Inneren von Helgas offenem Schrank quillt und sich über den Boden rollt und gegen die darauf liegenden krummen, ineinandergefallenen *Bravo*-Stapel bricht. Die Kleider sind, wie die Bettdecke, die Wandtapeten und der Teppichboden, herbstlich bunt und mit Rauten, Trapezen und diversen Polygonen versehen, das ganze Zimmer ist ein Aufstand der Farben und Muster gegen das dörfliche Grau-Braun. Der Kampf spiegelt sich auch in ihren Kleidern wider. Helga und Lena jeweils mit einem roten Minikleid, einem rot karierten Rock und einem gelben Acrylpulli; Ingrid mit einem gestreiften Wollpulli, den sie selbst gestrickt hat, und einer zu kurzen Stoffhose. Der Schrank ist leer und erschöpft, als wäre es ihm von seinem bisherigen Inhalt, von den ganzen Farben und Mustern, plötzlich übel geworden.

»Ingrid?«

»Glaubt ihr, das stimmt, was die da schreiben, was alle Buben bei den Mädchen wollen?«, fragt Ingrid.

»Was schreiben die, dass die Buben wollen?«, fragt Lena.

»Fragen wir doch unseren Experten in Sachen Jungs, den Eddi Hanswurst«, sagt Helga. »Eddi, was ist dir bei den Mädchen wichtig?«

»Dass sie schön brav essen, was ich für sie koche, und nicht herumstänkern. Es ist nämlich gleich so weit.«

Eddi kocht leidenschaftlich gern, am liebsten Gerichte, die noch nicht Einzug in Hassberg gefeiert haben, vor allem vegetarische. Aber seitdem er die Küche von Helgas Mutter eingesaut hat – mit Champignons, Zwiebeln und Käse gefüllte Paprika –, darf er sie nicht mehr benutzen. Seitdem bringt er seine eigene Kochplatte und sämtliches Kochwerkzeug mit.

»Der Eddi zählt net«, sagt Ingrid. »Der ist net wie die anderen Buben. Sonst würde er nicht hier umeinanderkochen, sondern wäre auf dem Fußballplatz, wie alle anderen.«

»Umeinanderkochen«, grummelt Eddi.

Ingrid legt ihre *Bravo* weg, richtet sich im Bett auf und schaut die anderen zwei Mädchen streng durch ihre schwarze Schmetterlingsbrille an. »Also, noch mal, was glaubt ihr, dass die Buben bei den Mädchen wollen? Sagt.«

»Dass man nett ist?«, sagt Lena.

Ingrid schaut sie mitleidig an. »Das glaubst auch nur du. Vielleicht noch gute Noten in der Schule? Jetzt du, Helga.«

»Einen großen Busen, ganz klar«, sagt Helga. »Stimmt's, Eddi?«

»Nichts gegen einen großen Busen, nein, wenn der Charakter auch passt. Es ist wie bei den Artischocken. Die sind auch nichts ohne Vinaigrette. Und die haben wir auch gleich angerührt. So, liebe Freundinnen, gleich ist es so weit.«

»Also, ganz normal bist du nicht«, sagt Helga.

Ingrid plumpst mit dem Kopf zurück auf das Kissen und lässt die *Bravo* fallen. »Genau. Einen großen Busen wollen die. Alles andere ist ihnen wurscht. Da.« Sie deutet auf das gegenüberliegende Fenster oberhalb der Kommode. »Was seht ihr da?«

»Nichts«, sagt Helga. »Es ist doch schon dunkel draußen.«

»Eben«, sagt Ingrid. »Uns sieht man.«

Das Fenster spiegelt tatsächlich das Zimmerinnere wider; das ganze Chaos und mittendrin liegend die drei Mädchen, jetzt spiegelverkehrt, also links Ingrid, in der Mitte Lena, rechts Helga.

»An was erinnert euch das?«, fragt Ingrid.

»An einen Bombeneinschlag«, sagt Lena.

»Ich meine doch nicht die Kleider, ich meine uns«, sagt Ingrid. »Schaut unsere Busen an. Das ist doch genau wie das Bild im Erdkundebuch. Die Alpen, die Voralpen und das Flachland. Helga ist die Alpen und ich bin das Flachland.«

»Mir gefallen alle eure Busen«, sagt Eddi. »Kleine Busen sind auch Menschen. Die Artischocken sind auch unterschiedlich groß.«

»Jetzt hör halt auf mit deinen Artischocken«, sagt Helga. »Aber das mit den Alpen stimmt schon.«

»Der wächst dir schon noch, Ingrid«, sagt Lena. »Letztes Jahr hatte ich auch noch keinen Busen. Du bist ja fast ein Jahr jünger als wir.«

Ingrid ist fünfzehn.

»Ich schon«, sagt Helga. »Letztes Jahr war der genauso groß wie etz.«

Lena stupst sie mit dem Ellbogen in die Taille.

»Was ist denn?«, sagt Helga.

»Moment. Da habe ich was gelesen. Steht in jeder *Bravo.*« Sie nimmt Helgas abgelegtes Exemplar und blättert. »Da. Pass auf. *Eine schöne Büste – der Wunschtraum jeder Frau. Zur Büstenkräftigung die Gynäform-Büsten-Emulsion. Jetzt extra-stark. DM 18,50.* So einfach ist des.«

»So ein Schmarrn«, sagt Ingrid. »Da wird doch nichts größer, bloß weil man von außen was draufschmiert. Da hätte jeder Bauer Riesenkartoffeln.«

»Es heißt aber auch, die dümmsten Bauern haben die dicksten Kartoffeln«, sagt Lena.

»Was willst denn damit sagen?«, fragt Helga.

»Nichts. Also, wenn es einen Typen gäbe, in den wir alle drei verknallt wären, wie würde der ausschauen? Für Helga wie Mick Jagger, für mich Barry Ryan, und wen magst du, Ingrid?«

»Ich weiß nicht. Ist mir wurscht. Ricky Shane.«

»Echt? Der schaut aus, als ob er die Haartrockenhaube gleich als Frisur mitgenommen hätt«, sagt Helga.

»Etz lasst mich halt. Ich sag doch auch nix gegen Mick Jagger oder Barry Ryan.«

»Also gut, dann der Mund von Mick Jagger, die Koteletten von Barry Ryan und die Frisur von Ricky Shane«, sagt Helga.

»Der gefallet mir net«, sagt Lena.

»Mir auch net«, sagt Ingrid.

»Und mir auch net«, sagt Helga. »Aber jetzt habt ihr wenigstens mit eurem blöden *Bravo*-Gelese aufgehört.«

»Und was machen wir jetzt?«, fragt Lena.

»Essen«, sagt Eddi. »Alles ist fertig.«

»Lieder hören. Und dazu tanzen. Ich habe *In the Summertime*«, sagt Helga.

»Schon wieder so einer mit solchen Lippen«, sagt Lena.

»Noch schlimmer«, sagt Ingrid.

»Ach, du hast keine Ahnung«, sagt Helga. »Also, was habt ihr für Platten dabei?«

»*Yellow River* und *All Right Now*«, sagt Lena.

»Und du, Ingrid?«

»*Du bist anders* und *Du gehörst zu mir*.«

»Oh Gott«, sagt Helga. »Und du, Eddi?«

»Ich habe das Requiem von Verdi dabei, und das spielen wir jetzt, weil wir nämlich jetzt endlich die Artischocken essen, und da wird nicht getanzt, sondern zugehört. Setzt euch gescheit hin.«

»Oh Gott«, wiederholt Helga, richtet sich aber auf. »Aber nur, wenn du nicht wieder dirigierst.«

Eddi liebt klassische Musik, und wenn der Geist ihn in Besitz nimmt, dann steht er auf und dirigiert ein imaginäres Orchester. Mit seinen langen wedelnden Armen und mit seinem wankenden Kopf sieht er aus wie eine Gottesanbeterin vor einem Insektenopfer.

»Die müssen heute ohne mich auskommen«, sagt Eddi und legt die Platte auf. »Ich habe keine Zeit.« Dann balanciert er ein Tablett mit vier Tellern, auf jedem Teller eine Artischocke und eine kleine Schüssel Vinaigrette, in Richtung Bett. »Es geht los.«

»Wo ist das Besteck?«, fragt Helga.

»Das isst man mit den Fingern«, sagt Eddi. »Ich zeig's euch.«

Der Mann, der aus dem Wald kam, hat sich Hassberg von oben angenähert. Das Raster der Laternen im Dorf zu seinen Füßen tritt immer stärker hervor, je dunkler es wird, die Straßen erscheinen wie ein beleuchteter, skelettierter Brustkorb. Die Hauptstraße, die direkt auf den Weinberg zuführt, ist das Rückgrat, die Seitenstraßen sind die Rippen, die obersten gabeln sich von der Hauptstraße ab, da, wo sich der Weinberg hervorwölbt, nach links und rechts in zwei schwach beleuchtete Gassen, die nach jeweils ungefähr fünfzig Metern an der Talenge versiegen. Nur auf der anderen Dorfseite kommt man aus Hassberg hinaus, wo die Hauptstraße zur Landstraße wird, die in die Bundesstraße zwischen Bamberg und Haßfurt mündet. Aber das kann man inzwischen nicht mehr in der Dunkelheit erkennen.

Der Mann läuft durch die Weinstockreihen auf das letzte Haus in der letzten linken Gasse vor dem Weinberg zu. Es ist ein Neubau aus grauen Betonsteinen, noch unverputzt, der Mörtel wird von den aufeinanderliegenden Steinen wie Sahne zwischen Tortenschichten herausgequetscht. Im ersten Stock brennt Licht in einem Zimmer, und aus dem geöffneten Fenster hört er klassische Musik. Als er das Weinbergshäusle erreicht, das mitten im Weinberg steht, hört die Musik auf. Vor dem Häuschen ist eine Terrasse aus Holz, und davor stehen noch zwei Apfelbäume. Die Terrasse ist von einer glitschigen Schicht Matsch aus vermodernden Blättern und heruntergefallenen braunen, ausgehöhlten Äpfeln überzogen. Von dieser faulen Schicht steigt der süßliche Geruch des verwesenden Sommers hinauf in die kühle Abendluft. In der Mitte der Terrasse, hinter den Apfelbäumen, wo ihn keiner sehen kann, bleibt der Mann stehen. Unten fällt Licht auf die Straße; die Haustür geht auf. Ein Junge, schwer beladen mit einem Rucksack, aus dem es blechern scheppert, kommt aus dem Haus. In dem Moment erscheint ein Kopf im oberen Fenster. Ein Mädchen mit langen Haaren schaut nach unten.

»Eddi?«, ruft das Mädchen.

»Ja«, antwortet eine heisere Stimme.

»Deine Avocados waren toll.«

»Artischocken.«

»Ja, meine ich. Die waren toll.«

»Danke, Lena. Du bist lieb.«

»Gehst du auf die Kerwa nächsten Samstag?«

»Klar, ich bin beim Kassieren an der Tür. Mit dem Tanzen hab ich es aber nicht so.«

»Das habe ich auch nicht gemeint. Aber es ist schön, wenn du dabei bist.«

»Lena?«

»Ja?«

»Du schaust schon auch auf dich, ja?« Eddi spricht jetzt leiser. »Nicht immer bloß auf die anderen zwei.«

Lena lehnt sich weiter aus dem Fenster. »Wie meinst du das jetzt, Eddi? Natürlich schau ich auf mich.«

»Na, manchmal mache ich mir ganz einfach Sorgen um dich.«

»Brauchst nicht, Eddi.«

»Wirklich nicht?«

»Wirklich nicht.«

»Dann ist ja gut. Ich muss jetzt heim, muss mir jetzt wenigstens anhören, wie die Jungs heute gespielt haben, wenn ich schon nicht mitspiele.«

Eddis Vater ist Fußballtrainer für die Dorfjugend. Es ist ihm ein Dorn im Auge, dass Eddi sich überhaupt nicht für Fußball interessiert.

Aus dem Zimmer kommen jetzt zischende Geräusche:

Chh chh-chh, uh, Chh chh-chh, uh
Chh chh-chh, uh, Chh chh-chh, uh

»Lena! Komm tanzen!«, ruft eine Stimme.

»Tschüss, Eddi«, sagt das Mädchen mit den langen Haaren und verschwindet.

Der Mann am Weinbergshäusle interessiert sich nicht für das neumodische Zeug, und für Popmusik schon gleich gar nicht, aber die Melodie, die jetzt kommt, ist ihm bekannt, seit Monaten läuft sie im Radio. Das Lied schwebt durch das offene Fenster im zweiten Stock in die oktobergraue Dämmerung hinaus. Es dringt immer leiser vernehmbar über die Straße zum Weinhang gegenüber vom Haus und verklingt in den rot-gelben, mit Nebelschwaden umhüllten Weinstöcken weiter oberhalb. Es ist *In the Summertime*.

»Noch mal.« Helga stemmt sich die Hände in die Taille, schwer atmend von der letzten Runde, und schüttelt sich leicht durch, zur Konzentration.

Lena setzt den Arm vom lila Phonokoffer auf die Platte und er wird knisternd in den Mahlstrom von Rillen hineingezogen. Das Klavier klimpert los, das Banjo schnarrt, der Kontrabass pocht, Ray Dorset zischt, grunzt lasziv, und singt, wie er es schon den ganzen langen Sommer getan hat.

In the summertime when the weather is hot
You can stretch right up and touch the sky

Helga steht neben dem Plattenspieler, die Hände in die Taille gestemmt, sie wippt mit dem rechten Knie. Plötzlich wirft sie ihre Arme nacheinander hoch und hinter sich, schiebt ihren Hintern in eine Richtung und ihren Busen in eine andere, sie beben und wetteifern um die Vorherrschaft im Kleid.

Lena muss lachen; so unerwartet, so beglückt, so überbordend und befreit ist Helgas Bewegung, wie die Buckelwale im Dokumentarfilm von Dr. Grzimek, wenn sie aus dem Meer springen und sich in der Luft aus lauter Freude drehen. Das sagt Lena nicht; Helga ist wegen ihrer Pfunde etwas empfindlich, obwohl sie nicht fett ist. Vollschlank, sagt man. Und sexy, ja. Helga kommt bei den Jungs gut an.

Lena glaubt, Helga sei die Schönste von ihnen. Helga war immer hübsch, ein putziges Kind. Schon im Kinderwagen wusste sie von der Wirkung ihres breiten Lächelns, ihre Umgebung war jedes Mal begeistert. Sie hatte Gesichtszüge wie eine Käthe-Kruse-Puppe, Augen weit auseinander, eine Stupsnase und breite Wangen. Das sieht Lena immer noch, und nicht, wie das jetzt in der Pubertät unproportioniert wirkt, der Busen zu groß, die Beine zu kurz.

Lena war als Kind groß gewachsen, dünn und staksig, niemand hat ihr gesagt, welch tolle Figur sie seit der Pubertät bekommen hat oder mit welcher natürlichen Eleganz sie sich bewegt.

Ingrid könnte gut aussehen. Sie hat, vom kleinen Busen abgesehen, eine gute Figur und ebenmäßige Gesichtszüge, aber sie lässt ihre Schultern hängen, bewegt sich ungelenk, als ob sie sich selbst aus dem Weg gehen will, nicht weiß, wo sie hintreten soll, und schaut oft, als ob sie sich selbst nicht leiden kann.

»Das möchte ich auch können«, sagt Lena.

»Ich net«, sagt Ingrid. »Da sieht man hinauf bis zur Unterhose.«

Das Ausladende, das Animalische an Helga, das Lena so gefällt, das nennt Lenas Mutter »sich produzieren«. Und Ingrid sagt das auch. Nicht zu Helga, aber zu Lena.

»Na und? Du bist ja eh bloß neidisch, weilst keinen hast, mit dem du tanzen kannst«, sagt Helga keuchend.

»Hab ich doch«, sagt Ingrid.

»Wen denn?«

»Sag ich nicht.« Ingrid vertieft sich wieder in die *Bravo*.

Von unten pumpert ein Besenstiel.

»Ihr seid wieder zu laut«, sagt Ingrid, schleckt einen Daumen ab und blättert eine *Bravo*-Seite um.

Helga tanzt unbeirrt weiter. »Es ist doch bloß die Oma«, sagt sie. Ihre Eltern, die Matyseks, sind nicht da, und wenn, dann lassen sie Helga machen, was sie will. Darum treffen sie sich bei ihr, die drei Mädchen und Eddi. Sie hat immer Geld, obwohl ihr Vater nicht mehr verdient als die Väter von Lena und Ingrid. Sie darf Singles und die *Bravo* kaufen, Plakate aufhängen; Starschnitte an die Wand, den Schrank und die Tür kleben, in verschiedenen unfertigen Stadien belassen, wenn sie in Helgas Ungnade fallen, alle kopflos: Ricky Shane, Roy Black, Gus Backus. Der Einzige, der es bis zum Kopf geschafft hat, ist Barry Gibb, er prangt liegend auf den braun-orangen Wandtapeten, dem Kleiderschrank gegenüber. Bei längerer Betrachtung merkt man, dass der Winkel von seinem Kopf zum Körper nicht stimmen kann, der Kopf ist zu weit nach oben gerichtet, außerdem ist der Kopf in Blau-, während der Körper in Grüntönen gehalten ist. Lena weiß, dass der Körper einem anderen, in Helgas Gunst ausrangierten Barry gehört, Barry Ryan.

»Sag halt schon«, sagt Helga. »Wer ist denn dein Freund?« Inzwischen schwenkt sie abwechselnd ihren rechten und linken Daumen nach außen, wie wenn sie ein Auto anhalten will. »Kennen wir den? Ist er vom Dorf?«

»Ja.«

»Und noch zu haben.«

»Ja.«

»Der Webers Dietmar.«

Dietmar Weber war in der Schule in ihrer Klasse, er hat Pickel und die Haare hinaufgeschoren bis weit oberhalb der abstehenden Ohren. Einmal hat er in der achten Klasse die drei Mädchen zu sich nach Hause eingeladen und seine Modelleisenbahn vorgeführt.

Ingrid schüttelt den Kopf.

»Der Hutzls Roland?«, fragt Helga.

»Du spinnst wohl«, sagt Ingrid und blättert verärgert weiter. Der Hutzls Roland ist ein Bauer, ein Junggeselle. Er lebt mit seiner alten Mutter auf einem großen Hof am Rande von Hassberg, der total verschlampt ist, voller rostiger Gerätschaften und undefinierbarem Gelump. Er ist groß, hat eine amorphe Figur, X-Beine und eine Fistelstimme, wäscht sich riechbar selten und besitzt so viele Äcker, dass er angeblich Millionär ist. Keine Frau ist jemals in seiner Nähe gesehen worden.

»Der Angerers Veit.«

»Wirklich net.«

»Wer dann?«, fragt Helga.

»Komm, Ingrid«, sagt Lena. »Tanz halt mit. Du brauchst bloß mit den Armen und den Beinen ein bisschen rumtun, wennst das andere nicht machen willst. So wie auf der Stelle laufen.« Lena weiß, wen Ingrid meint, sie hat es ihr erzählt. Ingrid ist seit einiger Zeit in Siegfried verliebt, den Sohn eines Nachbarn. Aber dass er inzwischen Ingrids Freund ist, oder dass die zwei jemals miteinander alleine gesprochen hätten, das wäre Lena neu.

»Na. Ich mog den net«, sagt Ingrid. »Den Sänger, den Mungo Jerry da.« Sie spricht es extra *Muhngo* aus, obwohl sie von den dreien am besten Englisch kann. Sie waren alle drei gut in der Schule, Ingrid war sogar Klassenbeste, trotzdem waren sie nur in der Volksschule. Englisch hatten sie erst im letzten Jahr, in der achten Klasse, mit dem Praktikanten von der Uni, aber Lehrer Eber hat geschimpft, sie bräuchten kein Englisch, sie würden dann bloß die Negermusik nachsingen. Jetzt sind sie auf der Berufsschule in Haßfurt und machen eine Ausbildung zur Sekretärin.

»Der sieht immer so dreckert aus, so ungepflegt, unappetitlich mit seiner Zahnlücke und seinen Koteletten«, sagt Ingrid. »Und sein löchriges Unterhemd da. Außerdem ist es schon lang kein Sommer mehr.«

»Geht er auf Kirchweihtanz nächsten Samstag?«, fragt Helga unbeirrt weiter. Sie dreht die Hände umeinander, als rollte sie Wolle auf, und singt mit.

Chh chh-chh, uh, Chh chh-chh, uh
Chh chh-chh, uh, Chh chh-chh, uh

»Warum fragst net die Lena, mit wem sie geht?«, fragt Ingrid.

»Ich geh mit keinem«, sagt Lena. »Ich will bloß Spaß haben, tanzen. Notfalls alleine, oder mit euch.«

Ingrid wirft ihr einen musternden Blick zu. Ihr hat Lena es erzählt, Helga nicht. Lena ist in Roy verliebt, der eigentlich Rüdiger heißt und Sänger und Gitarrist von Roy and the Rollercoasters ist, der Coverband, die überall auf den Dörfern im Steigerwald und in den Hassbergen unterwegs ist. Helga würde sich entweder darüber lustig machen, weil Roy fast zehn Jahre älter ist, oder irgendwas anstellen, um die Sache voranzubringen, und wahrscheinlich etwas, das eher hinderlich wäre. Am Faschingsball im Nachbardorf Ulsenhausen, da war Lena noch fünfzehn, hat Roy beim langsamen Walzer seine Gitarre abgelegt, ist von der Bühne heruntergekommen und hat Lena zum Tanz aufgefordert. Er hat sie nach ihrem Namen gefragt und ob sie nach dem Ball noch da wäre. Aber sie ist um elf von ihrer Mutter abgeholt worden. Und nächsten Samstag spielt er wieder auf der Kirchweih im Dorfwirtshaus. Heute ist Sonntag. Wenn Lena denkt, dass Roy wieder mit ihr tanzen könnte, sie festhalten könnte, bleibt ihr die Luft weg. Seit einem Jahr, wenn sie nachts nicht einschlafen kann, wenn sie sich Sorgen macht über die Schule, ihr Aussehen, ihre Zukunft, denkt sie an ihn, an seine langen, blonden Haare, an die fein behaarten Unterarme, die aus seinem hochgekrempelten Jeanshemd vorschauen, an seine Finger, wie sie die Gitarrensaiten greifen, und stellt sich vor, wie es wäre, wenn sie stattdessen sie streicheln würden. Und dann schläft sie ein.

»Also wäre das geklärt«, sagt Helga. »Was ist jetzt, geht dein Freund auf Kirchweihtanz nächsten Samstag?«

»Schon«, sagt Ingrid und lässt sich tiefer auf das Bett sinken.

»Dann kannst es sowieso sagen. Dann werde ich es eh erfahren.« Da kommt ihr ein Gedanke und sie bleibt stehen. »Der Eddi kann es wohl nicht sein.«

»Warum net?«, fragt Lena.

»Ich weiß es nicht. Irgendwie interessiert er sich für keine von uns. Also nicht so.«

»Mein Gott«, sagt Ingrid, »der Siegfried ist's. So. Jetzt weißt es.«

Helga stemmt sich die Fäuste in die Taille. »Der Siegfried?«

»Ja.«

»Der Kerns Siegfried?«

»Ja-ha.«

»Der ist ja uralt.«

Siegfried ist zwanzig.

»Älter als dein Zigarettenbürschla auf jeden Fall«, sagt Ingrid. »Ein gestandenes Mannsbild halt.«

»Und hat eine Zahnlücke. Vorne.«

»Stört mich net.«

»Na dann.« Helga tanzt weiter. »Dann gefällt es dem Siegfried bestimmt auch, wenn er ab und zu eine Unterhose sieht.«

»Dem Siegfried gefällt soa Tanz bestimmt net«, sagt Ingrid. »Das ist dem Siegfried bestimmt zu spinnert.«

»Und ihr geht miteinander auf Kirchweih«, bohrt Helga nach.

»Ja.«

»Hat er dich eingeladen?«

»Ja-ha.«

»Wann?«

»Heute früh«, sagt Ingrid. »Nach der Kirch.«

Helga macht ganz große Augen in Richtung Lena, schürzt die Lippen und wackelt mit dem Kopf hin und her.

Lena schüttelt ihr den Kopf zu. *Lass die Ingrid in Ruhe*, will sie damit sagen. Lena mag Helga und Ingrid und beide mögen sie. Lena möchte glauben, dass Helga und Ingrid sich ebenfalls mögen. Die vielen Hinweise darauf, dass das Gegenteil zutrifft, versucht sie zu ignorieren. Die beiden sind Gegenpole: Helga raucht und trinkt Bier, Ingrid kaut nicht mal Kaugummis und kann den ganzen Abend an einer Apfelsaftschorle nippen. Helga darf alles daheim, Ingrid nichts, Helga will aus dem Kaff verschwinden, sobald sie kann, Ingrid will hier heiraten und Kinder kriegen. Helgas Freund Peter, der Sohn vom Dorfarzt, ist ausgeflippt, langhaarig, trägt Lederjacken und Schlaghosen, hat ein Che-Guevara-Tattoo am rechten Oberarm und fährt Motorrad. Ingrid bevorzugt den bodenständigen Typ. Den Typ, der im Dorf angesehen ist und kein Außenseiter. Der am Stammtisch sitzt und Schafkopf spielt. Der bei der Feuerwehr und im Schützenverein ist. Den Typ Siegfried, der immer dieselbe braune Stoffhose und denselben Rautenpulli trägt. Dafür nimmt sie sogar seinen komischen, altmodischen Bart in Kauf, der rund um seinen Mund geht und die Backen rasiert lässt.

Helga ist lebenslustig bis albern, Ingrid ist nachdenklich, ängstlich, schüchtern bis verklemmt. Wenn Lena mit Helga zusammen ist, lebt sie ebenfalls im Moment, an der Oberfläche, mit ihr kann sie herrlich herumalbern; wenn sie mit Ingrid zusammen ist, kann sie über Hoffnungen und Pläne für die Zukunft reden. Bei Ingrid gibt Lena mehr von sich preis, mit Helga ist ständig was los, irgendeine Aufregung über irgendwen.

Das Einzige, was Helga und Ingrid verbindet, ist Lena. Wenn Eddi dabei ist, ist es besser, dann ist er der Hanswurst, eine Art Blitzableiter für alle drei, aber wenn sie nur zu dritt sind, hat Lena manchmal das Gefühl, dass sie von verschiedenen Seiten mit riesigen Seelenschaufeln so in sie hineinbaggern, dass kaum noch was von ihr selbst bleibt. Manchmal, wenn sie danach heimkommt, hat sie eine furchtbare Migräne.

»Soso«, sagt Helga. »Der Siegfried. Na, wär das auch geklärt.«

Sing along with us
Dee dee dee-dee dee
Dah dah dah-dah dah
Yeah we're hap-happy
Dah dah-dah
Dee-dah-do dee-dah-do dah-do-dah
Dah-do-dah-dah-dah

Kratz, kratz. Kratz, kratz. Die Nadel hebt sich von der Platte und hängt sich ein.

»Und was macht man, wenn sie *All Right Now* spielen?«, fragt Lena.

»Gar nichts«, sagt Helga. »Du stehst da wie ein nasser Sack, machst die Augen zu, lässt den Kopf hängen und wippst mit ihm auf und ab. Das machen die auch im Beat-Club so.«

»Jetzt spielen wir *Du bist anders* und ich übe mit dir den Fox«, sagt Lena zu Ingrid.

»Jetzt ist zu spät«, sagt Ingrid. »Bis zur *Tagesschau* muss ich daheim sein.« Sie legt die *Bravo* weg und steht auf.

»Ich geh mit«, sagt Lena.

»Habt ihr die Deutschhausi für morgen dabei?«, fragt Helga.

»Da.« Ingrid holt ihr Heft aus der selbst gestrickten Handtasche und legt es aufs Bett. »Aber vergiss nicht, mein Heft morgen mitzubringen, nicht so wie neulich, wo ich plötzlich ohne Hausi dastand.«

Ingrid und Lena balancieren auf der dafür platzierten Bohle über den Graben zwischen Haustür und Straße, welche hier am Ortsrand nicht mehr beleuchtet ist. Vorsichtig bahnen sie sich den Weg zwischen dem Haufen Sand, den übrig gebliebenen Bausteinen und einem orangefarbenen Zementmischer.

Die Kühle nach der stickigen Luft in Helgas Zimmer tut gut.

»Gehen wir hinten rum?«, fragt Lena. »Durch die Kirschenallee? Da wär's kürzer.«

Um die Ecke nach rechts geht die Kirschenallee los. Sie ist ein Hohlweg und führt in einem Bogen am Dorfrand außen herum. Links stehen Kirschbäume, die aber alle verdammt sind, gefällt zu werden, weil hier die neue Siedlung entstehen wird. Der Weg geht am alten Friedhof vorbei direkt zum alten Pfarrhaus, das Ingrids Eltern gemietet haben, und dahinter ist gleich das Haus, das Lenas Eltern, die Fitzeks, gemietet haben. Von Siegfrieds Vater, August Kern. Die Kerns sind die größten Bauern in Hassberg.

»Ich geh nicht durch die Kirschenallee«, sagt Ingrid und marschiert nach links los, ohne zu warten.

Lena läuft hinterher. »Warum nicht? Ich denke, du hast es eilig«, sagt sie.

»Ist zu dunkel.«

»Du gehst auch nicht, wenn es hell ist.«

»Ist halt so.«

Lena läuft hinterher. »Wart halt wenigstens.«

Als Lena Ingrid einholt, sieht sie, dass Ingrid die Arme gefaltet hat und beim Laufen auf den Boden starrt. Sie trägt einen kurzen, karierten Mantel mit einem Kunstpelzkragen, den auch ihre Mutter oder Großmutter hätten anziehen können.

Manchmal glaubt Lena, wenn Helga dabei ist, gibt sich Ingrid extra ungelenk, knochig, unmodisch, mit einem gestreiften Wollpulli, den ihre Oma gestrickt hat, einer zu kurzen Stoffhose und einem Haarschnitt wie in den Fünfzigerjahren, nur um die Helga zu provozieren. Aber es ist nur so, dass es mehr auffällt, wenn Helga dabei ist, genauso, wie es erst schockierend wirkt, wenn Helga in allen Einzelheiten erzählt, was sie mit ihrem Freund, dem Peter, getrieben hat, oder ihre Minikleider immer nur viel zu nuttig erscheinen, wenn Ingrid sie dauernd missbilligend belauscht und betrachtet.

Sie biegen um die Ecke in die Hauptstraße.

»Glaubst du, die Helga macht es mit dem Peter?«, fängt Ingrid an.

»Ich weiß es nicht«, sagt Lena, obwohl sie es weiß. Helga schläft mit dem Peter auf dem Rücksitz vom Mercedes von seinem Vater.

»Ich glaub schon, dass die es machen«, sagt Ingrid. »So Bescheid, wie die weiß.«

»Das hat sie doch bloß aus der *Bravo.*«

»Ich will auf jeden Fall unberührt in die Ehe gehen. Du nicht auch?«

»Schon.«

Ingrid schaut sie von der Seite an.

»Natürlich will ich unberührt in die Ehe gehen.« Lena ist sich darüber nicht sicher, aber das würde sie zum Beispiel Ingrid nicht sagen. Der Helga schon.

Sie laufen schweigend ein Stückchen weiter.

»Glaubst du, der Eddi ist andersrum?«, fragt Ingrid. »Mein Vater sagt, der ist andersrum.«

»Wie meinst du, andersrum?«, fragt Lena.

»Dass er halt keine Mädchen mag, sondern Buben.«

»Jetzt spinnst. Natürlich mag er Mädchen. Er mag doch uns. Jeden Sonntag kocht er für uns.«

»Ist aber auch nicht normal. Warum spielt er nicht Fußball? Warum geht er nicht ins Wirtshaus und trinkt ein Bier und spielt Schafkopf?«

»Lass doch den Eddi in Ruhe. Wir müssen doch zusammenhalten, wir vier. Er lässt dich ja auch in Ruhe.«

»Ich lasse ihn ja in Ruhe. Ich frage nur, ob er andersrum ist. Die Helga glaubt auch, dass der andersrum ist.«

»Jetzt tätst du dich mit der Helga verbünden, wo sie nicht glaubt, dass der Siegfried dich wirklich gefragt hat, ob du auf Kirchweihtanz gehst.«

»Glaubst mir wohl auch nicht«, sagt Ingrid.

»Hat er nun oder hat er nicht?«

Ingrid schweigt und läuft schneller. Eine kühle Brise vom Weinberg herunter umweht ihre Fesseln und wirbelt die Blätter spiralenartig hoch. Samstags werden die Straßen in Hassberg gekehrt, aber im Herbst ist das ein hoffnungsloses Unterfangen, an den unteren Hängen der Täler ringsherum liegen die Blätter knöcheltief, eine riesige Armee zum Einmarsch bereit.

Auf der anderen Straßenseite leuchtet ein kleines Schaufenster.

»Schauen wir nüber zu Beuschels?«, fragt Lena.

Die Beuschels haben den einzigen Laden in Hassberg. Obendrüber steht, die Buchstaben in Stuck gemodelt, *Johann Beuschel, Kolonialwarenhandlung*, und darunter ist an der Hausfassade ein Plastikschild festgemacht, *Lebensmittel Beuschel.* Seit letztem Jahr haben die Beuschels eine Quelle-Agentur.

»Nee«, sagt Ingrid. »Die haben nichts Neues. Hab ich heute schon geschaut.«

Seit Sommeranfang liegen zwischen der gelben Pyramide aus Bahlsen-Keksen und der grünen Persil-Pyramide drei Privileg-Geräte, alle in Orange; eine Kaffeemaschine, ein Radio, ein Fön. Sie laufen weiter.

»Ich weiß, warum du so denkst«, sagt Ingrid. »Dass wir vier zusammenbleiben sollen. Nicht, weil wir gut zusammenpassen. Du weißt genau, dass wir nicht gut zusammenpassen. Du denkst, wir müssen zusammenhalten, weil wir alle aus Außenseiterfamilien kommen. Helgas Vater ist Fernfahrer, arbeitet Tag und Nacht, und ihre Mutter arbeitet Schicht in der Marmeladenfabrik in Haßfurt, bloß damit sie das Haus hinstellen können und keiner mehr auf sie herabschaut. Mein Vater ist Knecht, und meine Mutter geht putzen, und wir wohnen in Miete. Eddis Vater ist Kfz-Mechaniker, und die wohnen auch in Miete, und Eddi ist andersrum. Ihr wohnt auch in Miete. Deine Mutter ist Näherin, und einen Vater hast du gar nicht.

Du bist ein Amikind, und dein Vater ist abgehauen. Deswegen denkst du, wir sollten zusammenhalten. Aber ich weiß was Besseres.«

»Was denn?«

»Ich will mich nicht wie du gegen die verbünden, die das Sagen haben. Ich will zu ihnen gehören. Und weißt du was, die Helga will das auch.«

»Und wie wollt ihr das schaffen?«

»Ich mit dem Siegfried und sie mit dem Peter. Nur, ich werde es schaffen und sie nicht. Der Peter geht nur mit ihr, weil er sie bumsen kann. Aber wenn er sie jetzt schon bumsen kann, warum soll er sie heiraten? Ich werde das anders machen. Mit dem Siegfried.«

»So, mit dem Siegfried. Weißt du noch, wie die anderen Kinder in der ersten Klasse Amibastard zu mir gesagt haben?«

»Ja, das weiß ich. Ich war aber nicht dabei.«

»Mein Vater hat damals bei uns gewohnt, und ich habe den anderen Erstklässlern Kaugummis geschenkt, die er vom PX-Laden in Kitzingen mitgebracht hat, und die Großen wollten auch welche, und ich habe keine mehr gehabt, und dann haben die Amibastard zu mir gesagt und dass meine Mutter eine Amihure ist. Und weißt du, wer der Anführer war?«

»Es waren viele.«

»Viele, ja, aber der Siegfried hat angefangen.«

»Er war halt jung.«

»Er war zehn. Und ich war sechs.«

Jetzt schaut Ingrid weg. Dann sagt sie: »Er hat mich sowieso nicht eingeladen. Helga hatte recht. Mein Plan wäre gut, wenn ich nicht ein Teil davon wäre. Siegfried hat mich nicht eingeladen, und er wird mich auch nicht einladen. Er schaut mich nicht einmal an, vielleicht weiß er gar nicht, dass es mich gibt. Und wenn ich zum Kirchweihtanz gehe, dann wird Helga herausfinden, dass alles gelogen war. Ich bin ja so blöd, dass ich der das erzählt habe. Jetzt wird sie es im ganzen Dorf herumposaunen. Am besten gehe ich gar nicht hin.«

Sie laufen die Straße weiter hinunter, vorbei am alten Schulhaus aus rotem Klinkerstein. Seit zwei Jahren ist es geschlossen, die Kinder fahren jetzt alle mit dem Bus in die Verbandsschule in Zeil. Im Hinterhof war es, wo die großen

Buben herumstanden und sie anschrien mit dem ganzen übertragenen Hass ihrer Eltern.

Lena wusste damals gar nicht, was eine Hure ist, nur dass es etwas Schlimmes ist und dass sie ihre Mutter auf keinen Fall danach fragen konnte. Also fragte sie die Oma.

Oma, was ist eine Hure?

Das ist eine Frau, die für Geld mit Männern ins Bett geht.

Warum soll man Geld zahlen, wenn man ins Bett geht? Haben die Männer selber keine Betten?

Schon, aber manchmal wollen die halt zu anderen Frauen ins Bett.

Warum?

Ach, Kind, das wird mir zu viel. Frag deine Mutter.

Kann ich nicht, die Buben sagen, sie ist so was.

Was?

Die Buben an der Schule haben gesagt, meine Mutter ist eine Amihure.

Welche Buben? Sag mir die Namen, ich gehe zum Lehrer Eber.

Der Siegfried.

Der Siegfried? Von unserem Vermieter?

Ja.

Dann vergiss es, Kind. Vergiss es.

Die Oma ist vor zwei Jahren gestorben.

Ein Auto fährt an ihnen vorbei, aus Richtung Weinberg. Es ist ein grüner Volkswagen Variant. Zwei Männer schauen zu ihnen heraus.

»Wenn man vom Teufel spricht«, sagt Lena. »Das ist doch der Siegfried.«

Das Auto hält vor dem Wirtshaus zum *Roten Ochsen*, ein Haus weiter auf der anderen Straßenseite.

»Das haben wir doch gleich«, sagt Lena. »Geh mit.«

»Was hast'n vor?«

»Wirst gleich sehen.«

Die Türen des Autos gehen rostächzend auf, zwei Männer steigen aus, beide in grüner Jägerkluft, in voller Montur, Lodenmantel, grüne, hochgezogene Wollstrümpfe, Kniebundhose, sogar mit Filzhüten. Auf dem Rücksitz liegen Gewehre. Die Männer machen sich auf den Weg ins Wirtshaus mit knatternden Stiefeln, ohne sich nach den Mädchen umzudrehen.

»Siegfried!«, ruft Lena.

»Mensch, Lena!«, zischt Ingrid.

Der rechte von den Männern dreht sich kurz um und geht weiter, der linke bleibt stehen. Lena läuft über die Straße auf ihn zu, Ingrid hinterher.

»Na, Siegfried, ihr wart wohl auf der Pirsch?«, fragt Lena.

»Wer will des wissen?« Sein Gesicht kann sie unter der Hutkrempe nicht erkennen. Er steht breitbeinig da, doch ungelenk, mitten im Schritt, seine großen Hände pendeln unnütz, wie die Schaufeln eines Baggers nach Feierabend.

»Wir sind's doch. Die Nachbarinnen. Na, hast was erwischt?«

»Ach so, die Nachbarinnen, ihr seid's. So. Aha.« Er wischt sich die Nase mit der Rückseite seiner Hand und schnieft. »Naa, heut nix.«

»Vielleicht hast nächste Woche mehr Glück.«

»Wieso, nächste Woche, was ist da?«

»Na, Kirchweih, natürlich! Gehst du nächste Woche auf Kirchweihtanz, dann triffst die netten Nachbarinnen wieder! Wir gehen dahin, die Ingrid auch, gell, Ingrid?« Lena wundert sich über sich selbst. Normalerweise fällt es ihr schwer zu flirten, aber hier flirtet sie nicht für sich, sondern für die Ingrid, sie muss sich nur in Ingrids Haut versetzen, dann sprudelt es aus ihr heraus, was Ingrid sagen sollte. Auch wie sie schauen sollte, so direkt mit großen Augen, und stehen muss, Standbein, Spielbein, mit einem kleinen Lächeln wie Uschi Glas in *Zur Sache, Schätzchen*. Ganz einfach. Es ist ja nicht sie. Und Siegfried interessiert sie überhaupt nicht, das macht die Sache noch leichter. Wie kann er Ingrid gefallen, mit seinem Kropf, wie er damit gerade würgt, die unrasierten Wangen glänzend vom Nieselregen, und wie er nach dem feuchten, modrigen Wald riecht.

»Na, dann schauen wir mal. Vielleicht.« Siegfried geht die Stufen hinauf.

»Net vielleicht. Du musst schon hingehen und mit uns tanzen. Mit allen beiden.«

Siegfried schüttelt mit dem Kopf. Dann lacht er. »Wenn ihr meint«, sagt er und verschwindet ins Wirtshaus.

»Na, siehste«, sagt Lena. »War doch gar nicht so schwer.«

»Willst du wirklich hin?«, fragt Lenas Mutter.

Lena schaut zu ihr, aber sie blickt nicht zurück. Ihr Gesicht leuchtet schummrig in dem Blau, in das der kleine Fernseher das Zimmer taucht, und man sieht die Falten, die sich von Augen- und Mundwinkeln aus erst fächerweise ausbreiten und dann, weiter hinten, wie von der Schwerkraft angezogen, nach unten fallen. Im Kasten brummelt gerade Horst Frank als Fotograf mit Marianne Koch als *Die Journalistin*.

»Freilich. Ich habe doch schon das Kleid.«

»Tanzen die überhaupt mit dir?«

»Wer?«

»Na, die Ortsburschen.«

»Warum sollten sie nicht?«

»Weil wir keinen Hof haben.«

»Ach, Mama. Es ist nimmer so wie früher.«

»Um elf bist aber wieder daheim.«

»Ach, Mama, alle dürfen bis zwölf bleiben. Die Helga so lange sie will.«

»Das glaube ich schon. Aber die Ingrid?«

»Bis zwölf.«

»Ehrlich?«

»Ehrlich.«

»Also gut. Ich will doch bloß, dass du nicht enttäuscht wirst.«

Was wird sein

Samstag, 10. Oktober 1970

Der Dynamo, der Hassberg antreibt, läuft sonst verborgen und leise hinter den Gardinen in den Straßen und Gassen, aber an der Kirchweih summt, zischt und knistert er laut und deutlich; im Gejohle der Dorfburschen, wenn sie die Kirchweihfichte aus dem Wald holen und aufstellen, im Stimmengewirr, das den ganzen Tag aus den offenen Fenstern des *Roten Ochsen* dringt, im Gescheppere aus der Küche, in den Dampf- und Rauchwolken, die in den Flur und zur Tür hinaus entweichen, und in der Bassgitarre, die aus dem Saal im ersten Stock pumpert.

Kurz vor acht Uhr abends, am Kirchweihsamstag, verlässt Lena das Haus, holt Ingrid ab und sie laufen in Richtung Wirtshaus. Immer schneller, die Straße wirkt wie ein Strom, der auf wundersame Weise bergauf fließt und die beiden mit wachsender Kraft in den Strudel zieht, bis sie sich gegen den Sog stemmen und beim Kinderkarussell seitlich vor dem Eingang zum *Roten Ochsen* stehen bleiben.

Aus dem Inneren des roten Backsteinbaus wummert die Bassgitarre, je nachdem, ob die Tür zum Tanzsaal oben offen oder geschlossen ist, mal lauter, mal leiser. In den gelben Vierecken, die das grelle Licht durch die Fenster oben auf die Straße zu ihren Füßen wirft, bewegen sich Schatten in ihrem Rhythmus, und durch die offenen Fenster drängt ein Stimmengewirr.

Draußen hängt von der Kirchweihfichte das bunte Krepppapier schlapp in der Windstille; im Karussell reitet ein einzelnes, vermummtes Kind auf einer Rakete, seine Eltern schauen zu, in der Mitte dreht der gelangweilt wirkende Besitzer, im Blaumann, an einem Rad und treibt damit die Drehscheibe mit den Gefährten an, außer der Rakete sind noch ein Elefant, eine Tasse, ein Schwan und ein Feuerwehrauto da, alle leer. Es ist die Ruhe vor dem Sturm.

Ingrid und Lena schauen die Straße hoch, wo Helga um die Ecke biegen müsste. An ihnen geht eine Gruppe Jugendlicher vorbei. Sie gehen knarzend die breite Eichentreppe nach oben. »Vielleicht ist sie schon drin«, sagt Ingrid.

»Niemals«, sagt Lena. »Sie wollte noch später kommen.«

»Aber acht Uhr haben wir ausgemacht. Jetzt ist es zehn nach. Gehen wir rein, sonst kriegen wir am Ende keinen Platz mehr.«

Acht Uhr war ein hartes Stück Vermittlungsarbeit für Lena gewesen. Ingrid wollte schon um sieben hin, Helga erst um neun.

»Geh vor, ich wart noch aweng«, sagt Lena.

»Geh zu. Du musst doch auch um zwölf schon wieder zu Hause sein, oder? Sie kommt bestimmt erst um neun. Wegen dem Aufgeschau.«

»Warten wir halt ein bisschen.«

»Fünf Minuten, länger nicht.«

»Also gut. Aber gehen wir vom Kinderkarussell weg, sonst denken die Leute am Ende, wir wollen damit fahren.«

Lena und Ingrid laufen zur nächsten Seitengasse nach dem *Roten Ochsen*. Da drin, um die Ecke, steht eine kleine Kirchweihbude, »Die Blaue Lagune«, beleuchtet mit roten, grünen und gelben Glühbirnen, mit Popcorn, gebrannten Mandeln und Lebkuchenherzen. Die Bude wird vom selben Besitzer betrieben wie das Karussell, niemand ist da.

»Da kommt sie schon«, sagt Lena.

»Das ist sie doch nicht.«

»Freilich ist sie das. Schau, sie raucht.«

Zwei Kugeln bewegen sich auf Lena und Ingrid zu, eine größere, mit Lammfell umwobene unten, und darüber schwebend eine kleinere, gazeartige, die alle paar Schritte verweht und sich erneuert.

»Ah, ja, kann sein. Doch. So wackelt bloß die Helga. Und so wie sie auf der Straße raucht. Aber die Haare …«

»Ich komme schon«, ruft Helga, wirft ihre Zigarette weg und trottet auf sie zu. »Hat etwas länger gedauert. Wegen der Haare.« Sie bleibt vor ihnen stehen und dreht sich einmal um. Sie hat eine Afro-Frisur. »Dufte, oder?«

»Schön«, sagt Lena. »Wie aus dem Musical da. *Haare.*«

»Am Ende bist du auch noch nackert drunter, wie die auf der Bühne«, sagt Ingrid.

»Fast.« Helga macht ihren Lammfellmantel auf. Ein knappes Minikleid lugt hervor, aus vier Polyesterquadraten, oben weiß-schwarz, unten schwarz-weiß. Dazu Kniestiefel, einer weiß, einer schwarz.

Sie schaut aus, als ob sie als Damespielfeld auf Fasching geht, und ihre Beine sind zu kurz.

»Und die Unterhose?«, fragt Ingrid. »Schwarz oder weiß?«

»Vorne weiß, hinten schwarz. Hab ich alles zusammen gekauft, bei *Top-Mode* in Schweinfurt. Was ist mit deinem Siegfried?«

»Wir treffen uns drinnen«, sagt Ingrid.

»Also, gehen wir rein«, sagt Lena.

»Mmmm, was rieche ich da?«, fragt Helga. »Erst einmal gibt's gebrannte Mandeln.«

Im oberen Flur ist die Truhe voll mit Mänteln und Parkas belegt. Manche haben ihre abgelegten Mäntel auch zwischendurch wieder geholt, sodass der Platz um die Truhe herum wie Helgas Zimmer aussieht. Helga, Lena und Ingrid legen ihre Mäntel dazu, Helga zupft an ihrem Kleid, schüttelt sich die Haare aus und nimmt noch eine gebrannte Mandel aus ihrer Tüte. Lena hört schon Roys Gitarre, die Rollercoasters spielen einen Dreher, noch ist die Zeit für die Dreher, die Polkas und die Walzer, die Zeit für die Alten – die aktuellen Hits werden sie später spielen. Vor der offenen Tür am Einlasstisch sitzt Eddi und winkt.

Gleich wird es so weit sein. Die ganze Woche hat Lena diesem Moment entgegengefiebert und jetzt geht es ihr zu schnell. Soll sie gleich zu Roy hinschauen und winken, oder soll sie ihn erst einmal ignorieren? Was ist, wenn sie hinschaut und er schaut gar nicht zurück?

»Na, da seid ihr ja endlich«, sagt Eddi. »Jetzt kann es ja losgehen.« Er kassiert drei D-Mark Eintritt. Neben ihm sitzt Veit Angerer, der zweite Jäger, der letzten Sonntag mit dem Siegfried im Auto saß. Selbst in der Freizeit trägt er seine grüne Jägerkluft, aus der eine leichte Duftnote von Wild und Wald in den Saal ausströmt. Er schaut freundlich aus seinem rundlichen Gesicht, das, wie immer, leicht mit Schweißperlen bedeckt ist, und reicht mit seinem Stempel hinüber, um den Mädchen das Handgelenk mit dem Aufdruck »Verwaltungsgemeinschaft Hassberg« zu versehen. Helga ist als Erste dran. Veit nimmt ihre rechte Hand in seine linke, der seit irgendeinem Jagdunfall der kleine Finger fehlt, und drückt den Stempel mit seiner rechten Hand darauf. Als Ingrid an der Reihe ist, sagt sie: »Ich brauche keinen Stempel.«

»Und wennst aufs Klo musst?«, fragt Helga.

»Ich muss nicht aufs Klo. Ich war daheim zweimal, und ich trink nichts.«

»Du kannst trotzdem aufs Klo«, sagt Veit. Seine Stimme ist immer höher, als man erwarten würde. Er lächelt Ingrid an. »Ich kenne doch dein Gesicht.«

Durch die offene Tür kann Lena die Bühne sehen. Während sie den Stempel bekommt, wird ihr Blick magnetisch zu Roy hingezogen. Und er schaut zu ihr. Er lächelt, nimmt die rechte Hand von seiner Gitarre und winkt. Sie kann aber nicht zurückwinken, weil Veit immer noch an ihrem rechten Arm herumfuchtelt und sie ihre Handtasche in der Linken hält. Sie schaut hin, es ist, als wäre er das Epizentrum der ganzen Kirchweih, es wird in ihr ganz ruhig.

»So«, sagt Veit und lässt ihr Handgelenk los. Sie schaut hinunter, dann schaut sie wieder zu Roy hin, aber der Bann ist gebrochen, er schaut auf seine Gitarre.

Der Saal ist brechend voll; die Tanzfläche dagegen nur spärlich bevölkert. Die unverheirateten Mädchen sitzen links, die Jungs stehen in Gruppen auf der anderen Seite herum, rauchen mit ausschweifenden Gesten Zigaretten, es riecht nach Schweinefleisch, Sauerkraut, Tabak, Pitralon, 4711, nach samstags gebadeten Körpern, die unter Nylonhemden und Blusen schon den ersten Schweiß ausstoßen, und vor allem nach dem alles durchdringenden Rauch, der die Tiefen des Raumes nur noch erahnen lässt.

»Da ist kein Platz mehr«, sagt Ingrid. »Ich habe ja gesagt, wir sollen früher kommen.«

»Vorne ist Platz«, sagt Helga und prescht vor, Ingrid hinter ihr her und dann Lena.

Jetzt, da sie ihr durch den Saal folgt, sieht Lena, was Ingrid unter ihrem Mantel anhat, und erschrickt. Das Bolerokleid, das vor ein paar Monaten in der *Bravo* vorgestellt wurde, zum Selberhäkeln. Das Kleid sieht aus wie aus verschiedenen Topflappen zusammengenäht, und bei näherer

Betrachtung stellt man fest, dass das tatsächlich der Fall ist. Jeder einzelne Lappen wölbt sich so, als wollte er sich von den anderen befreien. Das Ganze hängt an ihr herum wie ein übergroßes Zelt, und Ingrid schwenkt ihre dünnen Hüften und den kleinen Busen hin und her, als wäre es nur eine Frage der Körperhaltung, dass sie das Gewand an den richtigen Stellen ausbeult. Sie laufen an einer ganzen Reihe von Mädchen mit frischen Dauerwellen und Minikleidern entlang; Christa Metzner, Gabi Rupprecht, Jutta Plomitzer, Bettina Will, Monika Pflüger, Ruth Bergmann, Renate Göller, Kathi Blümlein; Lena sieht, wie sich bei Helgas Minikleid und Ingrids wollenem Ungetüm ihr grüßendes Nicken von Neid zu Verwunderung, Entsetzen oder Häme verwandelt.

Lena schaut an sich hinunter. Ist wenigstens sie richtig angezogen? Sie trägt ein rot-braunes Midikleid bis knapp übers Knie mit Puffärmelchen und einer Knopfleiste bis unterhalb des Busens, das sie noch nie angehabt und von ihrem angesparten Geld vom Bügeln für Frau Beuschel vom Laden in Schweinfurt gekauft hat.

Vorne, direkt vor der Bühne, ist etwas Platz, Kathi Blümlein muss etwas nach rechts rutschen. Helga setzt sich neben die Bühne, Ingrid lässt Lena Platz in der Mitte.

»Na, die haben vielleicht geschaut«, sagt Helga und zündet sich eine Zigarette an.

»Vielleicht gibt's einen Preis für das kürzeste Kleid«, sagt Lena. »Den kriegst dann du.«

»Das will ich ja hoffen«, antwortet Helga. »Ich hab's sogar noch mal kürzen lassen.«

Auf der Tanzfläche sind nur verheiratete Paare zu sehen, die sich zu *Mendocino* herumschieben.

»Was sagt ihr zu meinem Kleid?«, fragt Ingrid von Lenas rechter Seite. »Es ist nicht so schlecht, oder?«

Helga lehnt sich vor, seufzt und lehnt sich zurück. Sie schlägt die Beine übereinander und zupft demonstrativ am Saum ihres Kleides.

»Nein«, sagt Lena. »Es ist schön.«

»Geht schon, oder?«

»Doch, doch.«

»Ich kann mir kein neues kaufen.«

»Es ist schön, wirklich.«

Tausend Träume bleiben ungeträumt
und tausend Küsse kann ich ihr nicht schenken,
ich gebe nicht auf und suche nach ihr
in der heißen Sonne von Mendocino.

Meint Roy Lena? Sie riskiert einen Blick in seine Richtung, aber er schaut auf seinen Notenständer. Lena summt mit und klopft mit den Fingern auf ihr rechtes Knie. Wenn sie mit dem Kopf wippt, müssten ihre frisch gewaschenen Haare eigentlich schön ausschauen. Aber nicht zu sehr, sonst wirkt das billig. Helga kann so was, sie nicht. Wenn sie dauernd zum Roy hinschaut, wirkt das bestimmt auch billig. Aber wohin soll sie sonst schauen? Sie will ja nicht irgendeinen anderen Buben zum Tanz ermuntern. Wenn sie ihr rechtes Knie mit beiden Händen umfasst, schiebt sie den Saum ihres Midikleides hoch. Und wenn sie dann im Takt mit dem Bein etwas pendelt, schaut das bestimmt gut aus. Ihr Knie kann sich sehen lassen, oder?

Ingrid summt auch mit, aber unmusikalisch, und versucht mit minimalen Kopfbewegungen den Saal abzusuchen.

»Er ist hinten, an der Bar«, sagt Lena. Die Musik ist so laut, dass, wenn sie den Kopf zu Helga oder Ingrid dreht, die jeweils andere nichts mithört.

»Wer?«

»Siegfried, natürlich. Da ist auch der Peter.«

»Schaut er her?«

»Siegfried?«

»Klar, Siegfried. Der Peter ist mir doch wurscht.«

»Nee. Aber das ist normal. Moment, jetzt schaut er her.« Lena winkt ihm zu. Er schaut weg. »Die Jungs sind noch nicht so weit«, sagt sie. »Die brauchen erst ein paar Bier.«

»Der Peter braucht auf jeden Fall nichts mehr. Hast du ihn heute früh gesehen, bei der Kirchweihbaumaufstellung? Total besoffen, ekelhaft. Der hat sogar in den Straßengraben gepinkelt.«

Die Jungs sind am Kirchweihsamstag seit fünf Uhr unterwegs. Früh fahren sie mit Bulldog und Anhänger in den Wald und holen die Kirchweihfichte, die dann vor dem Wirtshaus aufgestellt wird. Alles wird von Bier- und Schnapstrinken und viel Gegröle begleitet. Die meisten Jungs überstehen die Faschingszeit und die Kirchweihen ihrer Jugend ohne bleibende Schäden. Einige gehen daraus als lebenslange Alkoholiker hervor.

»Und was mache ich, wenn der Siegfried mich trotzdem nicht auffordert?«, fragt Ingrid.

»Forderst ihn selber auf, bei der Damenwahl.«

»Und wenn er mich dann danach immer noch nicht auffordert? Den ganzen Abend nicht?«

Lena hat keine Antwort darauf. Sie versteht nur zu gut. Sie hat sich selbst so auf den Abend gefreut, diese Freude hat alles an sich gesogen in den letzten Wochen, eine Riesensonne mittags im Mittsommer, die allem den Schatten stiehlt. Und jetzt ist der Abend da. Und wenn er vorbei ist, wird doch der nächste Morgen kommen, auch wenn Roy sie heute Abend kein weiteres Mal beachtet, auch wenn Lena sich alles nur eingebildet hat. Und das Leben wird weitergehen. Aber wie?

»Weiß ich nicht«, sagt Lena. »Es darf uns auf jeden Fall nichts ausmachen. Wir müssen so tun, als wenn es uns egal ist.«

»Das müssen alle hier.«

Es stimmt. Alle Mädchen hier auf der linken Seite haben das gleiche Lächeln, die gleiche vorgetäuschte Konzentration auf ihre Begleiterinnen und den gleichen nervösen, umherflatternden Blick. Die Jungs auf der rechten Seite stehen breitbeinig und mit verschränkten Armen, auf dem linken Unterarm balancieren manche ein Bier, zwischen dem ersten und dem zweiten Finger, die das Bierglas umklammern, schwelt eine Zigarette. Die vorderste Reihe hat den Mädchen den Rücken zugedreht. Alle, Jungs und Mädchen, tun so, als ob sie an diesem Abend in diesem herrlichen Tanzsaal aus dem Jahre 1881 mit dem Tonnengewölbe aus Holz, dem Podest für die Kapelle auf halber Höhe in der vorderen Wand, auf dem keine Band mehr spielt, und den zwei Holzöfen, einer vorne und einer hinten, die einen entweder in ihrer Nähe schwitzen oder in der Saalmitte frieren lassen, nur zufällig da sind. Diese Tanzfläche, die sie umsäumen, diese gewienerten Eichenbohlen, auf denen sich entscheiden kann, wer fürs Leben zusammenkommt, wer eine glückliche Ehe und wer eine unglückliche führen wird, aber auf jeden Fall jetzt, noch Anfang der Siebzigerjahre, eine Ehe bis zum Tod, werden ignoriert. Die Paare auf der Tanzfläche, die von den Tischen hinten im Saal kommen, die haben's hinter sich. Zum Guten. Die anderen sind gar nicht hier.

Mendocino, Mendocino,
ich fahre jeden Tag nach Mendocino,
an jeder Tür klopfe ich an,
doch keiner kennt mein Girl in Mendocino.

Jetzt hat Roy aber zu ihr hergeschaut, Lena hat ihn erwischt, gerade als er seinen Blick wieder abgewendet hat.

»Schau nicht dauernd hin, du schreckst ihn ja ab«, flüstert Ingrid.

»Wer ist denn der Sänger da?«, fragt Helga. »Dauernd schaut er zu mir her.«

Das Lied klingt aus.

»Und nun alle auf die Tanzfläche zum Letkiss!«, sagt Roy von der Bühne.

»Da machen wir mit«, sagt Lena. »Da brauchen wir keinen Partner.«

Kapellen spielen den Letkiss gerne am Anfang des Abends; er ist der erste Eisbrecher und der kleinste gemeinsame Nenner unter den Tänzen; alle können mitmachen. Außerdem ist er noch unverfänglich, man kann ihn tanzen, ohne einen Annäherungsversuch starten zu müssen. Wenn die Jungs ihn erfolgreich überstanden haben, fühlen sie sich vielleicht ermuntert zum nächsten Schritt. Denn so viel ist klar; die Mädchen können Blicksignale aussenden, wie sie wollen, aber die Jungs sind es, die dieses Niemandsland überqueren und die Mädchen auffordern müssen.

Die Rollercoasters sind etwas zwischen Tanzkapelle und Rockband. Sie haben einen Schlagzeuger, einen Elektrogitarristen, einen Elektrobassisten, aber auch einen Trompetenspieler, der die Polkas, Walzer und Märsche spielen kann. Er übernimmt jetzt das Solo beim Letkiss; die Tänzer hängen sich nacheinander ein, die Hände auf den Schultern vom vorderen Partner. Die Tanzfläche füllt sich schnell und die drei Mädchen schließen sich an die Polonaise an, erst Helga, dann Lena, dann Ingrid.

Links – links – rechts – rechts – vorwärts – rückwärts – 1 – 2 – 3.

Die Polonaise wird länger und länger, sie windet sich in Schlangenlinien durch den Saal. Der Boden gibt immer mehr nach bei dem *1 – 2 – 3*, weil die Tänzer mit beiden Füßen hupfen. Unten wird sich der lange Balken an der Wirtsstubendecke durchbiegen. Vor vier Jahren war Lena noch unten mit der Oma Bratwurst essen am Samstagabend. Da hat man den Letkiss mitgehört und gesehen, wie sich der Balken durchbog und kleine Wölkchen Staub nach jedem Aufsetzer zwischen Balken und Decke ausgepustet wurden. Da hat sich Lena gewünscht, so alt zu sein, dass sie oben beim Tanz dabei sein könnte.

Außerhalb der Polonaise tanzt, oder vielmehr schwankt eine einsame, langhaarige Figur mehr oder weniger im Takt. Es ist Peter Radtke, Helgas Freund. In einer Hand hält er eine Zigarette, in der anderen eine Maß Bier.

»Vorwärts, rückwärts, eins-zwei-drei«, lallt er, und jedes Mal schwappt sein Bierglas über. Dann erspäht er Helga und drängt sich hinter ihr in die Polonaise rein, will aber weder auf die Zigarette noch auf das Bierglas verzichten, sodass Lena ihn loslässt, nachdem ihr Kleid eine kleine Bierdusche abbekommen hat. Nun ziehen zwei Reihen durch den Saal, wie ein Wurm, der in zwei Teile getrennt wurde.

»Aua! Du bist ja besoffen!«, schreit Helga, als seine Zigarette an ihrer Schulter zischend in ihre Afro-Frisur eingedrungen ist, und schüttelt ihn los.

»Blöde Kuh«, sagt er, torkelt eine ganze Umdrehung um sich und fällt auf ein Knie, verliert dabei nie den Blick auf seine Maß. Er nimmt daraus einen Schluck.

Der Letkiss geht zu Ende.

»Und jetzt, wieder für alle«, sagt Roy, »ein Walzer, *Was kann schöner sein.*«

Die Band setzt ein, Roy singt:

Was kann schöner sein,
viel schöner als Ruhm und Geld?
Für mich gibt's auf dieser Welt
doch nur Dich allein,
was kann schöner sein?

Der Trompetenspieler setzt zum Solo an. Roy legt seine Gitarre auf einem Ständer ab und läuft über die Bühne in Richtung Lena. Sie versucht, nicht hinzuschauen. Da ist eine dreistufige Treppe direkt bei Helga, Roys beige Wildlederstiefel sind auf der oberen Stufe zu sehen. Plötzlich schiebt sich aus der anderen Richtung eine knorrige, ausgestreckte Hand in Lenas Blickfeld und eine Stimme fragt: »Mogst tanzen?« Lena schaut hoch. Vor ihr steht Siegfried in Holzfällerhemd und brauner Stoffhose, bis oberhalb seiner Taille hinaufgezogen. »Ich hab's ja versprochen«, fährt Siegfried fort. Hinter ihm bleiben die Wildlederschuhe stehen, dann kehren sie um. Lena steht auf und gibt Siegfried ihre Hand.

Er kann nicht tanzen, nicht einmal Walzer, er verfehlt den Rhythmus mal mehr, mal weniger, macht unerwartet Sätze außerhalb des Taktes nach links oder rechts; Lena versucht, sich ihm anzupassen.

Auf der Bühne singt Roy wieder:

Die erste Liebe kam, und mit ihr kamen Tage, herrlich und schön.

Ich war so glücklich, glücklich wie nie, und sang die Melodie:

Qué será será

Was immer auch kommen mag, für mich gibt es Tag für Tag

doch nur Dich allein.

Was kann schöner sein?

Lena versucht, Siegfried so zu drehen, dass sie Roy sehen kann, um ihm irgendein Zeichen zu geben, dass ihr Tanz mit Siegfried nichts zu bedeuten hat, aber Siegfried sagt »Geh halt aweng her«, pflanzt seine rechte Pranke in ihren Rücken und zieht sie näher zu sich. Sein Körper fühlt sich knorpelig an, Muskeln und Schwabbel wechseln sich ab von der Brust bis zum Bauch, wie durchgezogenes Bauchfleisch bei einer Schlachtschüssel. Aus seinem Hals sprießen seitlich ausstehende, stachelige Haare, er trägt ein billiges, süßes Aftershave, sie will nicht zu ihm hochschauen, aber sein Mund ist auf ihrer Augenhöhe und der ist in einem Dauergrinsen eingefroren. Dabei lugen die zwei Vorderzähne mit der Lücke dazwischen vor wie ein Werkzeug, dessen Sinn noch keiner erfasst hat, und mitten in seinem Bart schaut Siegfried selbst aus wie ein frisch geborener, nackter Vogel in einem Nest. Er sagt nichts. Er hält sie viel zu fest und viel zu weit unten, schon am Ansatz ihres Hinterns. Viele Paare drängen sich auf die Tanzfläche; es wird eng, Lena wird gegen Siegfried geschoben; sie spürt, dass sein Penis erigiert, und versucht, sich zurückzuziehen, aber er lässt sie nicht.

Jahre vergingen, und wir zwei
haben gemeinsam vieles erlebt
Glück und Enttäuschung, Freude und Leid,
doch ich sag dir auch heut:
Qué será será
Was immer auch kommen mag,
für mich gibt es Tag für Tag
doch nur Dich allein.
Was kann schöner sein?
Was kann schöner sein?

Sie ist froh, als der Tanz vorbei ist, bedankt sich und geht zurück. Ingrid betrachtet sie mit versteinerter Miene.

»Ich konnte nichts dafür«, sagt Lena.

»Macht nichts«, sagt Ingrid. »Du hast ihn ja auch eingeladen.«

»Für dich doch.«

»Das kann er doch nicht wissen.«

»Ich konnte wirklich nichts dafür, Ingrid. Ich mag doch den Siegfried gar nicht.«

Ingrid zuckt einmal mit der linken Schulter.

Peter erscheint mitten auf der Tanzfläche, schwenkt seinen Maßkrug, seine Haare schwingen vor seinem bleichen Gesicht wie ein Vorhang an einer Tür, durch die gerade jemand gegangen ist. Er jault, wie es Jungs nur auf der Kirchweih tun, wie ein angeschossener Wolf, dann grölt er: *»Oh du alte Brunzkathrine, liegst im Bett, hast Henschi o«*, und einige Jungs von der Bar hinten jaulen mit und brüllen im Chor: *»ZEICH MER MOL DEI DRESCHMASCHINA, HENG I GLEI MEIN BULLDOG NO!«*

Irgendwo weit unter dem Gebrüll ist noch ein Fragment Melodie, wie ein Schiffswrack am Meeresboden, das man an den Strömungen an der Oberfläche bemerkt. Die Jungs kommen auf die Tanzfläche, bilden einen Halbkreis um Peter und hängen sich an den Armen ein.

Peter nimmt wieder einen Schluck Bier. *»Früh um halba siema steht mer scho der Riema!«*

»STEHT MIR DA DER RIEMA NET, IS KA HALBA SIEMA NET!«

»Mei Schwester, des Luader, hat mit an Neger possiert.«

»ETZ HAT SIE A KIND KRICHT, DES IS SCHWARZWEISS KARIERT!«

»Wo ist der Caspars Eddi?«, grölt Peter. »Für ihn haben wir auch einen Reim gemacht. Eddi, komm raus, hol dir deinen Applaus!«

Die Ortsburschen nehmen den Ruf auf: *»EDDI KOMM RAUS, HOL DIR DEINEN APPLAUS!«*

Es knistert im Saal. Es ist, als ob in Peter das Wetterleuchten, das sich den ganzen Tag im Dorf aufgebaut hat, seinen Blitzableiter gefunden hat und er es nun entladen muss.

Eddi war aber bisher draußen im Flur und scheint nicht gemerkt zu haben, dass da etwas umgekippt ist. Er erscheint auf der Tanzfläche in seiner karierten Hose und dem engen, kurzen rot-braun gestreiften Pullunder. Darunter trägt er ein rosarotes Hemd mit langem Spitzenkragen. Er schaut lächelnd verwundert in die Runde.

»Applaus für was?«, fragt er.

Peter geht auf ihn zu und klemmt Eddis Hals in seiner Armbeuge ein. »Wo warst denn heute früh, Eddi?«, fragt er. »Warum warst nicht mit im Wald?« Dann spricht er zum herumsitzenden Publikum. »Wisst ihr, der Eddi ist net wie die anderen Dorfburschen! Er geht net in den Wald zum Baumholen, er hilft net beim Fichtenaufstellen, er läuft beim Kerwaumzug net mit, er sauft net. Aber, was am schlimmsten ist, er kann mit unseren schönen Hassberger Madli nix anfangen!«

Ein Wolfsrudelgeheule bricht los. Innerhalb eines Augenblicks hat sich die Tanzfläche in einen Gerichtssaal verwandelt.

Eddi muss seinen Kopf gegen Peters Druck stemmen, um noch hochschauen zu können. Er schweigt und grinst gegen die Pein seiner Lage an, ein verzweifeltes, grauenhaftes Grinsen. Als ob es für ihn keine andere Möglichkeit gibt, als mit alldem einverstanden zu sein. Als ob, wenn er nur lang genug grinst, das alles vorbeigehen wird. Als ob er nicht Angeklagter dieses Kirchweihgerichts ist, sondern Zuschauer.

»Wir müssen was machen«, sagt Lena und dreht sich zuerst zu Ingrid.

Auf Ingrids Gesicht ist jedoch auch ein Lächeln, das weit vor den Augen aufhört, aber trotzdem ein anderes ist; ein distanziertes, ein abwartendes, ein Lächeln, von dem keine Hilfe zu erwarten ist.

»Helga, mach du etwas«, sagt Lena. »Auf dich hört er vielleicht.«

»Wenn er so drauf ist«, sagt Helga, »hört er auf niemanden. Geh zu Roy und sag ihm, er soll was Schnelles spielen. Ich lenke den Peter ab.«

Lena läuft los.

Peter lässt gerade Bier aus seinem Maßkrug über Eddis Kopf schwappen. »Und warum der Eddi so ist«, grölt er, »wollen wir euch mit dem nächsten Kerwavers erklären!«

Von Roys Gitarre klingt ein ikonisches Riff: *Duh-duh, duh-duh-duh, duh-duh-duh.*

Die Wirkung ist unmittelbar; ein Raunen geht durch den Saal, die Tanzfläche füllt sich schlagartig, die Linie der Kerwaburschen wird durchbrochen, die Jungs werden von der Fläche verdrängt.

Die Gitarre wiederholt die Phrase: *Duh-duh, duh-duh-duh, duh-duh-duh »I can't get no-o satisfactio-on«,* singt Roy.

Inmitten des Gewühls hält Peter Eddi immer noch im Zangengriff.

»Lass ihn los, Peter«, sagt Helga. »Ich will tanzen.«

»Ich will aber net mit dir tanzen«, sagt Peter.

»Ich will ja auch nicht mit dir tanzen.« Helga stemmt die Hände in die Taille. »Ich will mit Eddi tanzen.«

»Dann tanzt doch«, sagt Peter, lässt den Eddi los, schwenkt den Rest von seinem Bier über Helga und geht.

»Arschloch«, sagt sie.

Lena setzt sich wieder zu Ingrid. »Da können wir doch auch tanzen, Ingrid«, sagt sie.

Ingrid schnieft kurz durch die Nase. »Du weißt, dass ich nicht offen tanze. Aber nur zu, vielleicht tanzt wieder der Siegfried mit dir.«

Helga trampt inzwischen auf der Tanzfläche und rollt imaginäre Wolle auf, wirft Busen und Hüfte in entgegengesetzte Richtungen. Eddi stampft von einem Bein auf das andere.

Helga setzt sich nach *Satisfaction* gar nicht hin, sondern geht gleich zur Tür hinaus. Eddi verschwindet ebenso.

Dann kommt *Poor Boy* von den Lords.

When I was born you know

I couldn't speak and go ...

Von hinten sieht Lena, wie Siegfried sich wieder von der Bar löst und sich auf den Weg nach vorne macht. »Ich muss mal«, sagt sie zu Ingrid, die nicht reagiert.

Lena beeilt sich hinauszukommen.

Unten im Flur hört sie aus dem Männerklo Würge-, Kotz- und Plätschergeräusche. Im Damenklo ist Helga nicht, Lena geht wieder raus und steht unschlüssig herum. Auf einmal knallt und rumpelt es ganz laut, jemand schreit auf, eine Tür scheppert. Peter stürmt aus dem Herrenklo heraus und geht die Treppe wieder hoch zum Saal, drinnen sieht Lena Eddis Beine aus einer Kabine ragen.

»Eddi?«

Ein leises Stöhnen.

Lena geht hinein. Eddi liegt auf dem Rücken, halb in der Kabine und halb außen. Sein Gesicht ist blutüberströmt.

»Arschloch«, sagt er. »Ich habe doch bloß gefragt, ob ich helfen kann, weil er in der Kabine so gespien hat. Da ist er auf mich losgegangen, hat geschrien, dass ich ein warmer Bruder bin und ihn in Ruhe lassen soll. Arschloch.«

»Warte mal.« Lena schiebt sich an Eddi vorbei, holt Klopapier von der Rolle, tränkt es mit Wasser aus dem Waschbecken und gibt es ihm.

Er wischt sich das Gesicht ab. »Danke. Geht schon wieder.«

»Hast du Helga gesehen?«

»Ich glaube, sie war auf dem Klo vorhin. Vielleicht ist sie hinausgegangen.«

»Ich schaue mal nach ihr. Bist du okay?«

»Ja, ja, wird schon wieder. Ich sperre mich mal hier ein.«

Im Flur hört Lena die ersten zuckrigen Takte von *Du gehörst zu mir*. Sie geht vor die Tür. Da ist niemand, das Karussell steht still und verwaist. Wind ist aufgekommen, oben an der Kirchweihfichte klappert der Kranz gegen den Stamm und das Krepppapier raschelt, auf dem Gehsteig jagen sich Wirbel von Blättern. Um die Ecke ist auch die Bude verriegelt, die Lampen sind ausgeschaltet, die Fensterläden geschlossen.

»Da bist du ja«, sagt eine Stimme hinter ihr. Es ist Siegfried. »Droben spielen sie einen Schieber. Den wollt ich mit dir tanzen.«

»Frag doch die Ingrid«, sagt Lena. »Das ist ihr Lieblingslied.«

»Ich frage aber dich. Wir wollten doch miteinander auf Kirchweih gehen. So war's doch ausgemacht.«

»Siegfried, das war ein Missverständnis. Eigentlich wollte ich nur für die Ingrid fragen. Sie ist selber zu schüchtern.«

»Was interessiert mich die Hoobergoaß, die hat doch nix vor der Hüttn. Da bist mir du schon lieber.«

»Sie mag dich aber wirklich.«

»Und du wohl net. Willst mir das sagen?«

»Ich bin doch schon vergeben.«

»So? Wem denn?«

»Das will ich nicht sagen.«

»Du bist mir vielleicht eine. Bist schon vergeben und lädst mich zum Kirchweihtanz ein.«

»Das habe ich nicht so gemeint.«

»Wie steh ich denn da? Wegen dir gehe ich auf Kirchweih und jetzt sagst, du bist schon vergeben. Hältst mich wohl für blöd. Du meinst wohl, du bist zu gut für mich. Ich glaub gar nicht, dass du vergeben bist. Wer soll denn dich wollen? Meinst, ich weiß net, wo du herkommst? Meinst, ich hab vergessen, wer dein Vater ist? Könnst froh sein, dass ich mich mit einer wie dir abgeb. Jetzt gehst her.« Er packt sie am Arm. »Schauen wir mal, vielleicht wird's mit uns zwei was, aber ich kauf net die Katze im Sack. Erst wird die Ware geprüft.« Er hält Lenas linken Arm mit seiner linken Hand fest, mit der rechten umklammert er sie von hinten. Er schiebt sie an der Bude vorbei und drückt Lena gegen die Backsteinwand dahinter, zwischen zwei überquellende Mülleimer. Sie versucht ihn wegzudrängen, aber sie hat keine Chance. Seine rechte Hand drückt er auf ihren Hals und presst ihren Kopf damit gegen die Wand, mit seiner linken macht er seinen Hosenschlitz auf, drängt seine Beine zwischen ihre, zieht ihren Rock hoch und ihren Schlüpfer hinunter. Der Schlüpfer bleibt oberhalb von ihren Knien hängen; er zerreißt ihn. Sie trommelt mit beiden Fäusten gegen seinen Körper, aber er schiebt seinen Penis gegen ihre Scheide. »Hilf mir doch aweng«, grummelt er. Seine Hand drückt ihre Kehle fast zu, sie kann nicht schreien; sie kriegt kaum noch Luft.

Durch die Mauer wummern die Bässe, Roy singt:

Du gehörst zu mir
die andern werden sagen: lass ihn geh'n.
Ich weiß mehr von dir
als alle
die dich glauben zu versteh'n.
Du gehörst zu mir.

»Geh, gehab dich net so«, zischt Siegfried und dringt mit seinem Penis in sie ein.

Es ist ein Dreizack an Schmerzen; am Hinterkopf, wo sich eine kleine Nase im Backstein in ihren Schädel bohrt, an ihrer Kehle, die er so fest zudrückt, dass sie Angst hat zu ersticken, und am schlimmsten in ihrer Scheide, die bei seinen Bewegungen brennt, wie wenn etwas gerissen wäre.

Als er von ihr ablässt und wortlos weggeht, sackt sie hinunter auf den Boden, bis sie im Sitzen mit dem Rücken gegen die Backsteinwand kauert. Sie holt in Riesenzügen Luft; Blut rinnt ihr vom Hinterkopf den Hals hinunter und aus ihrer Scheide heraus. Ihr Schlüpfer hängt an der linken Fessel, sie wischt sich damit ab. Ihre Kehle tut wahnsinnig weh; sie kann kaum schlucken.

Eddi steht über ihr. »Was ist passiert?«, fragt er.

Lena versucht zu sprechen, es kommt nur ein Krächzen heraus. Sie setzt noch mal an. »Kannst du die Ingrid holen?«

Er verschwindet. Lena versucht aufzustehen, es fühlt sich an, als ob immer noch ein scharfes Messer in ihrer Scheide steckt. Sie schafft es bis zur Kirchweihbude, wo sie sich gegen die Theke lehnen kann. Das Blut läuft nun stärker über ihre beiden Schenkel, sie wischt noch mal mit dem Schlüpfer, dann wirft sie ihn ins Gebüsch.

Ingrid kommt um die Ecke. »Was willst du?«

»Kannst du mir ein Handtuch aus der Toilette bringen?«

Sie geht wieder.

»Was ist passiert?«, fragt Eddi noch einmal.

»Der Siegfried hat mich vergewaltigt«, sagt Lena.

»Du solltest zur Polizei gehen.«

»Mache ich. Morgen.«

Ingrid ist wieder da, mit dem Handtuch. »Wo gehst du morgen hin?«, fragt sie.

»Zur Polizei. Der Siegfried hat mich vergewaltigt.«

»Das würde ich mir an deiner Stelle gut überlegen.«

»Wieso?«

»Das könnte man auch anders sehen. Ganz anders.«

»Spinnst du?«

»Du hast ihn doch angemacht, ich war dabei. Du hast wie blöd mit ihm geflirtet. ›Vielleicht hast nächste Woche mehr Glück.‹ Ich hab's doch gehört.«

»Da seid ihr«, sagt eine Stimme. Es ist Roy.

Lena lässt ihren Kleidersaum fallen.

»Na, wollt ihr eine Zigarette?« Er hält Eddi eine Schachtel Marlboro entgegen.

Der winkt ab. Ingrid ebenso, Lena auch.

»Was ist denn hier los?«, fragt er. »Ist jemand gestorben?«

»Ich bin vergewaltigt worden«, sagt Lena. »Vom Siegfried.«

»Was?«, fragt Roy.

»Das sagst du«, sagt Ingrid. »Das müsste erst einmal bewiesen werden.«

Roy schaut von einem zum anderen. Dann steckt er die Zigaretten wieder weg. »Ich halte mich da lieber raus«, sagt er. »Das ist mir zu kompliziert.«

»Ich gehe auch wieder rein«, sagt Ingrid.

»Ich bringe dich nach Hause«, sagt Eddi.

Freispielen

Samstag, 4. August 1984, 16:37 Uhr

»Kriech hinein und schau, ob recht eingeheizt ist«, sagt Max mit kratziger Stimme, »damit wir das Brot hineinschieben können.« Er trägt eine Hexenmaske und eine Schürze, beide zu groß, und stützt sich auf einen umgedrehten Besen, der ihm als Krücke dient.

»Ich weiß nicht, wie ich's machen soll«, sagt seine Schwester Konni mit übertriebener Unschuldsmiene. Sie trägt als Gretel das Dirndl, das ihr Oma Sophie genäht hat, und rudert dramatisch mit ihren dünnen Armen. »Wie komm ich da hinein?«

Max gestikuliert mit dem Schaft seines Besens in Richtung Backofen. »Dumme Gans, die Öffnung ist groß genug, siehst du wohl, ich könnte selbst hinein.«

»Das glaub ich nicht, mach's doch!«, sagt Konni. Dann dreht sie Max ihren Rücken zu und macht eine aufmunternde Bewegung mit beiden Händen zum Publikum, wie eine Lehrerin, wenn die Klasse ihr etwas nachsprechen soll.

»Mach's doch, mach's doch!«, sprechen die versammelten Kinder im Chor brav nach.

»Auweia«, sagt Lena leise zu sich. »Das war zu viel, Konni.« Immer will Konni das Publikum auf ihre Seite ziehen. Sich mit ihm verbünden, gegen den Max.

Max schiebt seine Unterlippe heraus und verschränkt die Arme. »Ich mach's nicht. Ich will nicht in den Ofen«, sagt er.

Konni wirft einen Hilfe suchenden Blick zu ihrer Mutter, aber Lena schüttelt bloß mit dem Kopf. *Schau selbst, wie du da rauskommst.*

»Ich weiß aber nicht, wie ich's machen soll«, setzt Konni neu an. »Wie komme ich da hinein? Mache es mir doch vor.«

»Mach's doch, mach's doch«, wiederholt der Kinderchor, nun von alleine.

»Ich will nicht die Hexe spielen!«, schreit Max, den Tränen nahe. »Ich will der Hänsel sein! Der muss nie in den Ofen.«

»Der Tobi ist doch schon der Hänsel!«, zischt Konni.

»Dann will ich die Gretel sein!«

»Du kannst nicht die Gretel sein, erstens, weil ich sie bin, und zweitens, weil du ein Junge bist!«

»Dann kann ich auch keine Hexe sein!«

»Doch, ein Junge kann wohl eine Hexe sein! Außerdem sind wir mitten im Spiel!«

»Ich will aber nicht in den Ofen! Immer muss ich sterben! Letzte Woche war ich Rumpelstilzchen und habe mich zerrissen ...«

»Das war doch nur dein T-Shirt!«

»Vorletzte Woche war ich der böse Wolf und ihr habt mir den Bauch aufgeschnitten ...«

»Das war doch auch nur wieder dein T-Shirt!«

»Ja, und dauernd macht ihr mir meine T-Shirts kaputt und nie kriege ich neue!«

»Du kriegst neue T-Shirts, aber jetzt spiele doch endlich deine Rolle!«

»Aber ich gehe nicht in den Ofen! Immer schreibst du die Stücke so, dass ich sterben muss oder ganz dumm bin, und alle lachen mich aus!«

Lena muss ihm innerlich zustimmen. Die Konni, mit ihren neun Jahren ein Abbild von Lena im gleichen Alter, spindeldürr, mit großen Augen und einem breiten Mund, ist wirklich zu dominierend gegenüber ihren zwei kleineren Brüdern, die wiederum mit ihren quadratischen blonden Schädeln und offenen Gesichtern ihrem Vater Hans ähnlich sehen. Tobi, mit sechs der Jüngste, kommt gut dabei weg, er macht es sich einfach, indem er alles macht, was Konni will. Aber der arme Max, acht, hat selbst gute Ideen, muss jedoch immer nachgeben.

Lena hat sich bei der Erziehung ihrer Kinder oft von dem Beziehungsgeflecht zwischen den dreien überfordert gefühlt. Selbst ein Einzelkind, hat sie keinerlei Erfahrung mit Geschwisterdynamik und ob und wie man als Mutter hineinwirken soll. Konni ausbremsen, Max unterstützen, Tobi anschubsen? Oder alle drei gewähren lassen? Wird Konni, ungehindert, ihr Leben lang über jeden bestimmen wollen? Wird Max immer frustrierter werden und eines Tages ausflippen? Wird Tobi immer ausgleichen und nie auf sich selbst schauen? Aber jetzt, an diesem sonnigen Samstagnachmittag, wo die ganzen Kinder aus der Nachbarschaft zu ihnen in den Garten gekommen sind und eine Mark Eintritt bezahlt haben, muss sie den Dingen ihren Lauf lassen.

»Das Märchen geht aber so!«, schreit jetzt Konni.

»Ich hab's aber satt!«, plärrt Max zurück.

»Dann geh ich halt in den Ofen!«, ruft Tobi, von dem nur ein wackelndes Stück Knochen, das er zwischen den Gitterstäben hinausstreckt, zeugt, dass er im Käfig sitzt.

»Du kannst nicht in den Ofen gehen, du bist der Hänsel!«, ruft Konni. »Du wartest, bis ich dich aus dem Käfig befreie, und dann machen wir es genauso, wie wir es geübt haben!«

Lena schaut in die Runde. Die achtzehn Nachbarskinder aus der Siedlung sitzen alle brav auf dem Rasen und schauen interessierter zu, als sie es vorher beim eigentlichen Stück taten. Keins von ihnen zappelt mehr mit den Beinen oder will aufs Klo.

»Ich lasse dich gehen«, sagt Max, geht zum Käfig und macht ihn auf. »Weil ich eine gute Hexe bin.«

Tobi krabbelt heraus und schaut verunsichert zu Max und Konni.

»Also gut«, sagt Konni zu Max. »Du kannst aber nicht da stehen bleiben und zuschauen. Du musst dich umziehen und den Vater spielen, wenn wir heimkommen. Wenn du in den Käfig gegangen wärst, hättest du hinten hinausschlüpfen und dich umziehen können. So wie wir es geübt haben.«

Max setzt die Hexenmaske ab und breitet die Arme weit aus. »Seht, Kinder«, sagt er zu Konni und Tobi. »Ich bin es, eure wahre Mutter. Ich bin nicht gestorben, wie es euch eure böse Stiefmutter erzählt hat. Ich bin nur in den Wald gegangen und habe das schöne Haus aus Lebkuchen für euch gebaut. Und jetzt dürft ihr bei mir wohnen und Lebkuchen essen für immer und ewig, Amen.«

Ein paar kirchengeschulte Kinder murmeln »Amen« zurück.

Max geht einen Schritt zum Publikum hin, dreht sich zu Konni und Tobi um und flüstert: »Sagt euren Schlusstext. Es ist aus.«

Tobi schaut zu Konni.

Sie nickt und spricht. »Da hatten alle Sorgen ein Ende, und sie lebten in lauter Freude zusammen.«

Tobi sagt: »Mein Märchen ist aus, dort läuft eine Maus, wer sie fängt, darf sich eine große Pelzkappe daraus machen.«

Alle drei nehmen sich gegenseitig an den Händen und verbeugen sich. Großer Applaus.

Gut gemacht, Max. Du hast dich freigespielt.

Konni, Max und Tobi servieren die selbst gemachte Limonade, die im Preis drin ist, an die Kinder, und der Garten füllt sich mit schlürfenden, klirrenden, friedlichen Geräuschen.

»Geht mal her, Kinder«, sagt Lena.

Konni, Max und Tobi versammeln sich um sie.

»Ihr könnt nicht eine Mark für euer Stück verlangen. Ihr habt so gestritten mittendrin. Ihr müsst die Mark zurückgeben.«

»Aber die Mark war doch für ein Mal Eisessen am Tag für unseren Urlaub nächste Woche am Gardasee«, sagt Max.

»Und den Kindern hat es gefallen. Besser als das alte. Das war eine gute Idee vom Max«, sagt Konni.

»Und was sagst du, Tobi?«, fragt Lena.

»Können wir fünfzig Pfennig für die Limonade behalten?«, sagt Tobi.

»Das ist eine gute Idee«, sagt Lena. »Dann habt ihr neun Mark. Damit könnt ihr ...«

»Jeden Tag eine Kugel Eis für vierzig Pfennig essen«, sagt Max. »Ich Stracciatella ...«

»Ich Pesca«, sagt Konni.

»Und ich Melone«, sagt Tobi.

»Du hast doch immer Banane gegessen«, sagt Konni.

»Konni!«, sagt Lena.

»Aber jetzt esse ich Melone«, sagt Tobi.

Alle drei strahlen. Lena liebt sie sehr, sie sagt es nicht, sie wissen es schon.

»Lena! Telefon.« Hans kommt aus dem Haus. »Na, wie war's?«

»Toll«, sagt Lena. »Nur etwas anders, nicht ganz nach den Brüdern Grimm. Wer ist dran?«

»Kenn ich nicht. Irgendein Rüdiger.«

»Ich kenne keinen Rüdiger.«

Hans geht mit Lena ein Stück mit zum Haus. »Sei vorsichtig, Schatz. Ich weiß nicht, wer das ist, aber ich glaub, er ist besoffen.«

»Kilian?«

»Grüß dich, Lena, hier ist der Roy, der Rüdiger, weißt scho.«

»Ach Gott, Roy, ja. Grüß dich. Warum rufst du an?«

»Ich will bloß amol reden. Hast aweng Zeit?«

»Mir passt es gerade nicht so. Wir haben den Garten voller Kinder. Was gibt's denn?«

Sie hört Roy einen Schluck trinken. »Ich hab schon gehört, dir geht's gut. Kinder und Ehemann und neues Haus in Rödelsee und so. Schön. Freut mich.«

»Danke. Und selber?«

»Na ja. Ich weiß net, ob du weißt, dass ich mit der Helga zusammen war. Sie hat ja ein Kind von dem Peter, dem Arschloch, und der wollt sie net heiraten, na ja, und dann sind wir halt zusammengekommen, und ich hab die Rosi wie meine eigene Tochter geliebt. Und dann fängt die Helga eines Tages wieder mit dem Peter was an, und ich bin dahintergekommen, und schwupp, war ich draußen. Und dann hat der Peter sie wieder sitzen lassen, und jetzt ist alles ein Scherbenhaufen und nix mehr gut. Hast des gehört?«

»Na ja, so was Ähnliches, ja, aber die Helga habe ich schon ewig nicht mehr gesehen, und mit Hassberg habe ich nichts zu tun. Wie geht's dir sonst? Bist du noch beim Kugelfischer?«

»Nee, bin geflogen. Ich mache mal dies, mal das. Ich habe ein Zimmer in Haßfurt.«

»Machst du noch Musik?«

»Nix mehr. Die Jungs haben alle keine Zeit mehr. Familie, Kinder und so weiter.«

Wieder ein schlürfendes Geräusch. Dann: »Du, Lena. Lass mich noch mal anfangen. Damals ...«

»Ja?«

»Damals auf der Kirchweih ...«

»Da will ich nicht darüber sprechen. Das habe ich alles hinter mir.«

»Lass mich bitte aussprechen. Was ich eigentlich sagen wollte, das hängt alles damit zusammen. Also, damals auf der Kirchweih habe ich dir nicht geglaubt. Oder ich wollt mich nicht einmischen. Oder ich war einfach feig. Und das war ein Fehler. Denn ich habe eine Freundin gehabt, oder was heißt Freundin, ich war halt mit einer mal zusammen, und die hat mir erzählt, dass ihr das Gleiche passiert ist. Mit dem Siegfried. Im Jahr drauf. Und von anderen habe ich auch schon gehört.«

»Ich muss jetzt wirklich Schluss machen, die Kinder warten schon.«

»Bloß noch ganz kurz, Lena, bitte. Ich wollte sagen, dass es mir leidtut und dass ich zu dir hätte halten sollen damals.«

»Du brauchst dich nicht zu entschuldigen, es war nichts zwischen uns und es ist auch nicht mehr wichtig. Ich bin mit alldem schon längst fertig.«

»Bitte, Lena, leg nicht auf. Es ist wichtig. Weil die Rosi jetzt ins Alter kommt, und weil die Helga und sie immer noch in Hassberg leben.«

»Ja, und?«

»Ich habe Angst, dass so was mit der Rosi passiert. Ich muss zum Siegfried hingehen und von Mann zu Mann sprechen, damit so was mit der Rosi nicht vorkommt.« Ein Zischen von einem Kronkorken am anderen Ende. »Die Helga soll nichts davon erfahren, sonst heißt es, ich mische mich wieder ein. Und auch sonst niemand.«

»Und warum erzählst du es dann mir?«

Schweigen. Sie hört Roy einen großen Schluck trinken. »Ich weiß nicht. Eigentlich wollt ich mich entschuldigen. Und dass du mir net bös bist. Und dass vielleicht mit uns, wenn das nicht passiert wär ... na, Blödsinn. Ich wünsch dir alles Gute, Lena.«

»Das wünsche ich dir auch, Roy. Aber ruf bitte nicht mehr an. Tschüss.« Lena legt auf.

Nimm dich zusammen, Lena. Sie schnauft tief durch. Dann schaut sie in den Spiegel neben dem Telefon im Flur. Ist sie wieder da, diese Lena mit dem gehetzten Blick, die ausschaut, als ob sie sich ducken oder gleich Reißaus nehmen will?

Nein, die Lena, die ihr entgegenblickt, ist dieselbe, die heute früh aus dem Spiegel schaute. Die Lena, die sie seit der Geburt von Konni ist. Nackenlange, gewellte Haare. Selbstbewusster, freundlicher Blick. Vielleicht etwas entschiedener. Die Lena, die sie sich erkämpft hat und die sie nicht mehr hergibt. Sie dreht sich herum, schaut um sich. Ins offene Wohnzimmer mit den großen Fenstern und den Holzregalen, die sie mit Hans gebaut hat. In die Küche, die sie mit den pastellfarbigen Kacheln gefliest hat. In den Flur, wo sich vorn die Hausschuhe der Kinder tummeln. Hier ist sie, in diesem offenen, luftigen Haus in Rödelsee, in diesem Leben, dem die ganze Last des Scheißhassbergs genommen worden ist, in diesem Leben, das sie nie mehr hergeben will.

Sie hat sich freigespielt.

Sie geht zum Garten hinaus.

Hans kommt ihr entgegen. »Haben wir noch Limonade, Schatz? Was ist denn?«

»Nichts.«

»Wer war das?«

»Niemand.«

Unter vier Augen

Samstag, 4. August 1984, 17:19 Uhr

Roy nimmt noch einen Schluck Bier, dann zündet er sich eine Zigarette an. Er geht durch sein Zimmer an nicht ausgepackten Kisten mit Schallplatten und Kleidern vorbei und schaut zum Hinterhof hinaus, über seinen zerbeulten Opel Manta hinweg zu den Haßbergen, deren sanfte grüne Erhebungen in der Sommerhitze schmoren. Dann nimmt er das Telefonbuch, blättert bis »Hassberg«, findet *Kern, Siegfried u. Ingrid* und wählt erneut.

»Kern.«

»Servus, Ingrid. Hier ist der Roy.«

»Ja?«

»Ich wollt den Siegfried sprechen. Ist er da?«

»Ich hole ihn. Siegfried!«

Polternde Schritte in Stiefeln. »Kern.«

»Servus, Siegfried. Hier ist der Roy.«

»Wer?«

»Na, der Rüdiger, halt.«

»Ach so. Was willst denn?«

»Ich wollt dich mal sprechen.«

»Weshalb?«

»Nicht am Telefon. Unter vier Augen.«

»So. Um was geht's denn?«

»Das sag ich dir dann. Können wir uns irgendwo treffen?«

»Nicht, wennst mir net sagst, um was es geht. Ich hab zu tun.«

»Also gut. Wie soll ich des sagen. Es geht um dich und junge Mädchen.«

»Moment. Geh mal raus da, ich muss hier reden. Also. Was soll das heißen? Was willst denn damit sagen?«

»Ich will mich mit dir treffen und darüber reden. Unter vier Augen. Irgendwo, wo uns keiner hört. Es braucht niemand davon zu erfahren. Und es weiß niemand etwas davon. Und wenn wir uns einig sind, wird nie jemand etwas darüber erfahren.«

»Warum sollte ich das tun?«

»Weil ich sonst zur Polizei geh und sag, was ich weiß.«

»Du weißt doch gar nichts.«

»Das sage ich dir dann schon, was ich weiß.«

Siegfrieds Wald

Montag, 6. August 1984

Der Fußweg von Königsberg in Bayern bis Zeil am Main läuft oberhalb der Weinlage Herrgottsgarten auf der Michaelshöhe an Hassberg vorbei. Kurz vorher streift er die schwere Ummantelung des Rauenwaldes ab, er kommt aus dem Schatten ins Licht und wedelt, wie beflügelt von seiner plötzlichen Freiheit, ein paarmal hin und her bis zum Felsvorsprung Falkenstein, von wo aus man auf die Weinberge diesseits und auf den Steigerwald jenseits des Mains schauen kann. Sein Zickzack scheint den viel mächtigeren Fluss zu necken, der im Tal gegenüber die Zwänge und Enge des Steigerwalds in einer gemächlichen Schleife umfließt, wie ein kleiner, plötzlich von der Leine losgelassener Dackel, der so tut, als wollte er einen Rottweiler angreifen.

Heute kommt Roy den Weg entlang. In seiner Bluejeans mit ausgestellten Beinen, seinem gestreiften Hemd mit dem Spitzkragen und seinen schulterlangen Haaren erscheint er wie eingeschlossen in einer Zeitkapsel aus dem Jahre 1970. Das war die Zeit, in der aus dem Rüdiger-Kokon mit der zu kurzen grünen Cordhose, dem karierten Hemd und den hinaufgeschorenen Haaren der Roy mit der Schlaghose, dem gestreiften Hemd, den schulterlangen Haaren, kinnlangen Koteletten und dem um beide Mundwinkel sich drapierenden Schnurrbart geschlüpft ist. Für diesen Roy hat er schwer gekämpft, und er bleibt die einzige Alternative zum alten Rüdiger, die er sich vorstellen kann. Er hält sich so fest an ihn, wie er nur kann, obwohl den Namen immer weniger Leute benutzen, und was diesen Roy ausmachte, seine Umrisse, immer mehr verwischt, wie ein altes Bild aus Kreide an einer Schultafel. Wie lange wäre Roy bei dieser Erscheinungsform wohl geblieben? Würde er heute noch, 2018, Motorrad fahren, auf Stones-Konzerte gehen? Irgendwann hätte auch er die Schlaghose aufgegeben, vielleicht kurz bevor sie wieder Mode geworden ist. Den Hufeisenschnurrbart hätte ihm eine spätere Freundin oder gar wieder Helga eventuell ausreden können, aber die Haare hätte er bestimmt noch lang getragen, vielleicht hinten zusammengebunden.

Es ist unmöglich zu sagen, denn er wird diesen Tag nicht überleben.

So wie er jetzt gegen den Wind läuft, kommen inzwischen die Geheimratsecken in seiner Stirn zum Vorschein, über die er sonst sorgfältig seine Haare kämmt. Und wenn man ihn das letzte Mal 1970 gesehen hat, fallen auch die Furchen zwischen seinen Augenbrauen auf, und der Bauchansatz, der sein gestreiftes Hemd unten zwischen den Knöpfen in kleine Ösen zieht. Und wenn man ihm zu nahe kommt, riecht man das Bier, das er heute früh schon getrunken hat.

Er hat sein Motorrad kurz vor dem Wald geparkt, den Rest des Weges ist er zu Fuß gegangen. Er hat mit Siegfried einen Treffpunkt in dessen Wald ausgemacht, wo sie niemand stören wird. Keine markierten Wanderwege führen dahin, nur Waldwege.

Als er aus dem Wald kommt, geht es ihm ähnlich wie dem Weg; er fühlt sich von einer Last befreit. Die Luft ist klar, der Himmel blau, der Blick weit, man sieht bis zum Schwanberg bei Iphofen. Ihm ist, als ob er ebenso hoch über den Dingen schwebt wie der Weg über der Landschaft, und als ob er genauso tief in sich hineinsehen kann wie in die Ferne weit, und ebenso in die Zukunft. Sein Beschluss, Siegfried zur Rede zu stellen, um Rosi zu schützen, wird nur der erste Schritt sein. Dass sie und Helga es nie erfahren werden, macht ihm nichts aus; es kommt ihm edel und selbstlos vor. Er wird heimlich und leise dafür sorgen, dass Rosi ganz geschützt in Hassberg aufwachsen kann. Er wird sein Schicksal ab jetzt in die Hand nehmen, nachdem er jahrelang steuerlos durch sein Leben getrieben ist. Sein Gang bekommt einen federnden Schwung.

Nach der Aussprache mit Siegfried wird dann alles andere drankommen. Familie; seine Eltern sind bei einem Autounfall gestorben, als er acht war, und er ist bei seinem Onkel Albert Königstein und seiner Tante Elfriede, die selbst keine Kinder hatten, in Beila aufgewachsen, einem kleinen Dorf zwei Kilometer von Hassberg in Richtung Haßfurt. Seine Tante hat ihn geliebt, aber bei seinem Onkel hatte er das Gefühl, dass er ein unerwünschter Eindringling in sein Leben sei. Nicht gleich; in der ersten Zeit hat Albert ihn sogar zu den Schnüdeln mitgenommen, zu seinem geliebten FC Schweinfurt, von denen Roy ebenfalls ein Fan war. Schafkopf hat er ihm auch beigebracht, und die *Sportschau* haben sie gemeinsam angeschaut. Aber die Volksschule in Hassberg musste für Roy reichen, obwohl der Lehrer damals gemeint hat, er hätte die Realschule leicht schaffen können. Albert hat das Fernsehprogramm bestimmt; der Beat-Club hatte im Königstein-Haushalt keine Chance. Mit fünfzehn war Roy mit der Volksschule fertig. Als er begann, nach der Schule seine Haare lang wachsen zu lassen, fing es an. Zu der Zeit ging Roy bei seinem Onkel als Schreiner in die Lehre. Darin war er talentiert, aber seinem Onkel konnte er nichts recht machen. Wenn er die Handgriffe ansetzen wollte, die er in der Berufsschule gelernt hatte, gab es Streit, sogar

Schläge. Und als er dann noch Gitarre lernen wollte, statt bei den Hassberger Bläsern zu bleiben, wurde alles schlimmer.

Sein erstes Lied: *Satisfaction* von den Stones. Vom Kofferradio auf Tonband aufgenommen. Tausendmal abgehört, bis das Band ganz ausgeleiert war. Und dann, ja, die Magie, als der Lauf sich ihm offenbarte wie bis dahin geheime Hieroglyphen und er ihn meisterte. Ganz einfach, aber von einer magischen Kraft. Stundenlang, tagelang, übte er ihn. Aber erst mit elektrischem Strom entfaltete er seine volle Wirkung. Also hat er die E-Gitarre und Verstärker der Hassberger Bläser ausgeliehen und in seinem Zimmer in jeder freien Minute geübt. Sogar Sonntagvormittag, mit offenem Fenster, als Onkel Albert und Tante Elfriede in die Kirche gegangen sind, hat er ganz Beila damit beschallt. Da hatte er auch die Unterstützung von Tante Elfriede verloren, die sonst immer zu ihm gestanden hatte. Alles eskalierte dann, kurz nachdem er seine Gesellenprüfung bestanden hatte und im Begriff war, eine Meisterlehre beim Kirchner in Zeil anzufangen. Roy fand auf dem Sperrmüll eine alte Höfner-Westerngitarre, nahm sie auseinander und baute sie heimlich in der Werkstatt seines Onkels, in kleinerer Form und mit einer Zedern- statt einer Fichtendecke, nach. Er gab vor, sein Meisterstück fertigzustellen, einen zusammenklappbaren Liegestuhl, mit einer Sitzfläche und Rückenlehne aus einem Stück, um die ganzen Leisten und dünnen Holzschichten zu erklären, die er in der Werkstatt seines Onkels zurechtsägte.

Es war eine tolle Gitarre; den ganzen Sommer 1968 arbeitete er an ihr. Der Moment, in dem er die Saiten aufzog, die Gitarre stimmte und anspielte: schöner als das erste Mal Sex mit Lissi Pettkus im Nebenzimmer des *Roten Ochsen* nach der Bläserprobe. Dann fuhr er mit der Gitarre auf seinem Roller nach Bubenreuth zum Höfner. Der Gitarrenbauer war begeistert und zeigte ihm noch ein paar Kniffe, wie man den Hals besser justieren konnte.

Als Onkel Albert in Roys Zimmer keine Spur vom Liegestuhl, dafür aber die Gitarre vorfand, zertrümmerte er sie. Roy zog aus und kam nie mehr zurück. Die erste Nacht verbrachte er im Bushäuschen in Beila; am nächsten Tag nahm ihn sein alter Berufsschullehrer in seinem Gartenhäuschen in Haßfurt auf. Dort lebte er drei Wochen, bis er einen Job beim Kugelfischer in Schweinfurt fand.

Albert und Elfriede leben noch in Beila; Albert hat noch seine Schreinerei. Roy hat von ihnen seit Jahren nichts mehr gehört, aber wäre es denn so undenkbar, dahinzufahren und sie zu treffen? Onkel Albert ist jetzt, was, zweiundsechzig, in ein paar Jahren geht er in Rente. Seit er mit Helga zusammen war, weiß Rüdiger, was für eine riesige Umstellung es ist, wenn ein fremdes Kind ins eigene Leben tritt. Und dass das Leben mit ihm, Roy, damals nicht so einfach gewesen sein kann, ist ihm jetzt auch klar. Albert war kein böser Mensch. Vielleicht ist es jetzt an der Zeit, sich mit ihm zu versöhnen. Roy könnte Albert zur Hand gehen. Es wäre auch nicht zu spät, den Meister nachzuholen. Vielleicht könnte Roy die Schreinerei sogar übernehmen.

Satisfaction. Im Gehen spielt Roy den Lauf in seiner linken Hand noch durch. Fünfte Saite auf der Gitarre, erster Finger zweiter Bund, dritter Finger vierter Bund, fünfter Finger fünfter Bund. Das waren Zeiten mit den Coasters. Im Dreieck zwischen Bad Neustadt, Coburg und Rüdenhausen haben sie überall gespielt. Der Rob am Schlagzeug, der Benni am Bass und der Harry an der Trompete. Und Roy an der E-Gitarre und als Sänger. Hier in der Gegend hat ihn jeder gekannt.

Dann haben die anderen geheiratet, Kinder gekriegt, Häuser gebaut, keine Zeit mehr gehabt. Und dann kam der Punk auf; das war doch keine Musik mehr. Drei Griffe haben die gekonnt, mehr nicht, und sind genauso gut angekommen wie seinerzeit die Coasters.

Seit Jahren hat Roy keine Gitarre mehr angerührt. Aber die Kinder der anderen müssten doch jetzt aus dem Gröbsten raus sein. Könnten sie nicht wieder zusammenkommen, die Coasters? Er spielt noch einmal *Satisfaction* durch.

Inzwischen hat er das Steckholz erreicht; das ist der junge, dürre Wald auf der linken Seite des Weges, der nach dem Krieg gepflanzt wurde. Durch ihn führt der unmarkierte Weg hinunter zu Siegfrieds Wald. Da lag früher immer ein Stein, der aussah wie das Gesicht einer Hexe. Ach, da ist er noch. Roy biegt links ab.

Ku-witt.

Hier konnte man früher die Weihnachtsbäume holen an Heiligabend. War zwar nicht erlaubt, aber niemand hat sich darum geschert. Natürlich nicht die schönsten, aber da jetzt rechts, von den leicht gekrümmten im moosigen Boden, konnte man einen holen, da hatte niemand etwas dagegen. Das letzte Mal 1976, das war noch ein richtiger Winter, da hat er Rosi mitgenommen, sie war fünf. Erst musste er ihr erklären, dass die Hexe ihnen nichts antun konnte, weil der gute Zauberer sie in einen Stein verwandelt hatte. Dann haben sie den Baum aus dem Wald geholt, das müsste die Lücke sein, wo er stand, da drüben, zwischen der vierten und sechsten Fichte. Den Baum haben sie auf dem Schlitten festgemacht und nach Hassberg gebracht. Helga hat ihn geschmückt, dann das volle Heiligabendprogramm: Gebimmele, Einlass zum geschmückten, mit Kerzen beleuchteten

Baum, Geschenke, *Stille Nacht* mit Roy an der Gitarre und Helga an der Blockflöte. War schön. Und am zweiten Weihnachtstag hat ihm Helga gesagt, sie habe sich wieder mit Peter getroffen und wolle mit ihm zusammen sein. Rosi sei schließlich sein Kind.

Dann folgten Roys Auszug aus der Wohnung, Rosis Tränen, Roys Trinken, sein Rausschmiss bei Kugelfischer, Jobs hier und dort, der Verkauf seiner Gitarren, um über die Runden zu kommen. Und das Treffen in Siggis Videothek mit Kathi Blümlein letzte Woche.

Er hat sie nicht erkannt, aber sie ihn. Sie stand hinter der Theke, als Roy aus der Schmuddelkabine trat. Er hat sich darüber geärgert, dass der Siggi auf einmal nicht mehr da war und er seine Beute *Joy – 1½ Stunden wilder Lust* nun einer Frau zum Ausleihen vorlegen musste. Sie hat aber nicht mit der Wimper gezuckt, sondern gleich gesagt: »Servus, Roy, kennst mich noch?«

Er erkannte sie tatsächlich nicht gleich, aber wer ihn heute noch mit Roy anredete, war seiner Zeit bei den Coasters zuzuordnen, war aus einem der unzähligen Käffer im Umland, war auf einem Faschingsball oder einem Kirchweihtanz gewesen.

»Na klar, wir haben doch schon miteinander geschwoft«, war seine Standardantwort, die er hier auch anbrachte.

»Nee, haben wir nicht, du hast immer nur Augen für die Fitzeks Lena gehabt«, sagte sie und steckte seine VHS-Kassette in eine Tüte.

»Na, das kann man ja ändern«, sagte Roy.

Daraus wurde ein Abend beim *Poseidon*-Griechen in Haßfurt. Und ein Streifzug durch Kathis Leben. Das war vorgestern. Drei Liter Demestica rot haben sie getrunken, sie fast noch mehr als er. Zuerst hat sie gelacht, dabei die

Hand vor den offenen Mund gehalten, später hat sie die Hand vergessen und er sah ihre verfaulten Vorderzähne. Zum Schluss hat sie nur noch geweint.

Siegfried hat sie vergewaltigt; mit sechzehn, 1971. Auf dem Faschingsball. Also ein Jahr nach Lena. Und nicht nur sie, von drei anderen Fällen wusste sie, von Christa Metzner, Jutta Plomitzer und Monika Pflüger. Die Christa bei der Ernte im Weinberg, die Jutta auf einem Kirchengemeindeausflug zum Chiemsee und die Monika auf der Kirchweih. Bei Kathis Geburtstagfeier zum Achtzehnten ist alles rausgekommen.

»Die Lena auch«, hat Roy gesagt. »Nur habe ich ihr das damals nicht geglaubt. Oder ich wollte mich raushalten.«

»Deswegen ist die Lena damals fortgegangen«, sagte Kathi nickend. »Zu ihrer Tante in Bamberg. Sie hat die Schule geschmissen und ist als Verkäuferin bei Edeka eingestiegen, später bei Feinkost Haslbeck in Schweinfurt, und da hat sie den Sohn geheiratet. Sie hat es richtig gemacht. Ich nicht.«

»Richtig wäre gewesen, zur Polizei zu gehen und das Arschloch anzuzeigen.«

»Die Jutta Plomitzer war dort. Weggeschickt haben sie die. Ein angesehener, unbescholtener Bürger sei der Siegfried. Sie würde sich doch nur unglücklich machen. Ihr würde doch niemand glauben. Ich war dafür beim Pfarrer.«

»Und?«

»Kannst dir denken. Der Siegfried ist doch im Kirchenvorstand. Der Pfarrer hat nur vom Dorffrieden gesprochen.«

»Was haben eure Eltern gesagt?«

»Ich habe meinen Eltern nichts davon gesagt. Wegen der Schande. Die Christa und die Jutta auch nicht. Die Monika hat es ihrem Vater erzählt, aber nicht ihrer Mutter. Ihr Vater ist zum Siegfried hin. Der hat erzählt, er hat wohl etwas missverstanden und er würde es nie mehr tun. Aber er tut es noch, da bin ich mir sicher. Weißt du, was der Siegfried gesagt hat, als er fertig war, als alles vorbei war und ich da am Boden lag?«

»Was?«

»Euch pflücken wir alle.«

»Wieso ›wir‹?«

»Keine Ahnung.«

Der Abend hat nicht geendet, wie Roy es sich vorgestellt hatte. Die Kathi hat nur noch geweint und von ihrem kaputten Leben erzählt. Er hat sie nach Hause gebracht; sie wohnte in einer ähnlichen Siedlung wie er, in einer ähnlichen Wohnung; er hat sie hinaufgebracht und ins Bett gelegt. Den Rest des Abends hat er mit *Joy* aus der Videothek verbracht. Am nächsten Tag hat er Lena angerufen.

Inzwischen ist Roy am Steckholz vorbei und in Siegfrieds Wald. Es ist eine grün-braune Welt, oben ein Mischwald; Fichten, Buchen, Eichen, Birken, Weiden, alle möglichen Grünschattierungen, von dunkel bis hell, und unten am Waldboden die abgefallenen Blätter, die oberen braun, die unteren Schichten aschgrau.

Ku-witt.

Hier haben sie immer die Kirchweihfichte am Samstag früh geholt. Um fünf aufgestanden, egal wie spät sie ins Bett gegangen sind; das war Ehrensache. Man musste von Hassberg um den Herrgottsgarten hinten herumfahren und von der anderen Seite herkommen, so wie Siegfried es wohl heute auch machen wird. Alles in der Dunkelheit, nur Jungs dabei; ein tolles Gefühl, das Archaische, das Wilde, der Restalkohol im Blut vom Abend davor feierte Bruderschaft mit dem

Zwetschgenschnaps, der im rumpelnden Anhänger kreiste. Durchgeschüttelt worden, Kerwaliedli gebrüllt, *»I und mei Nachber, mei Nachber und i, i scheiß auf mein Nachber, mei Nachber auf mi«*, dumme Witze erzählt, gejohlt, der Peter hat immer welche gewusst, obwohl er sonst ein Arschloch war, Roy lacht laut, als ihm einer einfällt; *»Geht a Frau ins Geschäft, fragt, habt ihr a Dildo? Sagt die Verkäuferin, na, so was haben wir nicht. Sagt die Frau, schade, ich wollt einen Gurkensalat machen, da hätte ich an Dill gebraucht.«* Alles noch vor einem, damals in der Dunkelheit: der dämmernde Tag, das Kirchweihbaumaufstellen, der Kirchweihtanz am Abend, vielleicht geht was mit einem Mädchen, der Kirchweihumzug am Sonntag, das ganze Leben danach.

Siegfried war immer dabei, als Bulldogfahrer, als angeblich Vernünftiger, als Aufseher. Dabei hat er sie mit Schnaps abgefüllt und wegen Mädchen ausgefragt, wer mit wem geht und wer ein Feger ist.

Zuerst hört Roy das dumpfe Rumpeln von Holz, das aufeinanderprallt, dann sieht er durch das grün-braune Gefüge von Blättern und Ästen einen blauen Fleck, der nicht zur Umgebung passt. Zwei Schritte weiter erkennt er, dass es sich um eines der Karrees auf Siegfrieds Hemd handelt. Auf einer Lichtung lädt dieser gerade einen Ster Holz, der zwischen zwei Baumstämmen gelagert war, in seinen Anhänger.

»Servus, Siegfried«, ruft Roy.

Dieser dreht sich um, stemmt die Hände in die Taille und sagt: »Servus, Rüdiger.«

Er schaut aus wie immer, in einem Holzfällerhemd und Stoffhose und mit seinem altmodischen Bart, mit den rasierten Wangen, wie eine Breze um den Mund, wo man nicht sagen kann, ob er gut drauf ist oder schlecht.

Ku-witt.

Mit jedem Schritt, den Roy sich Siegfried nähert, merkt er, wie der Roy von ihm abfällt und er immer mehr zu Rüdiger wird. Das hat mit Siegfrieds Blick zu tun, der ihm sagt, mit dem Roy brauchst du mir gar nicht zu kommen, ich kenne dich, du bist und bleibst der Rüdiger, der Rüdiger, der täglich mit dem Fahrrad die zwei Kilometer von Beila nach Hassberg zur Schule gefahren ist, der Rüdiger von der Kirchweih, der Rüdiger von der Freiwilligen Feuerwehr, der Rüdiger vom TSV Hassberg.

»Wie geht's?«, fragt Roy.

»Sparen wir uns das. Was willst du von mir?«

»Ich will, dass du die Rosi von der Helga in Ruhe lässt.«

»Was soll das heißen? Wieso soll ich die in Ruhe lassen?«

»Die kommt jetzt in ein Alter, wo sie für dich interessant wird.«

»Ich weiß nicht, was du meinst.«

»Dann sage ich es dir ganz deutlich. Ich weiß, dass du mehrere Mädchen aus Hassberg vergewaltigt hast, und ich will nicht, dass das Gleiche mit Rosi passiert.«

»Das sind schwere Vorwürfe, die du da machst. Hast du Beweise?«

»Nee. Brauche ich nicht. Ich will ja nur mit dir vernünftig reden. Du kannst mir dein Wort geben, dann ist die Sache in Ordnung. Oder du stellst dich blöd, dann gehe ich zur Polizei.«

»Wer weiß denn noch davon? Dass du hier bist. Die Helga? Dein Stiefvater?«

»Niemand. Es soll auch niemand davon erfahren. Du gibst mir dein Wort, ich geb dir meins, dass die Sache hier und heute ein Ende hat, und gut ist.«

Siegfried nickt dann, und Roy glaubt, er geht auf sein Angebot ein, aber sein Nicken gilt nicht ihm. Roy spürt, wie eine Hand in einem Arbeitshandschuh von hinten seinen Mund zuhält und seinen Kopf nach hinten zieht. Kalter Stahl dringt in seinen Hals und sägt mit gezahnter Klinge seine Halsschlagader durch. Dann liegt er auf dem Rücken und sieht das grüne Laubdach über sich, eine fremde Farbe mischt sich wieder ins grüne Universum. Es ist das Rot seines eigenen Blutes. Er röchelt noch: »Ich wollte doch …«

Ku-witt.

Das ist halt jetzt so

Mittwoch, 20. Juni 2018

»Hannah? Hannah? Wo bist du denn?«

Hannah gibt keine Antwort, hält sich ganz still, den Stoffwalter fest in ihren Armen.

Die Schranktür geht auf.

»Mensch, Hannah, was ist denn mit dir?«, sagt der Papa. »Warum versteckst du dich dauernd? Das geht seit Tagen so. Hockst da im dunklen Schrank. Oder im Keller. Oder unterm Bett. Bei so einem schönen Wetter. Nimm doch den Walter mit, geh raus und spiel im Garten. Ich muss jetzt fort, aber die Oma kommt gleich.«

»Ich will aber nicht in den Garten.«

»Warum nicht? Du warst doch sonst so gerne im Garten.«

»Ich will nicht in den Garten.«

»Jetzt ist aber Schluss. Bevor du dich versiehst, kommst du in die Schule, da wirst du sagen, wäre ich doch bloß in den Garten, wann immer ich gekonnt hätte. Und dann musst du fünfzig Jahre arbeiten, bevor du wieder in den Garten kannst, solange du willst. Wie der Papa. Jetzt kannst du in den Garten und stattdessen versteckst dich irgendwo im Dunklen. Du gehst jetzt in den Garten. Du verstehst das jetzt nicht, aber später wirst mir dankbar sein. Das ist halt jetzt so.« Hannahs Vater packt sie am Arm, mitsamt dem Stoffwalter, hebt sie hoch und trägt sie hinaus zum Garten.

Hannah weint.

»Ach, Mensch, Hannah, was ist denn mit dir? Ist irgendwas passiert?«

Hannah schüttelt den Kopf.

»Komm, du gehst jetzt zum Walter. Du bist doch immer so gerne zu ihm gegangen.«

»Gehst du mit?«

»Also wirklich, Hannah. Ich gehe nicht mit. Du bist doch ein großes Kind, bist doch immer selber gegangen. Schau, da gibt es viel Kamille und Löwenzahn. Da pflückst welche und bringst sie dem Walter. Was meinst du, wie er sich freut.«

Hannah schüttelt den Kopf.

»Also weißt, Hannah, ich habe jetzt keine Zeit für so was. Mama ist immer noch im Krankenhaus und ich muss zu ihr. Das ist halt jetzt so.« Hannahs Vater nimmt den Stoffwalter.

»Was machst du mit dem Stoffwalter, Papa?«

»Ich bringe den Stoffwalter zum richtigen Walter und lasse ihn dort liegen, und wenn du ihn wiederhaben willst, musst du ihn dort abholen. Ich geh dann vorne rum zum Auto. Die Oma muss doch gleich kommen, aber ich kann nicht warten. Ach Mensch, Hannah, jetzt wein nicht so. Du warst doch schon weiter. Ich mein's doch nur gut. Da musst du jetzt durch. Das ist jetzt halt so.«

Das ist halt jetzt so. Das hat Hannah jetzt schon so oft gehört. Da gibt es keine Antwort darauf. Gestern, wie sie mit Papa die Mama im Krankenhaus besucht hat. »Kommst du mit heim, Mama?«

»Nein, ich muss hierbleiben, bis der Benjamin kommt. Das ist halt jetzt so.«

»Kann ich hier bei dir bleiben?«

»Nein, du musst mit dem Papa nach Hause. Das ist halt jetzt so.«

Hannahs ganzes Leben ist halt jetzt so. Alle sagen es. Die Mama, der Papa, die Oma. Aber warum? Warum kann es nicht so bleiben, wie es war?

Papa ist fort. Benjamin ist immer noch nicht draußen, immer noch in Mamas Bauch, obwohl er schon da sein müsste.

Hannah weint noch ein bisschen, lauscht, ob die Oma schon gekommen ist, aber sie hört nichts im Haus. Sie geht vor zum Gartenzaun, schaut die Gasse hinauf. Da liegt Stoffwalter auf der Böschung vor dem Stall vom richtigen Walter, auf dem Rücken, die Schlappohren hängen nach hinten die Böschung hinunter. Der richtige Walter steht schon auf seinen Hinterpfoten und beschnuppert den Stoffwalter. Wenn die beiden Freunde werden, ohne Hannah? Wenn der richtige Walter den Stoffwalter zu sich holt, wenn die zwei in Walters Stall drinbleiben, und Hannah ist draußen?

Sie macht das Gartentor auf und geht hinaus auf die Gasse, zum ersten Mal, seit der Mann sie angesprochen hat. Sie spürt noch seine schweißnassen Hände an ihren Kniekehlen. Aber es ist ganz lange her. Wie oft hat sie geschlafen seitdem? Eins, zwei, drei, vier ... Ganz oft. Vielleicht ist er nicht mehr dort. Auf jeden Fall muss sie den Stoffwalter holen, bevor Benjamin kommt. Weil, dann sind sie schon zu zweit. Und dann muss Benjamin machen, was sie ihm sagen. *Das ist halt jetzt so*, werden sie ihm sagen. Ganz schnell wird sie den Stoffwalter holen und wieder zurückkommen. Sie geht die Gasse hinauf, behält den Stoffwalter fest im Blick. Er liegt noch da, rührt sich nicht. Er ist doch bloß ein Stofftier, kein richtiges, lebendes Tier.

Und dann wackeln seine Schlappohren. Und noch einmal, und der Kopf dreht sich mit. Hannah trottet auf ihn zu. »Stoffwalter!«, ruft sie.

Sie bleibt stehen. Stoffwalter springt in die Luft; nein, der Mann hebt Stoffwalter in die Luft in seiner linken Hand, die Rechte hält er hinter dem Rücken. »Hallo, Hannah«, sagt er mit seiner kratzigen Stimme. »Du hast aber lange gebraucht.« Er hat dasselbe karierte Hemd an wie neulich, und sie kann seinen sauren Körper riechen.

»Du musst mir den Stoffwalter geben«, sagt Hannah.

»Und was krieg ich dafür?«

»Ich habe nichts.«

»Doch, hast du. Komm mal her. Du hast es versprochen. Damit dem Walter nichts passiert.« Jetzt zeigt er seine rechte Hand. Darin hängt der richtige Walter; der Mann hält ihn an den Ohren. Walter hängt ganz still, seine Augen sind weit aufgerissen, die Vorderpfoten nach vorne gestreckt.

»Du tust ihm weh.«

»Ich werde ihm noch viel mehr wehtun, wenn du nicht herkommst.« Der Mann wedelt mit dem Walter, Walter blinzelt, seine Vorderpfoten zucken. Er quietscht.

»Hannah!«, ruft eine Stimme.

»Wer ist das?«, fragt der Mann.

»Meine Oma.«

»Und deine Mama? Ist sie immer noch im Krankenhaus?«

»Ja.«

»Dann geh zu deiner Oma. Aber sag ihr nichts. Und du musst morgen wiederkommen. Wenn du morgen nicht kommst, bringe ich den Walter um. Das mache ich wirklich.« Er schüttelt den Walter noch einmal. Walter fletscht die Zähne und schreit. »Kommst du morgen? Wenn dein Papa wieder fort ist. Einmal noch schlafen, ja?«

»Ja.«

If it makes you happy

Freitag, 20. Juni 1997

Eine junge Frau kommt aus der Habergasse in die Lange Straße in Bamberg, und eine Gruppe von Passanten teilt sich, um ihr Platz zu lassen. Sie ist ganz schwarz angezogen; ihre Haare sind ebenfalls schwarz gefärbt und nach oben gegelt, ihre Lippen sind schwarz bemalt, ihr Gesicht ist weiß gepudert und ihre Augen sind schwarz umrahmt. Vor ihr ist der Grüne Markt, der Neptunbrunnen, mit dem Gabelmoo, dem Gabelmann, wo sie sich sonst mit ihren Freunden trifft. Aber sie biegt nach links ab, in Richtung Obstmarkt. Sie ist Sängerin der Gothrockband Nachtgeiger, die heute Abend im *Pizzini* in der Sandstraße spielt. Es ist ihr Geburtstag; sie ist sechsundzwanzig geworden. Nicht nur das; heute hat sie Post bekommen, dass sie in den Staatsdienst als Englisch- und Französischlehrerin am Gymnasium übernommen wird. Ihre Schüler würden sie heute Abend nicht erkennen; tagsüber im Beruf ist sie ganz normal in Jeans und Pulli und unauffällig geschminkt, nur bei Auftritten kommt der Gothlook zur vollen Entfaltung. Sie fühlt sich aber wohl in ihrer Kleidung und mit ihrem Aussehen; sie sind nur eine Rolle, aber sie sind wie ein Schutzschild, ein Panzer um sie; Passanten schauen sie nur kurz an und dann weg.

Alles läuft also gut für sie, es könnte gar nicht besser sein. Sie ist auch die Texterin von Nachtgeiger, und die Band, bisher nur Insidern bekannt, fängt langsam an, wenigstens in Bamberg Kultstatus zu genießen. Ihre Texte sind düster, wie es sich für Gothrock gehört, handeln von Finsternis,

Tod und Rache. Der Refrain vom Lied *Nachtgeiger*, das der Band den Namen gab, lautet so:

Ich bin der Nachtgeiger, hörst du meine Saiten?

Sie kratzen und sie schnarren, wie der Atemzug von Leichen.

Die Melodie dazu ist aber eingängig und munter und deckt die Botschaft zu, wie von fröhlich angetrunkenen mittelalterlichen Gauklern. Ihr Freund Ralf, der auch in der Band spielt, komponiert die Musik zu ihren Texten und versucht dabei, ihnen den Stachel zu ziehen oder wenigstens wohlig zu ummanteln, genauso wie er versucht, die Umstände, die ihr Leben erschweren, zu erleichtern. Sie zu schützen. Er ist ein guter Musiker, ein Profi, der in verschiedenen Bands spielt und auch eine Anstellung bei den Bamberger Symphonikern als Geiger hat. Die Sache mit Nachtgeiger ist nicht unbedingt seins, aber ihr zuliebe zieht er es durch. Er ist ein lieber Kerl, auch hier hat sie Glück. Für heute Abend hat er für sie eine Überraschungsparty organisiert, ihre Freunde warten schon. Dass Nachtgeiger spielen soll, ist nur ein Teil davon.

So bahnt sie sich ihren Weg durch das abendliche Bamberg. Es ist Freitag, das Wochenende kündigt sich an, lässt sich in der Lockerheit und Ausgelassenheit der Passanten spüren, der Druck der Woche lässt nach, alles öffnet sich. Sie läuft über die Obere Brücke zum Alten Rathaus. Links schäumt und rauscht das Wasser vom alten Wehr, rechts steht die Kreuzigungsgruppe in der Steinnische und dahinter ist Klein-Venedig.

Aus dem Tordurchgang klingt ein Lied; sie erkennt es gleich, es ist *If it makes you happy* von Sheryl Crow. Zwei Musiker singen und spielen dort, eine Frau und ein Mann, beide mit akustischen Gitarren; einige Leute haben sich davor versammelt. Sie spielen gut, ohne Anlage. Das Gewölbe übernimmt die Verstärkung, es ist ein guter Ort zum Auftreten, Nachtgeiger spielt auch oft dort.

If it makes you happy
It can't be that bad
If it makes you happy
Then why the hell are you so sad?

Die junge Frau geht an ihnen vorbei, läuft über die Karolinenstraße und biegt rechts in die Herrenstraße ein. Dann verlangsamen sich ihre Schritte.

Wenn es dich glücklich macht
Warum zum Teufel bist du dann so traurig?

Der Text ist genau auf sie gemünzt. Ihr Leben läuft gerade so gut, und trotzdem ist sie traurig. Ihr Leben läuft sogar so gut, dass die Trauer viel deutlicher zum Vorschein kommt als sonst. Wie ein Fels im Meer, wenn der Nebel sich verflüchtigt. Die Trauer schiebt sich durch alles Glück und sagt: Hier bin ich immer noch. Wenn sie jetzt, hier und heute, nicht glücklich ist, wann wird sie es jemals sein? Sie hat versucht, die Trauer zu betäuben. Mit Alkohol und Tabletten. Sie hat versucht, die Trauer zu besprechen. Mit Therapeuten und mit ihrem Freund. Sie hat versucht, der Trauer in sich einen Weg nach außen zu verschaffen. Durch Ritzen in die Oberarme.

Sie trauert um das kleine, glückliche Mädchen, das sie war, bis zu ihrem achten Lebensjahr.

Sie bleibt stehen, dann kehrt sie um.

Fränkischer Tag, *24. November 1997*

Eine Frau ist am Sonntagmittag tot aus einer Schleuse in Gaustadt an der Regnitz geborgen worden. Laut Polizei entdeckte ein Mitarbeiter den leblosen Körper im Rechen der Anlage bei Bamberg. Die Tote konnte bereits nach kurzer Zeit als eine 26 Jahre alte Frau aus dem Raum Haßfurt identifiziert werden. Ein Fremdverschulden wird ausgeschlossen.

Haßfurter Bote, *28. November 1997*

Du wolltest gehen, wir mussten Dich gehen lassen, obwohl wir es noch nicht verstehen.
Wir sind fassungslos. Unsere liebe Rosi lebt nicht mehr.
Deine Mutter und Dein Freund, Helga Matysek und Ralf Matthes

Eine Katze auf dem Heimweg

Sonntag, 3. Juni 2018

»Kilian.«

»Servus, Lena. Hier ist der Eddi. Jetzt pass auf. Was sagt dir jetzt das? *Daaa, da da da da da daaa, da da da da da daaa.*«

»Mensch, Eddi, warte mal, das kenne ich. Ist das von dir? Das ist ja so was von bekannt. Das ist im Fernsehen gekommen, das habe ich mit Hans angeschaut. Das ist aber lange her.«

»*Das Boot.*«

»Ach ja. Freilich. Das ist aber nicht von dir.«

»Nee. Leider. Oder das. *Da – da, dadadadadada, da – da, dadadadadada.*«

»Das kenne ich auch irgendwie. Langsam, da waren die Kinder noch dabei. Im Schweinfurter Kino. Auch ewig her. Moment. *E. T.* War aber auch nicht von dir.«

»Genau. Das sind halt zwei Klassiker. Kennt jeder. So muss es sein. Darum geht's. Du hörst ein paar Takte und weißt genau, um welchen Film es sich handelt, wann du ihn angeschaut hast und mit wem und was ihr danach oder davor gegessen habt. Und jetzt pass auf. Jetzt kommt's. *Da, da-da-da-da. Da, da-da-da-da. Daaa Daaa Daaa.*«

»Das sagt mir jetzt gar nichts. Das kenn ich nicht.«

»Das kannst du auch nicht kennen. Das kennt bisher keine Sau außer mir.«

»Ist es neu? Und von dir?«

»Genau. Und ich will wissen, kann es mit anderen mithalten? Haut es auch so rein? *Da, da-da-da-da. Da, da-da-da-da. Daaa Daaa Daaa.*«

»Schwer zu sagen.«

»Was siehst du, wenn du das hörst? *Da, da-da-da-da. Da, da-da-da-da. Daaa Daaa Daaa.*«

»Nichts. Ich meine, es ist schön, aber ...«

»Ach, komm. Was spielt sich vor deinem inneren Auge ab? Du musst was sehen. *Da, da-da-da-da. Da, da-da-da-da. Daaa Daaa Daaa.* Siehst du, was weiß ich, ein U-Boot beim Abtauchen, oder einen weißen Hai auf der Jagd, oder ein Kind, das mit einem Alien durch den Mondhimmel fliegt, oder ein Liebespaar, das sich in der Abendröte küsst? Was? Irgendwas musst du sehen. *Da, da-da-da-da. Da, da-da-da-da. Daaa Daaa Daaa.*«

»Im Moment leider immer noch nichts.«

»Vielleicht ein Polizeiauto, das durch die Straßen Berlins zu einem schrecklichen Tatort fährt? Blaulicht, nasse, reflektierende Straßen? «

»Jetzt, wo du's sagst. Genau das.«

»Das wär aber sehr schlecht, weil der Film handelt von einer Katze, die nach dem Umzug ihrer Familie von Bayern nach Hiddensee in ganz Deutschland Abenteuer erlebt und zum Schluss zurück zur Familie findet.«

»Aha.«

»Ja.«

»Jetzt hast du mich aber ganz schön reingelegt.«

»Ja.«

»Aber ich meine, wenn es mit der Katze nichts wird, könnte es doch zum Berliner Krimi auch passen. Müsste halt vielleicht ein etwas nachdenklicher Film sein. Nicht so schnell durch die Straßen Berlins. Vielleicht nicht mit einem Auto, sondern mit einem Pferd. Mach noch mal.«

»Da, da-da-da-da. Da, da-da-da-da. Daaa Daaa Daaa.«

»Genau. Das ginge genauso, halt mit einem etwas kranken Pferd. Ein Kostümfilm aus dem 19. Jahrhundert. Ein Kostümkrimi um einen Attentäter, der Pferde vergiftet.«

»Du bist mir keine allzu große Hilfe, Lena. Ein krankes Pferd. Nee, das wird nichts, das Drehbuch mit der Katze ist schon geschrieben. Es ist ein Mehrteiler. Wird gestreamt, wie es halt allerweil so ist. Kommt bei Amazon raus.«

»Und du hast den Auftrag für die Musik bekommen? Das ist toll.«

»So gut wie. Da schaust, ha? Der Eddi Hanswurst. Du kannst allen Leuten erzählen, du warst mit ihm befreundet, bevor er berühmt geworden ist.«

»Wahnsinn. Aber wie kommt die Katze auf die Insel? Kauft sie ein Ticket für die Fähre?«

»Warst du schon immer so pedantisch? Keine Ahnung, wie die Scheißkatze auf die Insel kommt. Ich kann mich nicht um alles kümmern. Das überlassen wir mal dem Regisseur. War das dein Ernst mit dem kranken Pferd?«

»Nee.«

»Doch, es war dein Ernst. Ein krankes Pferd.«

»Eigentlich mehrere. Ein Serientäter halt.«

»Das ist gar nicht gut. Vielleicht sollte ich die Musik noch mal durchgehen.«

»Mach dir doch keinen Kopf, Eddi. Musik war nie meine Stärke. Mach's noch mal.«

»Da, da-da-da-da. Da, da-da-da-da. Daaa Daaa Daaa.«

»Eine Katze auf dem Heimweg. Jetzt höre ich es ganz genau. *Da, da-da-da-da. Da, da-da-da-da. Daaa Daaa Daaa*. So was von einer heimkehrenden Katze. Kann gar nichts anders sein.«

»Wirklich?«

»Wirklich. So eine graue Katze mit einem weißen Maul, weißen Pfoten und einer weißen Schwanzspitze.«

»Jetzt übertreibst.«

»Du rufst doch deswegen nicht an, Eddi.«

»Hast du es dir überlegt? Mit dem Falkensteinfeuer?«

»Ja.«

»Und?«

»Meinetwegen. Ja. Gehen wir hin.«

»Klasse. Pass auf. Du kennst doch den *Roten Ochsen.*«

»Natürlich. Den gab es damals schon. Das war doch das einzige Gasthaus in Hassberg.«

»Ist es immer noch. Aber jetzt ist es ein Grieche. Das *Akropolis.*«

»Na und?«

»Die haben Gästezimmer. Was hältst davon, wenn wir zwei Einzelzimmer nehmen, oder wegen mir ein Doppelzimmer, Geldsparen ist ja auch net nix, obwohl ich demnächst den ganzen doofen Hassbergern die Ohren mit Hunderteuroscheinen werde abschneiden können, und du weißt ja, ich als alte Schwuchtel tät nichts von dir wollen, na ja, vielleicht ein bisschen kuscheln, der alten Zeiten wegen. Aber es können auch zwei Zimmer sein. Na ja, das ist jetzt erst mal nicht so wichtig, auf jeden Fall könnten wir etwas trinken und die Nacht richtig genießen, verstehst?«

»Wie meinst du ›kuscheln der alten Zeiten wegen‹?«

»Na, wie früher halt.«

»Wir haben früher nicht gekuschelt.«

»Freilich. Im Bett.«

»Wir haben niemals in einem Bett gekuschelt.«

»Bei der Helga.«

»Nein.«

»Oder war es die Helga?«

»Das wäre jetzt wichtig. Das ist für mich ein ziemlich großer Unterschied.«

»Es war die Helga. Nachdem ihr alle gegangen seid.«

»Das weiß ich nicht. Ich weiß nur, dass ich es nicht war.«

»Die Helga war's. Ganz harmlos halt. Wie Hänsel und Gretel.«

»Hat das die Helga auch so gesehen?«

»Gute Frage.«

»Hast du inzwischen von ihr gehört?«

»Nee. Auf Facebook und Instagram ist sie auf jeden Fall nicht dabei.«

»Und im Telefonbuch?«

»Ach so. Ja. Warum probierst du das nicht? Es wäre doch schön, sie zu treffen.«

»Kann ich machen.«

»Und Ingrid?«

»Bin ich nicht scharf darauf.«

»Alles klar.«

»Aber: Können wir gemeinsam hinfahren? In einem Auto? Da würde ich mich wohler fühlen.«

»Klar. Ich hole dich ab.«

»Ich möchte aber mein eigenes Auto dabeihaben. Falls ich es doch nicht aushalte.«

»Treffen wir uns auf dem Parkplatz davor. Dann kannst du dein Auto stehen lassen und mit mir ins Dorf weiterfahren.«

»Also gut. Dann suchen wir gemeinsam unser altes Zuhause auf.«

»Wie eine heimsuchende Katze.«

»Genau. *Da, da-da-da-da. Da, da-da-da-da. Daaa Daaa Daaa.*«

Melanie

Samstag, 23. Juni 2018

Hassberg mit seinen hundertachtzig Bewohnern liegt eingebettet am Ende des südlichsten von vier Tälern, die sich zwischen fünf lang gestreckten Bergrücken befinden. Auf der topografischen Karte sehen die Kämme aus wie eine Hand, die nach dem Umland greift. Man kann nach Hassberg hinfahren, aber nicht weiter. Hinter Hassberg hört die Straße auf, am Fuße des steilen Herrgottsgartens. Da geht nur noch ein Fußweg den Berg hinauf. Zwei Nebenstraßen führen nach links und rechts, laufen aber ebenfalls unterhalb der Seitenhänge aus, sodass das Straßensystem von oben wie ein T aussieht. Weil auf dieser Dorfseite im Osten kein Platz ist, entstand in den 60er-Jahren eine Siedlung am anderen Ende von Hassberg, im Westen, rechts von der Straße nach Haßfurt und in den 80er-Jahren eine weitere links.

An diesem sonnigen Samstag kommt gerade ein Traktor mit Anhänger aus der linken oberen Seitengasse und biegt rechts in die Dorfstraße. Am Steuer sitzt eine junge Frau; der Fahrtwind weht ihre langen, dunklen Haare nach hinten. Auf dem Anhänger ist, aus dem Garten seines Opas, ein alter Taubenschlag, den das Mädchen mit einem Hammer in seine vier einzelnen Wände zerlegt hat. Die Wände sind für das morgige Sonnwendfeuer auf dem Herrgottsgarten bestimmt, sie werden die Spitze des Feuerhaufens bilden und ihm die größte Höhe verschaffen, die er jemals gehabt hat.

Die junge Frau heißt Melanie Zagel, sie ist die Enkelin von Gabi Rupprecht, die damals, 1970, beim Kirchweihtanz auf derselben Bank saß wie Lena, Helga und Ingrid. Sie ist sechzehn, hübsch, unbeschwert, geht aufs Gymnasium in Haßfurt, ist im Vorstand der Jungbauernschaft, tanzt Salsa in Haßfurt, spielt Orgel in der Johanneskirche in Hassberg und Fußball bei der Mädchenmannschaft vom FC Schweinfurt, bei den Schnüdelinen. Und sie kann nicht nur Traktor fahren, sondern auch einige Reparaturen an ihm durchführen und ihn mit Anhänger rückwärts fahren und wenden.

Sie steht an der Schwelle zum Erwachsenwerden, sie kann hinüberblicken; was ihr noch vor zwei Jahren so unüberschaubar und riesig vorkam, nimmt alles Form an, ihr Weg wird klarer. Ihre Zukunft zum Beispiel: Letztes Jahr hat sie ein Betriebspraktikum beim Tierarzt Dr. Pinsenschaum in Haßfurt gemacht; er meinte, sie sei zur Tierärztin geboren, alles fühlt sich für sie richtig an und sie weiß seitdem, dass sie Tiermedizin in München studieren und eine Praxis in Hassberg aufmachen will. Hier ist noch kein Tierarzt und sie kann sich nicht vorstellen, woanders zu leben. Mit sich selbst: Die letzten drei Jahre waren verwirrend, aber jetzt ist sie mit ihrer Figur und ihrem Aussehen zufrieden; wenn beide sie so ins Erwachsenenleben begleiten, wird es gut sein. Sie kann mit Menschen umgehen, sie hat viele Freunde, die Leute mögen sie. Das Erwachsenwerden, denkt sie langsam, das ist doch gar nicht so schwierig, das kriegt sie hin.

Nur das mit der Liebe und dem Sex, das macht ihr noch Sorgen. Mit ihren Freundinnen will sie nicht darüber reden; diese Aura, den anderen etwas voraus zu sein, will sie nicht aufgeben. Mit ihrer Mutter kann sie sonst alles besprechen, nur das nicht. Sie hat es ein paarmal versucht, doch dann kriegt ihre Mutter immer so einen traurigen Blick und denkt an ihren Vater, der vor fünf Jahren bei einem Waldunfall gestorben ist, und ist tagelang niedergeschlagen.

Aber morgen ist erst mal das Falkensteinfest. Da geht auch Tim Ixmeier hin. Wenn das alles mit einem Jungen klappen könnte, dann mit ihm.

Die Dorfstraße hat sich seit den Siebzigerjahren wenig verändert, Scheubels Laden gibt es natürlich nicht mehr, das ist jetzt Josefinas Nagelstudio. Die große Veränderung war schon vorher, in den Sechzigerjahren, als die Bauern, nicht nur hier in Hassberg, sondern in ganz Franken, ihre schönen Fachwerkhäuser abgerissen und Riesenwürfel hingestellt haben, mit Glasbausteineinsätzen und Balkonen, deren einziger Sinn es ist, geputzt zu werden. Damals ist mehr historische Bausubstanz kaputtgegangen als im Zweiten Weltkrieg, und alles nur, um nicht rückständig zu wirken und auf keinen Fall bei den Nachbarn den Eindruck entstehen zu lassen, man könne sich kein neues Haus leisten. Wenn das tatsächlich der Fall war, hat man die Fachwerkfassaden wenigstens mit Eternitplatten verkleidet, unter denen das luftdicht abgesiegelte Fachwerk dann gar verfaulte. Das größte Haus gehört den Kerns; es steht auf der linken Seite, ungefähr in der Mitte, noch vor der evangelischen Kirche. Es hat auch einen Balkon, aber auf dorischen Steinsäulen, die auch die Haustür einrahmen. In der ganzen Dorfstraße steht nur noch ein Fachwerkhaus, die Fächer sind allerdings mit roten Backsteinen ausgefüllt; das ist das Gasthaus, jetzt das *Akropolis*, ein griechisches Restaurant, und der Wirt heißt Christos.

In Hassberg wird noch geputzt. Und am Samstag die Straße gekehrt. Heute steht schon Monika Wondrak auf der

Straße und fegt vor ihrem Haus. Das ist gleich das erste in der Hauptstraße links, an dem Melanie auf ihrem Bulldog vorbeifährt. Monika und Melanie winken sich zu, in der Solidarität derjenigen, die sich an der gegenseitigen Tüchtigkeit erfreuen. Die eine, weil sie eben das Dorf schöner macht, und die andere, weil sie das inzwischen größte Fest im Dorf mit vorbereitet. Das Mittelalter grüßt die Jugend: Tugend grüßt Tugend.

Melanie tuckert weiter die Dorfstraße hinunter. Eine Frau kommt aus Josefinas Nagelstudio rechts, eine untypische Kundin, weil sie über fünfzig ist. Sie betrachtet ihre neu gemachten Fingernägel, scheint zufrieden zu sein. Es ist Marianne Wlassa; sie ist Witwe und wohnt in der ersten Siedlung am Dorfausgang rechts. Sie war beim Friseur in Haßfurt und jetzt im Nagelstudio; sie macht sich nicht wegen des Sonnwendfeuers schön, sondern weil sie heute Nachmittag Männerbesuch bekommt, wie jeden Samstagnachmittag. Sie schaut von ihren Nägeln kurz hoch zu Melanie und nickt ihr zu, Melanie winkt zurück; Monika Wondrak dreht ihr, obwohl sie sie sieht, den Rücken zu und kehrt weiter.

Ansonsten begegnet Melanie niemandem weiter in der Dorfstraße. Etliche Häuser stehen sowieso leer; dreißig, vierzig Jahre nachdem die Bauern sie errichtet haben, haben sie nochmals in der Siedlung neu gebaut und sind aus dem alten Ortskern weggezogen. In einem der Häuser ist immer jemand drin, im Haus direkt gegenüber der Kirche. Da oben im ersten Stock sitzt seit achtzehn Jahren Lars Hudezeck in seinem Zimmer. Er verlässt es so gut wie nie; er ist nicht körperlich eingeschränkt, er will nur nicht. Er sitzt immer vor seinem PC, vor Pornoseiten, Shooter-Spielen oder Tsunamifilmen auf YouTube. Er ist fünfunddreißig, arbeitsunfähig, hat keine Freunde, lässt das Essen von seiner Mutter aufs Zimmer oder vom Pizzaservice bringen. Sein Gesicht und sein Leib sehen aus wie zwei aufeinandergesteckte, doppelt gefüllte Calzoneteigtaschen, die noch nicht im Backofen waren, nur dass sein Körper zum Glück in einem Sweatshirt und einer Jogginghose steckt. Schon in der Schule wurde er gehänselt; in der zweiten Woche seiner Lehre bei *Heizung-Sanitär Schülein* hat man ihn in einer Klärgrube mit Fäkalien aus einer nicht abgesperrten Toilette zugeschüttet. Er ging nach Hause und blieb dort.

Jetzt spielt er gerade *Wolfenstein*. Das ist im Zweiten Weltkrieg angesiedelt; ein Kampf zwischen US- und SS-Soldaten, Monstern, Dämonen und okkulten Priestern. Lars hat die in Deutschland nicht zugelassene Version mit Hakenkreuzen und Siegrunen. Er ist ein anerkannter Kämpfer in einer Truppe; die Agilität und Flinkheit, mit der er seinen Feinden Körperteile mit der Partikelkanone abtrennt oder von ihnen mit der Leichenfaust nur rauchende Knochen übrig lässt, steht im krassen Gegensatz zu seiner sonstigen Trägheit und wabbeligen Körpermasse.

Alle vier Personen sind Missbrauchsopfer oder werden es werden, ohne dass sie es voneinander wissen; manche direkt, manche indirekt. Monika ist als Siebzehnjährige vergewaltigt worden. Sie hat niemandem etwas davon erzählt; am Ende, dachte sie, war sie selbst daran schuld. Monika hat es mit sich innerlich abgemacht; tief in ihr ist ein Kerker, dort sitzt die Erinnerung ein. Sie tut sich schwer mit Sex; nach der Geburt ihres Sohnes hat sie ihrem Mann zu erkennen gegeben, dass sie nie mehr mit ihm schlafen wollte und nichts dagegen hätte, wenn er woanders einen Ausgleich sucht, was er bei der Marianne Wlassa macht; er ist der Männerbesuch, den sie heute Nachmittag erwartet.

Monika weiß das, sie hat es vorangetrieben, und es gefällt ihr trotzdem nicht; im tiefsten Inneren wäre es ihr lieber, wenn ihr Sex mit ihrem Mann Spaß machen würde. Deswegen hat sie vorhin Marianne ignoriert.

Was wiederum niemand außer Marianne weiß, ist, dass sie ebenfalls vergewaltigt wurde. Es war nach einem Faschingsball vor vierzig Jahren; sie hatte einige Hassberger zu sich nach Hause auf einen Absacker eingeladen. Damals hat sie gern geflirtet. Sie war betrunken und wollte einfach wissen, ob sie auf Männer wirkt. Mit einem hat sie auf der Wohnzimmercouch geschmust, und als er aufdringlich geworden ist, hat sie ihn weggeschubst. Er hat sich bei den anderen beschwert; Siegfried war dabei, ist ihr ins Bad gefolgt und hat sie vergewaltigt.

Bei Lars ist es so, dass seine Mutter im Alter von sechs bis vierzehn Jahren immer wieder missbraucht wurde. Niemand hat sie davor geschützt. Sie hat von der Pike auf gelernt, dass sie nichts wert ist oder dass ihr Wert sich nur darin misst, ob jemand mit ihr Sex haben will oder nicht. Sie war die Jüngste von drei Schwestern; alle drei wurden missbraucht, zwei haben Kinder bekommen. Als Lars' Mutter mit ihm schwanger wurde, hat ihr Peiniger das Interesse an ihr verloren, wie schon bei ihrer ältesten Schwester. Sie hat Lars nie aufgeklärt; er hat nie eine Freundin gehabt, geschweige denn mit einer Frau geschlafen oder ein Mädchen geküsst. Nur einmal in seinem Leben ist er über eine längere Zeit Händchen haltend mit einem Mädchen gegangen; das war vor achtundzwanzig Jahren in der zweiten Klasse beim wöchentlichen Gang zum Sportplatz, und es war die Hand von Marliese Arold. Er hat sich immer darauf gefreut, auf den warmen, festen, aber zutraulichen Druck ihrer Hand und wie sie ihn zahnlückig anstrahlte. Das letzte Mal war beim Kirchgang am letzten Schultag vor den Sommerferien. In der dritten Klasse kam eine neue Lehrerin, und das Aufstellen zwei und zwei war Vergangenheit. Sein ganzes Wissen über Sex hat er von den Pornoseiten im Internet.

Auch heute fährt Melanie an seinem Haus vorbei, ohne ihn zu Gesicht zu bekommen, fährt daran vorbei und weiter durch die beiden Siedlungen und zum Dorf hinaus. Ungefähr nach einem halben Kilometer kommt ein Wanderparkplatz, und danach biegt ein Waldweg nach rechts ab, der auf den hier leicht ansteigenden Hundsberg hinaufführt, durch den Rauenwald oben und zum Falkenstein vor, wo das morgige Falkensteinfeuer stattfinden wird.

Melanie fährt ihren Bulldog mit Anhänger in den Waldweg. Sie bringt die letzte Fuhre Holz für das Feuer. Sie wird heute noch ein weiteres Hassberger Missbrauchsopfer werden.

Siegfried

Samstag, 23. Juni 2018

Erst seit 1993 wird um den 21. Juni herum auf dem Falkenstein oberhalb von Hassberg wieder ein Sonnwendfeuer veranstaltet. So lange hat es gedauert, bis Sonnwendfeuer in Deutschland sich vom Dritten Reich erholt hatten. Das Falkensteinfeuer ist inzwischen das bekannteste und größte Johannisfeuer der ganzen Region; dieses Jahr feiert es sein fünfundzwanzigstes Jubiläum. Allein der Standort ist von einzigartiger Dramatik; der Falkenstein ist eine einundzwanzig Meter hohe Dolomitsäule, deren Spitze sich krümmt wie der mahnende, arthritische Zeigefinger eines alten, rechthaberischen Mannes. Er ist nur von einer Seite über eine Holzbrücke zugänglich und auf den anderen drei Seiten mit einem Metallgeländer abgesichert. Von dort aus kann man auf die Weinberge zwischen der Michaelshöhe und dem Main hinunterschauen, auf den Main selbst, wie er in einer mächtigen Linkskurve sich in Richtung Schweinfurt den Weg bahnt, auf den Steigerwald auf der anderen Mainseite und auf Hassberg. Und wenn das Johannisfeuer da oben brennt, ist es natürlich von all diesen Stellen und von noch viel weiter ebenso gut zu sehen.

Den Feuerhaufen aufzurichten ist nicht einfach; man kommt mit dem Bulldog nicht hin, das Reisig, die Paletten, die Fichtenstämme, alles muss über die Brücke getragen werden. Die letzten Arbeiten am Haufen müssen dann von schwindelfreien Helfern ausgeführt werden. Der Turm soll mindestens acht Meter hoch sein; man steht oben auf einer sieben Meter hohen Leiter – und schaut dann an den steilen Felswänden noch viel tiefer hinunter.

Während das Feuer brennt, ist der Falkenstein für Besucher gesperrt; die Jungbauernschaft steht Wache. Brauhausgarnituren werden davor auf dem breiten, grasbewachsenen Sattel der Michaelshöhe aufgestellt. Jedes Jahr sind es mehr, das Falkensteinfeuer wird immer beliebter. Letztes Jahr waren über achthundert Besucher dabei; dieses Jahr soll die Tausendermarke überschritten werden. Erstmals in diesem Jahr soll ein Shuttleservice mit Geländewagen eingerichtet werden für Menschen, die nicht gut zu Fuß sind; bisher musste man von Hassberg hochlaufen, oder vom Parkplatz jenseits des Rauenwaldes. Das Sonnwendfeuer hat längst den Faschingsumzug und die Kirchweihpredigt als Besuchermagnet weit hinter sich gelassen; Hassberger gehen hin, aber auch Studenten aus Bamberg, Geschäftsleute aus Schweinfurt und immer mehr Touristen.

In den ersten Jahren, als die Hassberger noch unter sich blieben, gab es nur Bratwürste, Steaks und Bier, und die Hassberger Musikanten haben gespielt. Inzwischen, da Besucher aus der ganzen Region herströmen, gibt es neben der üblichen fränkischen Kost und Musik eine Cocktailbar und eine fränkische Tapastheke, Carambolage spielt Latinomusik, und ihre Samba-, Salsa- und Reggaeklänge beschallen das Hassbergtal und die Weinhänge hinunter bis zum Main. Das Falkensteinfeuer ist der Beweis dafür, dass Hassberg weltoffen, progressiv und auf der Höhe der Zeit ist. Das Logo, das sich auf T-Shirts, Bierkrügen, Flyern und Plakaten befindet, ist genial. Es schaut aus wie der alte Zaubertrick der Feuerfinger, ein Finger, aus dessen Spitze eine Flamme brennt. Auf den T-Shirts wirkt es wie ein Geheimcode; neben dem Logo steht: *25 Johr Falkenstaa – ich bin dabei.* Das Falkensteinfeuer verbindet die Generationen, das Falkensteinfeuer ist Kult.

Und das alles hat Hassberg Siegfried Kern zu verdanken. Er war es, damals vor fünfundzwanzig Jahren, der auf die Idee gekommen ist, das Sonnwendfeuer wieder einzuführen. Er hat als Ortssprecher dafür gesorgt, dass der Rückschnitt an den Hecken und Bäumen entlang der Straße nach Hassberg im Frühjahr durch die Straßenmeisterei für das Feuer aufgehoben wird. Als Vorsitzender der Jungbauernschaft organisierte er die Fuhren von Paletten, alten Brettern und Fichtenstämmen. Als Feuerwehrkommandant stand er für die Genehmigung durch das Landratsamt in Haßfurt gerade und überwachte den Aufbau. Als Vorsitzender des Kirchenvorstands in Hassberg führte er die Einweihung des Feuerhaufens durch Pfarrerin Sieglinde Hauck ein. Als Dirigent der Hassberger Musikanten stellte er den Auftritt der Bläser auf die Beine. Mit dem Engagement von Carambolage sorgte er dafür, dass sich das Falkensteinfeuer im 21. Jahrhundert neu definierte. Und die letzten Hölzer schichtet er immer noch höchstpersönlich auf den Haufen von der längsten Leiter der Hassberger Feuerwehr. Das lässt er sich von niemandem nehmen. Bis jetzt.

Siegfried Kern ist inzwischen der einzige Vollerwerbslandwirt in Hassberg. Sein Hof hat über hundert Hektar; er betreibt Schweinemast, Forstwirtschaft und Getreide- und Maisanbau und seine Bioanlage versorgt siebzig Prozent der Haushalte in Hassberg mit Biogas. Siegfried schaut mit achtundsechzig Jahren aus, als ob er sein ganzes Leben lang auf dieses Alter gewartet hätte, als ob alle bisherigen Siegfried Kerns nur Vorläufer waren, die nicht in die Produktion gegangen sind, als ob es dieses Alter gebraucht hat, um den wahren Siegfried zum Vorschein kommen zu lassen. Die Glatze, die sich seit seinem dreißigsten Lebensjahr schon über seinem Haupt ausweitete und die er bis spät in seinen Fünfzigern mühsam mit einzelnen windböengefährdeten Strähnen von rechts zudeckte, hat er endlich glatt rasiert. Der kahle Schädel lenkt nun den Blick auf seine blauen Augen. Früher hat er die Lücke zwischen seinen beiden Vorderzähnen beim Lachen mit der gestreckten Zunge von unten versteckt. Seitdem er seine Zähne für seine erste, erfolgreiche Kandidatur für den Gemeinderat in Haßfurt richten und bleichen hat lassen, lacht er viel bereitwilliger und breitmündiger. Selbst sein Bart hat Einzug in die Moderne gefeiert, er hält ihn etwas kürzer als früher, schon ist er kein spießiger Rund-um-den-Mund-Bart mehr, sondern ein Henriquatre, wie ihn Musiker, Maler und Banker ebenfalls tragen. Siegfried ist fit, agil, wendig, hat kräftige Arme und Beine, einen festen Händedruck und einen kleinen, aber strammen Bauch. Seine Frau kleidet ihn ein mit gut sitzenden, teuren, ausgewaschenen Jeans, weichen Flanellhemden, die er seit einigen Jahren auf ihr Anraten hin nicht einsteckt, abgewetzten Lederjacken und italienischen Slippern. Sie selbst achtet gar nicht so auf ihr Äußeres; er kommt immer mehr zu der Überzeugung, er hätte eine besser aussehende Frau verdient.

Siegfried hat es allen gezeigt. Den anderen Bauernsöhnen aus Hassberg, die ihre Höfe aufgegeben haben, die alle inzwischen irgendwo jobben und deren Acker Siegfried nach und nach billig in seinen Besitz gebracht hat. Den anderen Waldbesitzern, die ihm ihre Anteile nicht verkaufen wollten. Den beiden Jungs aus seiner damaligen vierten Volksschulklasse, die auf das Gymnasium in Haßfurt gegangen sind; die dachten, sie seien klüger als er. Ha. Dem einen, dem Heinz Kronester, ist nichts Besseres eingefallen, als selbst

Gymnasiallehrer zu werden. Und als er sich auf den Posten als Direktor des Gymnasiums bewarb, reichten beim Neujahrsempfang der Stadt Schweinfurt ein paar in die Ohren des Ministerialbeauftragten für Gymnasien in Unterfranken gestreute Bedenken hinsichtlich Missbrauchsgerüchten aus Kronesters bisheriger Schule aus gut beleumundeten, aber nicht näher genannten Quellen, um ihm einen solchen Posten für alle Zeiten zu versauen.

Der andere, Tommi Köberer, ist zu Siemens gegangen und wollte vor ein paar Jahren das Schulhaus in Hassberg kaufen, um sich im Alter einen Wohnsitz in seinem Geburtsort auszubauen. Ha. Jetzt gehört das Schulhaus Siegfried.

Dem Einzigen, der ihm jemals eine Bedrohung war in den ganzen Jahren, dem Roy, hat er es auch gezeigt. Siegfried denkt ungern daran. Riskant war das damals, starke Nerven hat man gebraucht, ein anderer hätte sich das nicht getraut, aber was wäre die Alternative gewesen? Sollte alles, was Siegfried hier aufgebaut hat, wegen der paar Frauen verloren gehen?

Und den Frauen hat es Siegfried auch gezeigt. Vor allem den Frauen. Alle diese eingebildeten Zicken, die von ihm nichts wissen wollten, für die er nicht gut genug war, die hat er alle gehabt. Man darf sich bloß nichts gefallen lassen. Weil sie alle gleich sind, egal wie zickig sie sich anstellen.

Fotze bleibt Fotze.

Siegfried ist der reichste Hassberger; aus seinen beiden Kindern ist etwas geworden. Sein Sohn, Marcus, ist Chefarzt im Klinikum Bamberg, seine Tochter, Silvia, ist Kinderärztin mit eigener Praxis. Beide haben gut geheiratet. Enkel sind auch schon da.

Nicht schlecht für den Sohn des dorfbekannten Säufers und Maulhelden August Kern, der als mittelloser Flüchtling aus Galizien die Tochter des reichen Bauern Johann Merck geschwängert und geheiratet hat.

Jetzt steht Siegfried auf dem Falkenstein vor dem fast fertigen Feuerhaufen und wartet auf die letzte Fuhre. Dieses Jahr soll der Haufen zum Jubiläum noch höher werden als bisher, acht Meter hat er bereits erreicht. Der Unterbau besteht aus in Blockhausmanier quer aufeinandergelegten Fichtenstämmen in Quadraten, die sich nach oben verjüngen. Der Innenraum ist mit Paletten und vertikal stehenden Fichten gefüllt, außen herum liegt eine Reisigummantelung, die leicht anzündbar ist. Oben ist der Unterbau mit Brettern zugemacht, auf denen man stehen kann. Auf dieser Plattform haben die Jungs einen kleineren Oberbau in ähnlicher Bauweise errichtet. Nun soll oben noch ein Meter mit Melanies Brettern aufgeschichtet werden. Dazu reicht die Länge der Leiter nicht; eine weitere soll auf der Stufe zwischen den beiden Türmen angefügt werden.

Und da kommt Melanie schon aus dem Rauenwald gefahren. Sie sieht Siegfried stehen und winkt ihm zu. Seit dem letzten Vorstandstreffen der Jungbauernschaft im Wirtshaus sind sie per Du; so ganz nach alter Schule, mit gegenseitig verhakten Armen und Schnaps und Mundkuss, na ja, der war nicht so toll, und dann seine Augen von so nah, wie sie gar nicht sie direkt anschauten, sondern irgendwo nach rechts von ihr, aber trotzdem, mit dem Siegfried Bruderschaft zu trinken, das ist schon was. Erst sechzehn und schon mit dem wichtigsten Mann in Hassberg per Du. Nur innerhalb der Sprache, die sie im Umgang mit der Erwachsenenwelt verwendet, bewegt sie sich noch etwas holprig, übertrieben kumpelhaft, das weiß sie selbst. Aber auch das wird sie schaffen.

Sie vollzieht zwei perfekte 90-Grad-Winkel-Wendemanöver mit dem Traktor samt Anhänger, einmal vorwärts und einmal rückwärts, damit der Anhänger vorausfährt. Dann fährt sie im Stehen und nach hinten über den Anhänger hinausschauend in Richtung Falkenstein, langsam, bis Siegfried auf die Ladeklappe haut. Sie zieht die Bremse an, macht den Motor aus und springt hinunter.

»Respekt«, sagt Siegfried.

Melanie unterdrückt ein geschmeicheltes Lächeln. Dann schaut sie um sich herum. Kein Mensch außer Siegfried da. Sie hatte gehofft, der Tim würde beim Aufbau dabei sein. »Servus, Siegfried«, sagt sie. »Naa, ganz alleins?«

»Ja, freilich, die anderen hab ich zum Tisch- und Bänkeholen zum *Getränke Meyer* geschickt«, sagt Siegfried. Jetzt schaut er wieder eine Stelle ein paar Zentimeter neben ihrem linken Auge an. »Das schaffen doch wir zwei alleine, meinst net?«

»Na, das glaub ich aber auch.« Melanie löst die Bordwandverriegelung links und rechts und lässt die Anhängerklappe nach unten fallen. Siegfried kommt dazu und schaut die Ladung an. Es sind vier noch zusammenhängende Holzwände eines Taubenschlags.

»Ah, ja, die sind perfekt für den letzten Meter«, sagt Siegfried.

»Wenn sie nur schon oben wären.« Melanie schaut zum Feuerhaufen auf dem Falkenstein. Mit seinen beiden Türmen, den sich verjüngenden Wänden und den flachen Spitzen schaut er aus wie zwei aufeinandergebaute Mayatempel.

»Das kriegen wir hin.«

»Du bist aber gerade nicht so angezogen, als ob du darauf umeinanderklettern willst«, sagt sie, als sie Siegfrieds Kleider betrachtet.

»Ja, ja, ich muss gleich anschließend auf eine Gemeinderatssitzung nach Haßfurt. Du bist doch schwindelfrei, oder?«

»Klar.«

»Dann kannst du oben die Bretter aufschichten, ich reiche sie dir von unten. «

»Kein Problem.«

Der Blick vom Falkenstein ist grandios, aber es ist erstaunlich, wie sehr die Wirkung verstärkt wird, wenn man noch sieben Meter höher steht, wie Melanie jetzt auf der zweiten Leiter am Oberbau des Feuerhaufens.

»Ich kann fei bis zum Zabelstein schauen«, ruft sie.

Ku-witt.

»Kenn ich«, sagt Siegfried von der Plattform unter ihr. »Du bist fei die Einzige außer mir, die das jemals gesehen hat. Und wenn du dich umdrehst, siehst du Königsberg. Mach mal, aber langsam, ich halt dich fest.« Seine Hände greifen ihre Oberschenkel.

»Au ja. Wahnsinn.«

»Schau bloß nicht nach vorne. Da geht's steil hinunter.«

»Au ja.«

»Du sollst nicht schauen, hab ich gesagt.«

»Zu spät. Hat das hier wirklich nie jemand anders gemacht als du?«

»Noch nie.«

»Wow.«

»Also, bist du so weit?«

»Klar.«

»Also jetzt kommt die erste Wand. Die ersten zwei sind die schwierigsten. Du musst die eine mit einer Hand festhalten und mit der anderen dann die zweite hochziehen und gegeneinander aufstellen, wie wenn man ein Kartenhaus baut, verstehst? Die letzten zwei sind dann kein Problem mehr.«

»Und wenn ein Wind kommt und die wegweht?«

»Hauptsache, die waren schon mal gestanden. Das reicht schon, um als höchstes Johannisfeuer zu gelten. Der Rest des Haufens ist bombenfest.«

»Also gut. Gib mir die beiden auf einmal, dann geht's besser. Die sind nicht so schwer.«

»Alles klar. Schlaues Mädchen.«

Melanie bückt sich hinunter und Siegfried reicht ihr die ersten Holzwände. »Hast sie?«

»Ja.«

»Gib Obacht, wenn du dich wieder aufrichtest. Ich hab dich.« Siegfried hält sie noch an den Oberschenkeln fest, während sie sich wieder nach oben richtet, dann wechselt er den Griff zu ihrem Gesäß.

»Nicht so fest hindrücken«, sagt Melanie. »Ich darf nicht so nah an den Turm kommen, sonst hab ich das Gefühl, dass mein Oberkörper nach hinten fällt. Es ist wie beim Klettern.«

»Besser?«

»Ja.« Sie setzt die beiden Wände gegeneinander auf den Haufen auf und lässt sie los. Sie bleiben aneinandergelehnt stehen.

»Geht's?«, fragt Siegfried.

»Ja. Es ist wirklich wie beim Kartenhausbauen.«

»Gell?«

»Aber, weißt du, eigentlich hättest du das hier alles machen können, wenn du sowieso hier oben bist.«

»Ach, weißt, ich schaue ganz gern deinen Hintern von unten an.«

»Jetzt gib mir die anderen Wände.«

»Und ich halte dich auch gerne am Hintern fest.«

»Gib mir die anderen Wände.«

»Ich muss dich kurz loslassen.«

»Ist schon recht.«

Die dritte Wand bringt Melanie hinter den anderen beiden an. Jetzt fehlt nur noch die vierte. Siegfried reicht sie schon hoch.

»Hast sie?«, fragt er.

»Ja.«

»Wir zwei sind schon ein Team.«

Melanie legt die letzte Wand vorne seitlich gegen die zwei gegeneinanderlehnenden. Sie rüttelt leicht an der Konstruktion, dazu stellt sie ihre Füße auf der Leiter etwas weiter auseinander. »Müsste gehen.«

Mit einem Rutsch hat sich Siegfrieds rechte Hand gedreht, ist von ihrem Hintern zwischen ihre Schenkel gewandert und fasst sie im Schritt.

»Ups«, sagt Melanie und lacht, als ob sie selbst versehentlich auf seine Hand gekommen wäre.

Dann spürt sie, wie seine Hand nach oben geht, den Reißverschluss sucht und ihn nach unten zieht. Mit seiner linken Hand drückt er immer noch gegen ihren Hintern.

Melanie windet sich, aber sie hat nicht viel Bewegungsraum. »Hey, was machst denn da?«

Seine Hand sucht inzwischen den seitlichen Saum ihres Slips. Melanie kann ihre Schenkel nicht zusammenziehen, weil die Hand dazwischen ist.

»Hörst du auf?«

Sein Mittelfinger bohrt sich unter ihren Slip. Melanie langt seitlich in den Haufen, holt ein Holzscheit heraus, schiebt ihren Hintern hinaus und haut, so fest sie kann, auf

Siegfrieds rechten Daumen, der zwischen ihren Schenkeln nach oben ragt.

»Aua! Verdammt. Blöde Kuh«, sagt er und nimmt beide Hände weg. »Deine Mutter hat sich nicht so aufgeführt.«

Ku-witt.

Melanie merkt, wie sie das Gleichgewicht verliert und ihr Körper nach hinten in die Leere fällt. Sie lässt den Holzscheit rumpelnd fallen und greift mit der linken Hand nach dem obersten querliegenden Stamm des zweiten Turms. Dieser rutscht ihr etwas entgegen, die Taubenschlagkonstruktion wackelt, aber sie hält. Als jedoch Melanie sich am Stamm nach vorne zieht, gerät der ganze Holzhaufen knarzend ins Wanken, diesmal in Richtung Tal. In der Ferne wippt der Aussichtsturm am Zabelstein nach rechts und mit ihm die ganze grüne Decke des Steigerwalds und die weiße Wolkenschicht darüber. Für einen Augenblick sieht Melanie die ganze Konstruktion mit ihr vornüber den Fels hinabstürzen. Sie schreit.

Ku-witt.

Dann spürt sie, wie Siegfried sie am Jeansgürtel packt und nach hinten zieht und der Turm wieder zum Stehen kommt.

Als sie wieder auf den Boden kommt, zittert sie am ganzen Leib und kämpft gegen Tränen.

»Stell dich nicht so an«, sagt Siegfried und bürstet mit der flachen Hand Holzspäne von seiner Lederjacke. »Um ein Haar wär das ganze Ding wegen dir abgestürzt.«

Zweiter Teil

Wanderzeichen

Sonntag, 24. Juni 2018, 15:10 Uhr

In 5 Minuten bin ich da. Muss noch schnell eine Zahnbürste kaufen, hat Eddi gewhatsappt.

Vor 50 Jahren hatte der Scheubel eine. Vielleicht ist sie noch da, hat Lena geantwortet, aber er hat seitdem nicht mehr geschrieben. Jetzt sind elf Minuten vorbei. Sie studiert sein Profilbild, damit sie ihn sofort erkennen kann. Fort sind die langen, wehenden Haare, für die er gegen seinen Vater so gekämpft hat. Ob er überhaupt welche hat, ist nicht zu sehen, weil seine Kopfspitze weggeschnitten ist. Neu ist die Nickelbrille. Der Blick ist der alte. Wie wenn er einem gerade einen Witz erzählt hat. Sie lacht zurück.

Seit zehn Minuten steht sie mit ihrem blauen Skoda Fabia auf dem Wanderparkplatz unterhalb von Hassberg. Pünktlich um fünfzehn Uhr ist sie angekommen und hat rückwärts eingeparkt. Der Blick auf das Dorf durch die Frontscheibe ist fast derselbe, den sie gehabt hätte, wenn sie damals zurückgeschaut hätte, durch das Rückfenster des VW Käfer ihres Onkels, als sie eine Woche nach dem Kirchweihtanz mit Sack und Pack zum letzten Mal aus Hassberg wegfuhr.

Hat sie aber nicht.

Über die Vergewaltigung hat Lena ihrer Mutter nichts erzählt, und zur Polizei ist sie auch nicht gegangen. Beim Frauenarzt war sie in Haßfurt; wenn er gefragt hätte, woher sie die inneren Verletzungen hat, hätte sie es ihm vielleicht erzählt und dann den Dingen ihren Lauf gelassen.

Hat er aber nicht.

Lena hatte das Gefühl, ihre Mutter wusste schon, was passiert war, schon in der Nacht, als Eddi sie nach Hause brachte, und ein paarmal in den folgenden Tagen meinte Lena, ihre Mutter stand kurz davor, danach zu fragen.

Hat sie aber nicht.

Dann wollte Lena es aus ihr herauskitzeln und hat beim Abspülen am Donnerstagabend gesagt: »Mama, ich will nicht mehr in Hassberg leben.«

Jetzt muss die Mama fragen, was passiert ist, dachte Lena.

Hat sie aber nicht.

Ihre Mutter hat sie gar nicht angeschaut, sondern weiter geschrubbt und gesagt: »Wie stellst du dir das vor?«

Lena hatte sich in den Tagen davor alles gründlich überlegt. »Wir verbringen nicht zwei Wochen in den Sommerferien bei Onkel Josef und Tante Frieda in Kitzingen, sondern wir fragen, ob wir jetzt gleich eine Zeit lang bei ihnen wohnen können. Ich suche eine neue Schule und du eine neue Arbeitsstelle. Nähen kannst du doch überall.«

Und ihre Mutter nickte und sagte nur: »Ich habe doch gesagt, du sollst nicht auf den Kirchweihtanz gehen.«

Das Profil der Michaelshöhe oberhalb von Hassberg schaut aus wie eh und je, der leicht gewölbte Sattel, mit einzelnen Bäumen punktiert, und rechts davon der Falkenstein, wie ein krummes Ausrufezeichen am Ende eines Satzes. Von hier aus sichtbar ist der Feuerhaufen oben darauf, der den Falkenstein um ein Drittel höher macht. Neu sind die Siedlungen diesseits des Dorfes, wo früher der Fußballplatz links und die Apfelgärten rechts waren. Der Wanderparkplatz selbst ist auch neu. Lena steigt aus ihrem Auto und studiert die Wanderkarte. Sie ist früher sehr gern mit ihrem Mann gewandert. Die Kinder sind sogar eine Weile mitgegangen. Das Mainland, der Spessart, die Rhön. Sogar mal eine Woche in der Fränkischen Schweiz, das war schön. Hans liebte die Bierkeller. Wie er da Bier trinken konnte. Wie es ihm geschmeckt hat, da unter Bäumen oder mit Blick ins Tal. Wie früher, sagte er, in der Studentenzeit in Bamberg. Ein Bier für den Durst, eins zur Brotzeit, und dann zwei, drei, ohne groß darüber nachzudenken. Aber nur da. Sonst hat er nicht viel getrunken.

Sie hatten schon gute Zeiten, Hans und Lena. Überwiegend.

Sein Verhältnis damals, ja, in ihren Vierzigern, Lena weiß es immer noch nicht genau einzuordnen. Ob es Liebe war oder bloß Sex? Egal; warum man sich so etwas freiwillig antut, ist Lena nach wie vor ein Rätsel. Wenn es einem dabei doch so offensichtlich erbärmlicher geht als vorher. Der Hans war der denkbar miserabelste Kandidat für eine solche Affäre, weil er sich mit seinem offenen Gesicht mit Lügen so schwertat. Lena hatte es natürlich von Anfang an gemerkt, ihn zur Rede gestellt und sich seine schwachen Ausreden angehört. Das Merkwürdige dabei war, dass sie ihn nie dafür hasste. Manchmal tat er ihr sogar leid. Immer war es ihr unbegreiflich. Wer braucht denn so etwas? Es ist so, wie wenn ein Zahnarzt in seinen eigenen gesunden Zahn ein Loch hineinbohrt und sich wundert, dass es wehtut.

Lena hat keine Hilfe gesucht, genauso wenig wie damals, nach der Vergewaltigung. Wird schon wieder werden, dachte sie sich. Wie bei der Frau Kern. Und sie hatte recht. Es ist schon wieder geworden. Sogar noch schöner als vorher, hatte Hans gesagt. Lena sagte nichts dazu, aber insgeheim dachte sie sich, hat das sein müssen? Verdammt noch mal. Der Zahnarzt wird auch denken, wenn der Schmerz nachlässt, ach, jetzt ist es aber schöner als vorher.

Das hat sie Hans natürlich nie gesagt. Lena spricht nicht über Gefühle.

An Sex zwischen Hans und Lena war nicht zu denken. Während der Affäre gerade so leidlich, nachdem sie aufflog gar nicht. Jahrelang.

Umso schöner war es damals, als es wieder anfing. 2005, in Venedig. Zum dreißigsten Hochzeitstag. Im Teatro La Fenice. *La Traviata* wurde gespielt unter der Leitung von Lorin Maazel. Lena liebte die klassische Oper, da fand sie die Liebe und die Leidenschaft angebracht und passend aufgehoben, da gehörten sie hin, oder in Bücher und Filme, und eigentlich wäre es gut, wenn sie dort ein eingezäuntes, gut bewachtes Dasein fristen würden. In freier Wildbahn brauchte Lena die beiden nicht. Zwei aufgetakelte, verwöhnte, hysterische, von allen zu Unrecht bewunderte Weiber, die uneingeladen bei einer Gesellschaft erscheinen, alles durcheinanderbringen, Chaos hinterlassen, ihre Rechnung nicht bezahlen, die Gäste miteinander zerstritten hinter sich lassen und verschwinden. Sie können ihr vom Leib bleiben, Liebe und Leidenschaft. Es reicht doch, wenn man sich versteht, wenn man sich mag, wenn man gerne zusammen ist und sich unterhalten kann.

So war es logisch, dass Lenas eigene Kinder mit Liebeskummer in der Pubertät nicht zu ihr gekommen, sondern zu ihrem Vater gegangen sind. Das hat Lena getroffen. Aber ihr war auch klar, dass sie keinen Rat für sie gewusst hätte, außer *Stellt euch nicht so an*. Was sie jetzt wohl machen, wo Hans tot ist? Konni hat eine besonders unglückliche Hand bei der Partnerwahl. Männer, die sich ihr gerne unterwerfen, findet sie langweilig, und die anderen waren bisher ausnahmslos Arschlöcher, die sie schlecht behandelten. Sie ist immer noch nicht verheiratet. Lena vermutet, dass Konni, jetzt vierundvierzig und Richterin beim Amtsgericht in Bamberg, eine Affäre mit einem wahrscheinlich verheirateten Kollegen hat, das verrät seit einigen Monaten ihr hektischer, versteckter Umgang mit ihrem Smartphone, wenn sie Lena besucht.

Max ist von seiner Frau wegen eines anderen Mannes verlassen worden, sie hat ihre zwei Kinder mitgenommen. Max hat sie jedes zweite Wochenende, und dann kommen sie am Sonntag zu Lena zum Mittagessen. Er ist bei der Kripo in Schweinfurt und hat inzwischen eine neue Freundin, eine nette Kollegin.

Tobi ist schwul und hat einen Partner; im Sommer wollen sie heiraten. Im Grunde hätte es Lena schon immer wissen müssen. Tobis Freundschaften mit Jungs waren immer viel intensiver als bei Max, auch vor der Pubertät. Jetzt wünscht sich Lena, sie hätte ihn in seiner Kindheit und Jugend mit seiner Sexualität besser begleiten können. Sie ist damals einfach nicht daraufgekommen.

Aber eigentlich, denkt sie, muss jeder für sich alleine seinen Weg durch diesen Dschungel finden. Du kannst nicht das Leben deiner Kinder für sie leben. Kein Mensch kann einem helfen, kein Mensch weiß Bescheid.

An diesem Abend vor dreizehn Jahren in Venedig hatte Lena ein Samtkleid und High Heels in genau ihrer grünen Augenfarbe angezogen, trug schwarze Strümpfe und hatte ihre schwarzen Haare hochgesteckt und sich ein kräftigeres Rot auf die Lippen gemalt. Sie war einundfünfzig und ihre Figur war genauso, wie sie mit sechzehn war. Auf dem Weg in die Oper merkte sie schon, wie andere Männer sie anschauten. In der Pause im Foyer fiel ihr auf, wie Hans sie ebenfalls anstarrte. Und nach der Pause legte er seine Hand auf ihren Oberschenkel.

Es ist ein Wunder, hat Hans im Hotelzimmer danach gesagt. Ein spätes Geschenk. Lena sah es nüchterner. Sie hatte sich nicht verändert; Hans hätte es schon immer so haben können. Aber ab dem Abend haben sie den Sex geschätzt und gepflegt wie ihren jüngsten, wehrlosen Nachzügler.

Das Wandern haben sie auch wieder gelernt, wie den Sex. Es war in Vergessenheit geraten, jahrelang. Als die Kinder klein waren, ging es noch gut. Früher hießen die Wanderwege nach Tieren, Hasenweg, Eulen- oder Spechtweg. Tobi ist immer bei Lena und Hans geblieben, aber Konni und Max haben sich das jeweilige Zeichen gemerkt und sind vorausgerannt im hektischen Wettstreit darum, wer als Erster das nächste Schild entdecken würde. Am besten war es, wenn sich das Zeichen mitten in der Wanderung änderte: *Jetzt passt auf, Kinder, jetzt müsst ihr die Eule finden.* Das hat normalerweise als Ansporn für die ganze Wanderung gereicht. Als die Kinder nicht mehr mitwandern wollten, haben auch Lena und Hans langsam und unmerklich damit aufgehört. Das war eben zur gleichen Zeit wie ihre Sexflaute. Und wie es mit dem einen wieder anfing, ging es auch mit dem anderen wieder los. Bis zum Schluss. Sogar Händchen haltend, wie ganz am Anfang.

Ja, es war eine gute Ehe. Sie hätte nur noch länger dauern können, dann, als alles ausgestanden war. Wie wenn Gott, oder das Schicksal, oder welche Instanz auch immer gesagt hätte, so, jetzt können's die beiden, jetzt haben sie's gelernt, jetzt machen wir Schluss.

Hier bei Hassberg sind sie nie gewandert. Natürlich nicht. Lena war nie mehr hier.

Aha, vom Parkplatz führt ein Weg hinauf zur Michaelshöhe, trifft sich mit dem Fernwanderweg aus Königsberg in Bayern und läuft auf der anderen Seite der Michaelshöhe wieder ins Tal und am Main entlang zurück. *Traumrunde Hassberg* heißt der Weg. Das Logo für die Traumrunde ist ein schräges, dynamisches O, das oben offen bleibt. Da sucht kein Kind fiebernd danach.

Der Jägerhochstand am Waldesrand sieht neu aus. Wer wohl der Jäger ist? Wahrscheinlich der Besitzer des Lada Niva, der unterhalb steht. Dass Jäger immer grüne Autos fahren und sich grün anziehen müssen. Glauben die wirklich, die Tiere halten ihre Autos und sie für Bäume, bloß weil sie grün sind?

Und da kommt schon der Eddi. In einem blauen Skoda Fabia. Er parkt neben ihr und lässt das Fenster heruntersurren. Dann lehnt er sich hinaus, deutet auf ihren Skoda Fabia und ruft: »Zwei Seelen, ein Gedanke! War es nicht schon immer so! Mensch, Lena!«

»Mensch, Eddi! Von dir hätte ich aber ein anderes Auto erwartet.«

»Welches denn?«

»Ich weiß nicht. Etwas Repräsentativeres, wo du doch so eine Kanone bist in der Musikbranche.«

»Bescheidenheit ist eine Zier. Außerdem ist das alles, im wahrsten Sinn des Wortes, Zukunftsmusik. Warte mal.« Er steigt aus und breitet die Arme aus. Er ist kleiner, als Lena ihn in Erinnerung hat, aber nicht, weil er kürzer geworden ist, sondern einfach weil das, was vor fünfzig Jahren für einen Mann groß genug war, inzwischen eher klein ist, und er ist kahl rasiert. »Geh her, Mädchen«, sagt er. »Gut schaust aus.«

Sie umarmen sich heftig. Eddi fühlt sich fest und drahtig an.

»Mensch, Lena.«

»Mensch, Eddi.«

Sie klopfen sich gegenseitig auf den Rücken, wie es Menschen tun, die außer Freundschaft nichts voneinander wollen.

»Ach Gott«, sagt Lena. »Schau mich an. Warum weine ich denn?«

»Ich doch auch.«

»Dass es das gibt.«

»Fei wirklich. Schön ist es.«

»Ja. Mir ist gerade vorhin so viel wieder eingefallen von früher. So Sachen, an die ich jahrelang nicht gedacht habe.«

Sie gehen auseinander und betrachten sich.

»Hast dich gut gehalten«, sagt Eddi. »Hast die Figur von früher.«

»Ja, warum denn nicht. Du schaust aber auch aus wie früher. Von den Haaren abgesehen.«

»Kann man halt nichts machen. Das heißt, man könnte schon was machen, aber es bringt alles nichts.«

»Wenn man bedenkt, welche Kämpfe ihr Jungs damals für die langen Haare in Kauf genommen habt.«

»Wir Gammler, genau.«

»Ich weiß noch genau, wie du jeden Sonntagnachmittag dahergeschlichen bist und wir dich aufbauen mussten, weil du beim Mittagessen wieder Streit mit deinem Vater gehabt hast.«

»Das weiß ich nimmer.«

»Und jetzt schaust aus wie er.«

Er lächelt sein breites Eddi-Lächeln. Dann seufzt er, klatscht in die Hände, dreht sich um. »Schau nur hin, wie es da liegt, das Hassberg. Schön, oder?«

»Ich weiß nicht. Wie sich alles verengt. Und die Täler ganz außen herum, und die dunklen Wälder. Das ist mir damals gar nicht so aufgefallen, aber schaut es nicht so aus, als ob das ganze Dorf von irgendeiner Kraft dahingeschoben und dort festgehalten wird? Als ob man, wenn man erst drin ist, gar nicht mehr herauskommt.«

»Aber wir sind doch schon mal herausgekommen.«

»Stimmt.«

»Also, fahren wir hin?«

»Fahren wir hin.«

Wiedersehen mit Ingrid

Sonntag, 24. Juni 2018, 16:13 Uhr

»Na, auch nicht schöner als meins«, sagt Eddi. Er steht in der Tür zu Lenas Zimmer und betrachtet die zerschlissenen Vorhänge, den Linoleumboden in Holzoptik, das durchhängende Einzelbett, und das Bild im Schnörkelrahmen von einem weinenden Hund oberhalb davon.

»Für die eine Nacht tut's«, sagt Lena, kommt aus ihrem Zimmer und sperrt es zu. »Gehen wir los?«

»Ich bin startbereit.«

»Ich muss gleich da hinten im Gang etwas anschauen«, sagt Lena und läuft an Eddi vorbei. »Die Truhe da, die habe ich vorhin gesehen, als wir die Treppe heraufgekommen sind. Meinst du, das ist noch die alte von damals?« Sie bleibt davor stehen. »Tatsächlich. Da haben wir die Mäntel drübergeschmissen, weißt noch?«

War da Roys Fransenjacke gelegen, und sie hat ihren Mantel oben draufgelegt und das als gutes Zeichen für sich interpretiert, oder bildet sie sich das jetzt nur ein? Und ist das eine kleine Nachwelle der Flut der Vorfreude von damals, die sie in sich hochsteigen spürt?

»Ja, freilich, und dann hat jeder alles durchwühlt und die Mäntel lagen alle am Boden«, sagt Eddi und dreht sich in die andere Richtung. »Aber jetzt schau mal, wer hier alles hängt. Es ist der Wahnsinn.«

Lena kommt dazu. »Die Flippers, das darf doch nicht wahr sein. Haben die hier wohl gespielt?«

»Anscheinend.«

Die holzgetäfelten Wände des Korridors, der zum Tanzsaal führt, sind eine Chronik der Popgeschichte Hassbergs. Alte Plakate hängen da, verschrumpelt und ausgelaugt wie die unterste Schicht von abgefallenen Blättern im Wald. Verblasste Bilder von Bands in Uniformen, Konfirmationsanzügen oder Batikhemden verdichten sich, je näher man den beiden Türflügeln kommt.

»Ich glaube, das ist derselbe Eingang wie damals«, sagt Lena. »Die Türen schauen genauso aus.«

»Ob hier noch Tanzveranstaltungen sind?«

»Sieht nicht danach aus. Motion Sound sind die letzten. ›Faschingskehraus 1986‹, steht auf dem Plakat.«

»Und da die Lords, Wahnsinn.«

»Weißt noch, *Poor Boy*? Das war ja so ein schauderhaftes Englisch«, sagt Eddi.

»Echt? Da habe ich wenigstens alles verstanden.«

»Ich bitte dich.« Er singt: *»When I was born you know.«*

Lena stimmt mit ein:

»I couldn't speak and go
My mother worked each day
and she learned me to say.
Mother and father and son
sister and uncle have fun
and she learned me to say
the life is so hard each day.
Ist doch ein schönes Englisch.«

»Na, ja, nicht so ganz. Ich meine, *I couldn't speak and go,* bitte. Da hat sich der Jack kaputtgelacht.«

»Wer ist Jack?«

»War. Er war mein amerikanischer Freund. Drei Jahre lang. Eigentlich war er meine große Liebe, wenn ich's mir genau überlege.«

»Oh. Was ist denn passiert?«

»Er ist an Aids gestorben. 1989.«

»Tut mir leid.«

»Danke. Ich hab es damals nicht so richtig wahrhaben wollen. Dass ich ihn liebe. Erst im Nachhinein hab ich verstanden, wie wichtig er für mich war. Ist es nicht immer so?«

»Nee. Ich habe gleich gewusst, dass Hans der richtige Mann für mich ist, und ich wollte nie einen anderen.«

»Ich glaube, da bist du eine Ausnahme.«

»Vielleicht.«

»Nie einen anderen. Mein Gott. Was hab ich's dagegen bunt getrieben. In den Achtzigern, in Berlin, was glaubst du, was damals alles los war. Ich hatte ein solches Glück, dass ich kein Aids gekriegt habe. Und du warst immer treu. Wahnsinn.«

»Ich schon.«

»Aha. Aha. Erzählst du es mal?«

»Vielleicht. Vielleicht heute Abend.«

»Ist gut. Da. Die Rattles. Die waren richtig gut. *Can't you see the witch, can't you see the witch, can't you see the witch by my side?* Das war allerdings ohne Achim Reichel. Der war aber auch klasse. Mit dem habe ich mal ein Pils in Hamburg getrunken. Also, fast. An derselben Theke.«

Lena ist weitergegangen. »Um Gottes willen. Die schauen ja aus. Wie nackert in eine Altkleidersammlung hineingefallen und so angezogen wieder rausgekommen.«

»Ah, ja, Guru Guru. Die schauten freilich so aus. Das war ihr Markenzeichen. Die haben mehr so progressiven Rock mit Drogen und so gemacht. Dass die hier gespielt haben. Wer soll da hingegangen sein? Stell dir vor, die Ortsburschen wären da hingegangen und wollten *Satisfaction* hören. Hoffentlich sind die lebend wieder herausgekommen.«

»Das hätte man schon mitgekriegt, wenn man sie hier aufgeknüpft hätte. Wann war das?«

»Äh, warte mal, die haben auf dem Foto unterschrieben *Peace and Understanding in Hassberg, 19. Juni 1971.* Frieden und Verständnis haben die Hassberg gewünscht. Hippies halt.«

»Hat bloß nichts genutzt.«

Eddi schaut sie an. »Alles in Ordnung, Lena?«

»Alles klar.«

Eddi nickt und geht weiter. »Da schau her, wer da hängt. Das ist doch der Ding, der …«

»Das ist Roy. Roy and the Rollercoasters.«

»Genau. Rüdiger hat er doch geheißen, oder?«

»Rüdiger Nickel.«

»Was aus dem wohl geworden ist?«

»Er war mit der Helga liiert, das weiß ich.«

»Wolltest du nicht die Helga kontaktieren?«

»Hab ich versucht. Sie steht nicht im Telefonbuch. Nicht unter ihrem alten Namen jedenfalls.«

»Vielleicht sind sie heute Abend da, alle beide, das wäre doch witzig.«

»Ja, das wäre witzig. Oh, schau, die Tür zum Tanzsaal ist offen. Gehen wir rein?«

»Wahnsinn«, sagt Eddi.

Es sieht aus, als wäre alles in einer Zeitkapsel erhalten worden; das Tonnengewölbe, die Eichenbohlen, die Stuhlreihen links und rechts, die vergilbten Gardinen, die Bühne mit dem roten Samtvorhang, das milchige Licht, der Staub.

»Pass auf«, sagt Eddi. »Hier war eine Stelle am Boden.« Er geht einen Schritt nach vorne und einen nach links. Der Boden knarzt. »Un-glaub-lich. Genauso wie damals.«

Lena ist vorgelaufen bis kurz vor die Bühne. Hier waren sie gesessen, Ingrid, sie, Helga. Und da ist noch die kleine Treppe, wo Roy stehen geblieben ist.

»Ich habe nie mehr mit Ingrid gesprochen«, sagt sie, aber ganz leise für sich.

Eddi steht mitten im Saal und schaut sich um. Er schnuppert. »Weißt du, man sagt, die Zellen im menschlichen Körper tauschen sich alle sieben Jahre komplett aus, sodass man eigentlich gar nicht mehr derselbe ist. Dann müsste sich doch die Luft auch verändern. Aber hier hat sich nichts verändert. Ich habe einen ganz feinen Geruchssinn.«

»Was riechst du hier denn so?«, fragt Lena.

»Zigaretten, natürlich. Overstolz, Eckstein, Roth-Händle, Lord, ein Hauch von Menthol ...«

»Reyno.«

»Genau. Dann noch Pitralon. 4711. Durchgeschwitzte Nylonhemden. Staub. Vorfreude, Glück, Enttäuschung. Hassberg 1970.«

»Mein Gott«, sagt Lena. »Jetzt übertreibst du aber. Du gibst an wie so ein Weinkenner. Geht es nicht eine Nummer kleiner?« Sie dreht sich um und schaut zurück zur Tür. »Genau. Das ist mein Beitrag. Kleiner sieht es aus. Das war damals so ein Ding, hierherkommen zu dürfen zum ersten Tanz. Jahrelang hat man dem entgegengefiebert. Endlich erwachsen sein. Das war ja mehr als die Konfirmation. Und jetzt sieht es kleiner aus. Der Roy, der Rüdiger hat mich später mal angerufen, ist mir gerade eingefallen.«

»Ach ja? Was wollte er denn?«

»Weiß ich nicht mehr so genau. Er war betrunken.«

»Schauen wir uns jetzt das Dorf an?«

»Klar.«

Außen ist es warm und sonnig; keine Frage, dass das Falkensteinfeuer stattfinden wird. Niemand ist auf der Straße zu sehen. Jetzt merkt Lena, dass sich Eddi die Augenbrauen gefärbt hat, rot-braun.

»War früher so wenig los?«, fragt Eddi.

»Ich glaube schon«, sagt Lena. »Laufen wir oben rum und durch die Kirschenallee wieder zurück?«

»Okay. Fangen wir bei unserem alten Haus an.«

Sie überqueren die Dorfstraße.

»Ah«, sagt Eddi. »Hausnummer 16. So. Früher war es die 9. Die haben die Hausnummer geändert.«

»Vielleicht ist es das falsche Haus.«

»Niemals. Siehst du den Putto da oberhalb der Haustür? Den nackten?«

»Ah so, ja. Hab ich noch nie gesehen. Was hält er da?«

»Trauben.«

»Putzig.«

»Mir hat eher sein kleiner Pimmel gefallen. Das war für mich der erste Hinweis, dass ich schwul bin. Oder halt nicht normal, wie man damals gesagt hat.«

»Mein jüngster Sohn ist auch schwul. Diesen Sommer will er seinen Freund heiraten.«

»Und? Ist das ein Problem?«

»Nee. Für mich nicht. Für meinen Mann vielleicht, ich weiß es nicht. Der Hans war schon sehr konservativ. Na ja, er muss sich nicht mehr damit auseinandersetzen.«

»Das Konservative hat ihn von einem Seitensprung nicht abgehalten, wenn ich dich vorhin richtig verstanden habe.«

»Er war gläubiger Katholik.«

»Na und?«

»Die beichten halt. Ich glaube, sein Pfarrer wusste mehr darüber als ich.«

»Ach so, ja. Habe ich vergessen.«

»Hat euch das Haus da gehört?«, fragt Lena.

»Um Gottes willen, nee, wir haben's nur gemietet, das hat den Kerns gehört.«

»Ach ja, das auch noch.«

»Mensch, ich würde gerne wenigstens das Wohnzimmer sehen. Das habe ich damals mittapeziert. Voll im 60er-Jahre-Stil. Im Quelle-Katalog bestellt und beim Scheubel abgeholt. Braun-orange-rot, lauter Rhomben und Kreise. Bis die aneinandergerichtet waren, das war zum Verrücktwerden, da hast du Kopfweh gekriegt. Was hat der Vater geschimpft. Soll ich mal läuten? Vielleicht haben die nichts dagegen, wenn man einen Blick hineinwirft.«

»Ist es überhaupt bewohnt?«

»Da steht ein Namensschild, schau.«

»Hudezeck. Sagt mir nichts.«

»Ich vermute mal, die ganzen Namen an den Häusern hier in der Hauptstraße sagen uns nichts. Wenn es überhaupt Namen an den Häusern gibt, wenn die überhaupt bewohnt sind.« Eddi schellt. Nichts passiert. Er lauscht an der Tür. »Ich höre was da drinnen. Fernseher oder so was.« Er schellt noch mal.

Dann hören sie Schritte auf der Treppe und die Tür geht auf. Ein bleichgesichtiger Mann steht da, schwitzend und schnaufend vor Anstrengung. Er ist unförmig wie ein Michelin-Männchen; sechs aufeinandergestapelte Reifen, die von oben und unten aus bis zur Mitte hin an Umfang zunehmen: Kopf, Hals, Brust, Bauch, Hüften, alles in ein grau-weißes T-Shirt und speckige Shorts gesteckt, unter denen schwarz-schweinsborstige Waden zum Vorschein kommen. »Ja?«, sagt er. Er hat eine überraschend leise Stimme.

»Entschuldigen Sie«, sagt Eddi. »Ich habe hier in den Sechzigern gewohnt. Meinen Sie, es wäre möglich, einen Blick ins Wohnzimmer zu werfen, der alten Zeiten wegen?«

»Meine Mutter ist nicht da«, sagt der Mann. Er ist bestimmt Mitte dreißig. Er spricht so leise, dass Eddi und Lena unwillkürlich auf ihn zugehen, woraufhin er einen Schritt ins Hausinnere zurückweicht.

»Ja, hmm, würde mir nichts ausmachen«, sagt Eddi.

Der Mann schüttelt den Kopf und macht die Haustür zu.

»Ich hab's eh schon gesehen«, sagt Eddi. »Die Wohnzimmertür war einen Spalt offen. Dieselben Tapeten.«

»Und hier war wohl der Scheubel«, sagt Eddi vor Josefinas Nagelstudio, nachdem sie an einigen leer stehenden Häusern vorbeigelaufen sind. »Die Quelle-Agentur.«

»Unser Blick in die weite Welt.«

»Ich hab fast jeden Tag vorbeigeschaut, ob es was Neues gibt.«

»Ich auch.«

»Mein rotes Universum-Kofferradio habe ich hier gekauft.« Eddi zeigt ins Fenster. »Es stand vier Wochen lang da links im Fenster, bis ich das Geld zusammenhatte vom Rasenmähen. Dauernd hatte ich Angst, jemand anders würde es kaufen. Hundertsiebenundzwanzig D-Mark, war eine Menge Geld. Was steht jetzt da, Marmornägel, was soll jetzt das, schauen aus wie Grabsteine. Zeig mal deine Fingernägel. Hmmm. Machst du wohl gar nichts?«

»Hab ich eine Zeit lang gemacht. Dann bin ich jedes Mal hingekommen und musste noch mal anfangen. Und du?«

Eddi zeigt Lena seine Handrücken. »Immer nur Nude.«

»Also nichts.«

»Na, schaut aus wie nichts, ist aber net nichts. Das ist ja

die Kunst.« Er schaut Lena kritisch an. »Aber sonst achtest schon auf alles. Make-up, Haare und so. Bist kein Dachs. Find ich gut.«

»Was ist denn ein Dachs?«

»Na, ein Dachs, halt. Weißt scho. Breiter weißer Streifen in der Mitte des Kopfes, wo die Haare nach der viel zu lang zurückliegenden letzten Färbung nachgewachsen sind.« Eddi deutet auf die andere Straßenseite. »Da. Genau. Wie die Frau da drüben. Entsetzlich.«

Da kehrt eine alte Frau die Straße vor ihrem Haus. Wegen der Hitze hat sie keine Kleider unter ihrem Kittel an, und ihre nackten Oberarme sind dünn und schlaff. Sie ist gebückt, und ihre fettigen, schwarz gefärbten Haare hängen über ihr Gesicht wie ein Schleier, der zu ihren Kehrbewegungen in entgegengesetzte Richtungen schwingt. Der Scheitel ist zwei Finger breit und weiß. Die Frau richtet sich auf zum Schnaufen, schaut Lena und Eddi ausdruckslos an und widmet sich wieder dem Kehren.

»Um Gottes willen«, flüstert Lena. »Komm weiter.«

»Was ist denn?«, fragt Eddi.

»Hast sie nicht erkannt? Das war die Ingrid. Dreh dich nicht um.«

»Das kann doch nicht sein.«

»Klar. Das ist auch ihr Haus.«

Er dreht sich um. »Doch, hast recht. Gehen wir zu ihr.«

»Nein!«

»Ist ja gut. Hat sie uns gesehen?«

»Ja, aber nicht erkannt.«

Ingrid schaut den beiden nach. Dann sammelt sie Besen und Schaufel ein und geht ins Haus.

Pausen in der Musik

Sonntag, 24. Juni 2018, 15:11 Uhr

Wohltätig ist des Feuers Macht,
Wenn sie der Mensch bezähmt, bewacht,
Und was er bildet, was er schafft,
Das dankt er dieser;
Doch furchtbar wird die Himmelskraft ...

Nee. Nicht schon wieder. Abgedroschen. Hat man tausendmal gehört. Außerdem hat sie es erst letztes Jahr zitiert. Kann sie nicht wieder bringen, auch wenn es den Älteren unter den Zuhörern gefällt und sie es halbwegs mitnuscheln können, ein zögerliches, manchmal stolperndes, aber vernehmbares bienenschwarmähnliches Summen, wie beim Glaubensbekenntnis in der Kirche.

Es muss doch noch was anderes geben.

Frau Pfarrerin Sieglinde Hauck sitzt in ihrem Arbeitszimmer im Pfarrhaus in Hassberg und blättert durch die neue Ausgabe der Jungscharlieder. Sie muss heute Abend das Sonnwendfeuer einweihen.

Auf dem Falkenstein. Ganz in der Nähe von Siegfrieds Wald. Ein Schauern durchfährt sie, als sie an den Morgen ihres Treffens da oben denkt.

Na ja. War ja nichts.

Hätte aber etwas sein können. Und dann?

Da.

Wir haben unser Reich in die Wälder gebaut,
unter Sternen stehn unsre Zelte.
Wir sind eine Schar, die dem Schöpfer vertraut,

und Christus als Führer erwählte.
Hell lodert der Flamme verzehrende Glut,
grüßt Jungen in festlicher Runde,
brennt heiß uns ins Herze Willen und Mut
und sagt uns vom Sinn dieser Stunde.

Freilich. Passt. Christus als Führer, das ist wohl aus der alten Zeit und nur die Jungen grüßen in Zeiten von #MeToo, na gut, aber wer wird denn jedes Wort auf die Goldwaage legen. Und es ist ein Lied, und die Gitarrengriffe stehen dabei. Sie ist stolz auf ihre Stimme, sie hatte schon immer etwas Unverwechselbares, das weiß sie seit ihrer eigenen Zeit in der Jungschar. Habe man aus den ganzen anderen Stimmen herausgehört, hat ihre Mutter immer gesagt.

Sie steht auf, um die Gitarre zu holen, und an der Pfarrhaustür klingelt es.

Wenn es der Siegfried ist? Sie hat ihn seitdem nicht mehr alleine gesehen. Sie schlüpft aus den Birkenstock-Sandalen und in, ja, in was? Die Hausschuhe? Nein, in die Yoga-Slipper. Sind ja schließlich auch schwarz. Als sie den Gang zur Haustür vorläuft, befreit sie noch schnell die Haare aus dem Gummi hinten und schwenkt ihre Haare mit einer Nackenbewegung frei. Sie macht die Haustür schwungvoll auf.

Da steht das Mädchen aus der Konfirmationsklasse von vor zwei Jahren, die äh ...

»Grüß Gott, Melanie, was bringt dich zu mir?«

»Grüß Gott, Frau Pfarrerin. Ich möchte mit Ihnen sprechen. Haben Sie einen Moment Zeit?«

»Ich bereite gerade den Gottesdienst für das Falkensteinfeuer vor, aber, ja, klar, komm rein.«

Melanie Zagel heißt das Mädchen. Sieht ganz gut aus. War auch anständig damals beim Konfirmationsunterricht, soweit sich Sieglinde erinnern kann. War aber seit

Heiligabend nicht in der Kirche, und davor nur äußerst sporadisch. Hat sich in der Jugendarbeit nie mehr blicken lassen, weder beim CVJM noch als Teamer bei Freizeiten. Das ist eins der Dinge beim Pfarrersein, das Sieglinde nervt. Immer sind es die, die am wenigsten zum Gemeindewohl beitragen, die sich am meisten davon herausholen wollen. Aber sage mal so was auf einer Tagung. Das kommt genauso gut an, wie wenn man etwas gegen die Flüchtlinge sagt.

Sieglinde läuft voraus ins Wohnzimmer. Dieses ist mit Salvador-Dalí- und Marc-Chagall-Drucken behängt und mit IKEA-Möbeln aus Stahl und Glas eingerichtet; alles hell und leicht; ein frischer Wind ist durch das lutherisch-behäbige Pfarrhaus geweht, seitdem Sieglinde hier vor vier Jahren eingezogen ist. Sie deutet auf einen von zwei sich gegenüberstehenden Rattansesseln und setzt sich auf den anderen. Sie legt ihre Hände auf ihre Oberschenkel und fragt: »Nun, was liegt dir am Herzen, Melanie?«

»Mir ist gestern etwas passiert und ich weiß nicht, wie ich damit umgehen soll«, sagt Melanie. Offensichtlich kämpft sie mit Tränen. »Sie sind die erste Person, der ich es erzähle. Meine Mutter kann ich damit nicht belasten.«

»Dazu bin ich da. Also, was ist passiert?«

»Es war auf dem Falkenstein. Ich habe die letzte Fuhre hinaufgefahren, und es war niemand da außer Siegfried Kern.«

Sieglinde faltet sich die Hände im Schoß zusammen. »War es früh am Morgen, also noch im Dunkeln?«

»Nein, wieso, das wäre doch Blödsinn, es war mittags, taghell.«

»Also gut. Erzähl weiter.«

»Als ich ganz oben auf dem Turm war und er unter mir, hat er mir die Bretter hochgereicht, und als ich das letzte

Stück Holz anbringen wollte, hat er mich unsittlich berührt.« Melanie bricht jetzt in Tränen aus.

Sieglinde betrachtet sie. Jetzt mal langsam. Unsittlich berührt. Das ist ein Minenfeld. Da ist natürlich erst einmal jeder auf der Seite des Opfers. Aber wie war es damals in Sieglindes eigener Jugendgruppe? Da ist doch diese Lydia im Waldbad in Neustadt an der Aisch mit ihrem schwabbelnden Busen dauernd um den Jugenddiakon herumscharwenzelt, bis seine dicke Brille von seinem Geschnaufe total beschlagen war, und dann hat sie behauptet, er habe ihr in seinem Zelt zwanzig Mark gegeben, damit sie ihm ihre Brüste zeigt. Und dann ist eine regelrechte abendliche Pilgerung von den ganzen Busenwundern in sein Zelt losgebrochen, und sie haben von ihrem Geld Eisrunden für die ganze Gruppe gespendet. Nur Sieglinde hat nichts davon genommen. Und dann, als die Sache aufgeflogen ist und der Jugenddiakon seine Stelle los war, ja, wer hat jetzt da wen missbraucht?

»Wie, unsittlich berührt?«, fragt Sieglinde, milde und hoffentlich vertrauenserweckend lächelnd. »Das ist ein schwerwiegender Vorwurf. Das musst du mir genau erklären.«

»Er hat mich zwischen den Beinen angefasst.«

Diesmal dehnen sich Melanies Lippen weit auseinander, als sie heult. Wie das unbeherrschte Weinen die hübschesten Mädchen zu Fratzen macht. Zwischen den Beinen angefasst. Einfach so, aus heiterem Himmel. Hat er sie, Sieglinde, damals im Wald unsittlich berührt, wo er alle Chance dazu gehabt hätte? Hat er nicht. Diese Melanie mag ganz unschuldig daherkommen, aber sie kann es auch faustdick hinter den Ohren haben. Vielleicht ist etwas vorgekommen, aber wer weiß, wie diese Melanie den Siegfried vorher gereizt hat? Am Ende will sie dem Siegfried bloß zuvorkommen, bevor er seine Version loswerden kann. Jetzt heißt es vorsichtig agieren.

»Er war doch unter dir gestanden«, sagt Sieglinde.

»Ja.«

»Und er hat dich gestützt.«

»Ja.«

»Dann kann es doch ein Versehen gewesen sein.«

»Aber er hat den Reißverschluss von meiner Jeans aufgemacht und seinen Finger hineingeschoben.«

»Bist du sicher?«

»Natürlich bin ich sicher. Ich habe ihm so auf die Finger gehauen, dass der ganze Turm fast ins Tal abgestürzt wäre, und ich mit.«

»Und was hat er gemacht?«

»Er hat mich gehalten.«

»Aha.«

»Und jetzt weiß ich nicht, ob ich zur Polizei gehen soll oder nicht.«

Die Pfarrerin lehnt sich zurück und presst ihre Handflächen zusammen, wie beim Beten. »Das ist für mich jetzt erst einmal schwer zu glauben. Ich kenne den Herrn Kern sehr gut. So etwas habe ich noch nie gehört über ihn. Das musst du dir gut überlegen. Er ist doch auch Kirchenvorsteher. Kann es nicht sein, dass du überreagierst?«

»Dass ich überreagiere?«

»Ich meine, eine Vergewaltigung in dem Sinne war es nicht, das ist klar. Und gehalten hat er dich doch. Und was ist, wenn Herr Kern das abstreitet, was ich vermute? Dann wäre es deine Aussage gegen seine. Zeugen hast du nicht. Und Herr Kern ist ein angesehener Bürger, ein sehr angesehener Bürger. Wir haben ihm viel zu verdanken, hier in

Hassberg. Er ist ja auch Ehemann und Familienvater. Und letztendlich ist doch eigentlich nichts passiert?«

»Na ja.«

»Soll ich mit ihm reden?«

»Nein, auf keinen Fall!«

»Dass du deine Mutter nicht damit belästigst, das ist auf jeden Fall richtig. Sie hat noch zu tun mit dem Tod deines Vaters. Du solltest auch mit niemandem sonst darüber reden.«

»Also, Sie meinen nicht, dass ich zur Polizei gehen soll?«

»Ich meine, dir ist ja schließlich nichts passiert.«

»Ich will ja eigentlich auch nicht. Das ist ja so peinlich.«

»Na dann. Am besten du schläfst noch mal darüber. Auf jeden Fall sollst du nichts unternehmen, ohne mich zu informieren. Wir finden einen Weg.«

Nachdem Sieglinde Melanie zur Haustür gebracht hat, überlegt sie kurz, dann geht sie ins Arbeitszimmer und ruft Siegfried auf seinem Handy an.

»Sieglinde! Schön von dir zu hören! Ich wollt schon dauernd anrufen, aber ich hab so viel um die Ohren mit dem Falkenstaafeuer.« Im Hintergrund sind Wind, Vogelgezwitscher, Bulldoggeräusche, Bierkastengescheppere und andere Stimmen zu hören. »Ist alles klar wegen der Einweihung heute Abend?«

»Ja, Siegfried, ich bin gerade auch dabei, mich auf die Predigt vorzubereiten.«

»Ach, mach dir doch keinen Kopf. Mach's doch wie letztes Jahr. Die Leute hören eh nicht hin. Wie war das noch mal: *Wohltätig ist des Feuers Macht, ...*«

»Deswegen ruf ich nicht an, Siegfried. Sondern es war jemand da bei mir und hat sich über dich beschwert.«

»Aha. Wer denn?«

»Melanie Zagel.«

»Das habe ich erwartet. Moment amol. MACHT AMOL WEITER HIER!« Sieglinde hört Schritte und Schnaufen. Dann spricht Siegfried wieder, leiser. »Das war ganz klar, das habe ich mir schon gedacht. Was hat sie gesagt?«

»Du sollst sie unsittlich berührt haben.«

»Wie denn?«

»Als ihr auf dem Turm wart. Sie war über dir, sie wollte das letzte Stück Holz anbringen, du hast ihr das Holz hochgereicht, und dabei sollst du sie von unten eben unsittlich berührt haben.«

»Da siehst du mal, wie verlogen das Biest ist. Du kannst jeden fragen, ich war noch nie unter jemandem auf dem Turm. Das letzte Stück mache ich immer selbst. Seit fünfundzwanzig Jahren. Da lege ich Wert drauf, da habe ich meinen Stolz. Das ist viel zu gefährlich, das mute ich niemandem zu. Sie war unter mir, hundertprozentig. Wie soll ich sie dann unsittlich berührt haben?«

»Ich erzähle dir nur, was sie mir selbst erzählt hat. Mir kam es auch schon komisch vor.«

»Weißt du, Sieglinde, da steckt was ganz anders dahinter. Das ist eine alte Geschichte, das geht ganz weit zurück, das war lange vor deiner Zeit. Ich habe da immer Rücksicht drauf genommen, weil ihr Vater so jung gestorben ist, aber wenn sie jetzt so kommt ... Unglaublich. Pass auf, die Geschichte ist so, ich habe ein Stück Wald von ihrem Vater abgekauft, er war damals in Geldnöten, aber ich habe mehr bezahlt, als es wert war, ich wollte die Situation nicht ausnutzen. Ja, und nachdem er gestorben war, kommt die Witwe daher und sagt, das Geld habe sie nie bekommen. Das geht jetzt alles von der Mutter aus, das darfst du mir glauben.«

»Ich glaub's dir ja.«

»Da bin ich froh. Na denn. Wir müssen wieder mal in den Wald, Sieglinde. Vielleicht abends, bis es dunkel wird. Da hört man den Nachtigallengesang noch schöner.«

»Jetzt bringen wir das Falkensteinfeuer erst einmal gut hinter uns.«

»Alles klar. Hat diese Melanie sonst noch jemandem von dem Schmarrn erzählt?«

»Nee, hat sie nicht. Und ich hab ihr gesagt, sie soll auch niemandem davon erzählen.«

»Dann ist ja gut. Aber wir holen das nach, gell? Das mit der Nachtigall.«

»Schauen wir mal.«

»Dann sehen wir schon!«

»Genau.«

Als er auflegt, bleibt Siegfried am Waldrand stehen, weit weg von der Jungbauernschaft, schnauft tief durch und versucht sich zu beruhigen. So ein Miststück. Mit dem Handrücken fährt er über den Mund. Hätte er sie bloß nicht vor dem Absturz ins Tal gerettet. Das ist der Dank. Dann hätte allerdings das Falkensteinfeuer ausfallen müssen. Das war ja seine Überlegung. Aber er kriegt sie noch. Genauso wie er ihren Vater damals gekriegt hat, der ihm seinen Wald nicht verkaufen wollte. So ein Traumtänzer, der Zagels Karl. Hatte das Waldstück von seinem Schwiegervater bekommen und selber keine Ahnung von der Waldarbeit, genauso wenig wie von allem, was man nicht am PC lernen kann.

Siegfried hat es erst mit der Vernunft probiert. Mit einer Engelsgeduld. Ist in den Wald mit ihm gegangen, hat versucht, ihm klarzumachen, wie unmöglich es ist, einen Wald zu bewirtschaften, wenn man keine Ahnung davon hat. Wenn man nicht weiß, welche Bäume rausmüssen und welche erhalten werden sollen. Welche Mischung zwischen Laub- und Nadelwald die richtige ist. Warum Fichten in Zeiten der Klimaänderung falsch sind. Dass man rechtzeitig einen Borkenkäferbefall erkennen und den Baum fällen und entfernen muss. Und wie gefährlich es ist, einen Baum zu fällen. Dass man wenigstens mit der Kettensäge umgehen können sollte. Dass man inzwischen eigentlich ein ganzes Studium bräuchte, um einen Wald richtig bewirtschaften zu können. Und wenn man das alles nicht kann, dass es doch vernünftiger ist, den Wald an jemanden zu verkaufen, der das Ganze beherrscht.

Es hat alles nichts genutzt. Der Zagel hat einfach gesagt, das kann man doch alles lernen, das ist doch keine Atomphysik, das mit der Kettensäge, zum Beispiel, wie schwer kann das sein? Ja, manchmal muss man einfach abwarten, wie die Dinge sich so abspielen.

Also, nur zu, Karl, nimm sie doch. Aber vorher den Schutzhelm aufsetzen, ja.

Kettenbremse nach vorne drücken, ja, so. Da auf die orange Kraftstoffgummiblase drücken. Noch mal. Und noch ein paarmal. Gut. Jetzt den dicken Hebel da nach unten drücken. Okay. Jetzt das Ding auf den Boden legen, nee, dass der Griff nach oben schaut, ja, so, jetzt mit dem rechten Fuß in den hinteren Griff und festhalten, nee, die Schneidefläche darf natürlich nicht den Boden berühren. Siehst jetzt ein, dass es nicht so einfach ist?

Aber er sieht es nicht ein. Ist dankbar, dass der Siegfried ihm hilft. Und es gefällt ihm, wenn er die Kettensäge in Gang gebracht hat. Kommt sich toll vor.

»Also Siegfried, ich muss wirklich sagen, ich finde das von dir ganz aufrichtig, dass du mir zeigst, wie man mit

dem Ding da umgeht, obwohl wir nicht immer einer Meinung sind, gerade was meinen Wald angeht.«

»Ist doch selbstverständlich, Karl. Im Dorf hilft jeder jedem. Ist doch Ehrensache. Jetzt startest du die Säge noch mal.«

ZZZZZZZZZZZZZZZZZZZZZZZZZZZZZZZZZZ.

»Und jetzt legst du sie vorsichtig an den Baum.«

»Mit der oberen Kante, gell?«

Manchmal reicht es im Leben, wenn man gar nichts macht. Das kapieren aber die meisten nicht. Jemand hat mal gesagt, dass die Pausen in der Musik wichtiger sind als die Noten, dass sie das Wichtigste überhaupt sind. Und das ist im Leben genauso, nur muss man die Momente erkennen, in denen man gar nichts machen darf, sondern warten muss, das ist es. Du wartest, und das ist das einzig Richtige. Du hältst dein Maul, du gibst kein Zeichen, du lässt den anderen seine Blödheit ausleben. Du wartest, du schaust ihn einfach weiter an, bis er denkt, du gibst ihm recht, und er legt die Kettensäge an den Baum.

Mit der oberen Kante.

Wenn du mit der oberen Kante ans Holz kommst, dann greift als Erstes der Tiefenbegrenzer ins Holz, der hat keine Schneide drauf, da schleudert es die Schwertspitze nach oben und hinten, da kannst du gar nicht dagegenhalten. Da nutzt auch der Schutzhelm nichts, wenn die Gefahr von unten kommt. Motorsägenrückschlag heißt das, wenn die Kettensäge dich mit Wucht mitten ins Gesicht und in den Hals trifft – bis sie sich im roten Matsch festkrallt und ausgeht, ist alles zu spät.

Das weiß man doch.

Ku-witt.

Der Münzschieber

Sonntag, 24. Juni 2018, 22:46 Uhr

Vor über eine Stunde ist die Sonne bei Haßfurt untergegangen. Jetzt strahlt sie hinter warmen, bernsteinfarbenen Schichten am Horizont nach. Darin schweben einzeln zerstreute, federgraue Wolkenfetzen, eingekapselt wie Inklusen. Oberhalb davon taucht der Himmel in immer kälter werdende Blaulagen ein, wie ein Ozean, nur spiegelbildlich; von unten nach oben lichtblau, saphirblau, kobaltblau, nachtblau. Die umliegende Landschaft ist nur noch ein dunkles Meer, aus dem der Main silbrig wie eine Schneckenspur glänzt. Und im Vordergrund lodert und tobt die gelb-schwarze Pyramide des Falkensteinfeuers immer heller, als ob es das Licht aus dem Himmel in einem fort in sich aufsaugt.

»Jetzt ist es am schönsten. Definitiv«, sagt Tim Ixmeier. Er steht mit verschränkten Armen hinter der Theke in der Tapasbar zwischen Anna Roßgotterer und Melanie. Er hat einen schwarzen Lockenkopf und ein sonniges Gemüt. Gerade ist nicht viel los, und die drei können das Feuer betrachten und den Himmel dahinter. »Nee, Moment«, sagt er. »Warte. Jetzt.«

Anna lacht. »Das sagst du den ganzen Abend schon«, sagt sie. Anna ist blond, unbeschwert, trägt ein T-Shirt, auf dem steht: *Was bei euch Komasaufen ist, heißt bei uns auf dem Dorf Vorglühen.*

»Aber jetzt stimmt es wirklich«, sagt Tim. »Ähm, nee, jetzt.«

»Ich mag es lieber, wenn es total dunkel ist und nur das Feuer Licht gibt«, sagt Anna. Sie und Tim sind in derselben Klasse im Gymnasium, ein Jahr über Melanie.

»Ach!«, sagt Tim. »Das ist doch langweilig. So nuancenlos. So bleibt es dann die ganze Nacht, da passiert nichts mehr. Und bis die Sonne wieder aufgeht, ist das Feuer aus. Jetzt ist es doch viel schöner, dieser Übergang, wo das Feuer fast schon die Oberhand gewonnen hat, aber die untergegangene Sonne noch nachstrahlt. Was meinst du, Melanie?«

»Ist mir wurscht«, sagt Melanie.

Anna rollt mit den Augen in Richtung Tim.

Das Falkensteinfeuer ist von Haßfurt bis zum Zabelstein und nach Zell am Main zu sehen und zieht die Menschen an wie eine Kerze die Motten. Immer noch strömen Besucher den Hang hinauf oder durch den Wald. Im Moment gleichen die Neuankömmlinge die heimkehrenden Familien mit Kindern aus, aber der Höhepunkt der Besucherzahlen ist erreicht, und ab jetzt wird es stetig abebben. Aber die Tausendermarke wurde schon geschafft.

Auf der Michaelshöhe sind die Tische und Bänke zum Feuer hin der Länge nach aufgestellt. Die Reihen breiten sich fächerartig aus, von der engsten Stelle vorne am Falkenstein nach hinten am Rande des Rauenwaldes.

In der dritten Reihe von vorne sitzen schon seit achtzehn Uhr Eddi und Lena am vorderen Ende ihrer Bänke, Lena mit dem Rücken zu Hassberg. Vor ihnen stehen zwei halb leere Schoppengläser mit Silvaner vom Nüsslein in Zeil. Es sind jeweils die dritten. Als die beiden ankamen, schien noch die Sonne mit voller Kraft; beim Anzünden des Falkensteinfeuers um zwanzig Uhr warf sie schon lange Schatten, überstrahlte aber noch spielend das Feuer; es wirkte darunter mickrig, überflüssig, anmaßend. Die Landschaft außen herum lag klar definiert, jeder Baum, jeder Schatten, jeder Gersten-, Weizen- oder Maisacker und jede Traktorreifenfurche darin hervorgehoben. Jetzt rollt die Dunkelheit unerbittlich heran, von oben und unten.

Carambolage hat bis einundzwanzig Uhr gespielt; jetzt hört man nur die Grundströmung von Gesprächen, Lacher, das Klirren von Flaschen, Gläsern, das Knistern des Feuers.

»Ich möchte das nicht«, sagt gerade Lena.

»Was?«, fragt Eddi.

»Na, Werbung machen für Inkontinenzeinlagen, zum Beispiel. Für deinen Kontineasy-Jingle.«

»Hast du Kontineasy zu Haus, musst du nachts dann nicht mehr raus«, singt Eddi.

»Genau. Und der arme Tropf, der da angeblich diese Dinger trägt ...«

»Armer Tropf ist gut«, sagt Eddi.

»Ja, wenn der auf metergroßen Plakaten von Flensburg bis Oberammergau steht und strahlt, und wenn er irgendwo in ein Restaurant oder in einen Laden geht oder in der Bahn sitzt, da sagt doch der Schaffner oder Kellner oder Verkäufer, Moment, Sie kenne ich doch irgendwoher, und dann sagt der, freilich kennen Sie mich, ich bin der auf dem Plakat, ich bin Deutschlands bekanntester Inkontinenter.«

»Wird gut bezahlt«, sagt Eddi.

»Kann nicht gut genug bezahlt werden. Die können ihre Karriere doch vergessen, die kommen nie mehr groß heraus im Film oder im Fernsehen, weil jeder sagt, das ist doch der Ding, der Inkontinente.«

»Na, vielleicht doch.« Eddi klatscht sich auf die Oberschenkel, kriegt einen Lachanfall und prustet hinaus. »In *Waterworld* zum Beispiel!«

»Oder *Open Water*!«

»Oder, oder, jetzt pass auf, jetzt kommt's, *Essa mussa Wasser sein*!«

»Wie?«

»*Essa mussa Wasser sein! Essa mussa Wasser Wunderbares sein, von dir geliebt zu werden!* Zarah Leander, Mensch!«

Jetzt krümmen sich beide vor Lachen, das in einem lang gezogenen *Aaaaaaaaaaaa* ausklingt.

»Tja. Ich mache doch bloß die Jingles«, sagt Eddi, als sie sich erholt haben. »Vielleicht reicht das Geld dann für eine Gesichtsoperation für den auf dem Plakat, dass den keiner mehr erkennt.«

»Hast du was machen lassen?«

»Ich?«

»Du, ja. Da. An den Augen. Seitlich.«

»Nur ein bisschen.«

»Dachte ich mir.«

»Ist aber doch gut gemacht, oder? Sag bitte, dass es gut gemacht ist. Teuer genug war's.«

»Ja, ist gut gemacht. Es ist bloß, ich weiß, wie alt du bist.«

»Dann bin ich ja beruhigt.« Eddi dreht sich zur Seite, setzt sich rittlings auf seine Bank und schaut in Richtung Feuer. »War doch richtig, oder?«, sagt er.

»Was?«

»Das Ganze. Dass wir da waren.«

»Du hast recht. War eine gute Idee von dir.«

Sie sitzen eine Zeit lang und schweigen. »Aber du musst auch mal in die andere Richtung schauen«, sagt Lena. »Die Leute anschauen, wie sie schauen.«

Eddi setzt sich wieder richtig hin und schaut nach rechts. »Und was die für orange Gesichter haben.«

»Und wie sie strahlen.«

»So ein Feuer ist schon der Wahnsinn. Stell dir vor, du bist der Mensch, der als Erster Feuer machen konnte. Das muss ein Gefühl gewesen sein. Wie müssen die anderen zu dir hochgeschaut haben.«

»Glaub ich nicht. Die haben wahrscheinlich gesagt, mach das Licht aus, wir wollen schlafen.«

»Und wenn man dann das allererste Steak gebraten hat?«

»Dann haben die gesagt, warum verbrennst du das gute Fleisch?«

»Du bist so was von zynisch. Aber wo wir von Steaks reden.«

»Ja?«

»Hast du noch Hunger?«

»Doch. Aber nicht auf Steaks.«

»Bratwürste?«

»Auch nicht. Wieder die Tapasrichtung. Die waren vorhin richtig gut.«

»Ich hole was. Sagen wir sechs verschiedene?«

»Sehr gut.«

»Irgendwas, was nicht dabei sein darf?«

»Steaks und Bratwürste. Ich meine, auch nicht, wenn sie als Tapas daherkommen.«

»Alles klar, auf mich kannst du dich verlassen.« Eddi steht auf. »Ups. Schau nicht gleich hin, aber zwei Tische hinter uns sitzt der Siegfried. Mit einer Frau zusammen.«

»Die Ingrid?«

»Nein. Also nicht, wenn das heute Nachmittag die Ingrid war.«

»Das war sie.«

»Dann ist die das jetzt nicht.« Eddi streckt den Hals. »Kann es ja auch gar nicht sein. Die ist dicker, jünger, fröhlicher. Ach, weißt, wer das ist? Das ist die Pfarrerin von vorhin, die das Feuer eröffnet hat. Die so grauslich gekräht hat und auf der verstimmten Gitarre so geschrubbt. Jetzt patscht er ihr auf dem Oberschenkel herum, unterm Tisch. Er meint wohl, keiner sieht es.«

»Schau doch nicht so auffällig hin.«

»Mach dir keine Sorgen, er erkennt mich nicht.«

»Du hast ihn doch auch erkannt.«

»Das ist ja auch was anderes.« Eddi schaut immer noch hinüber.

»Warum?«

»Er hat sich ja kaum verändert.«

»Ich hoffe doch.«

»Ich meine äußerlich.«

»Und du hast dich verändert.«

Eddi schüttelt den Kopf. »Na ja, du weißt schon, der Siegfried hat mit zwanzig schon ausgesehen, wie wenn er fünfundsechzig wäre.«

»Während wir jetzt erst so ausschauen.«

»Na, ich meine, wie meine ich das, klar sind wir fünfundsechzig. Aber irgendwie anders als, sagen wir mal, unsere Eltern fünfundsechzig waren. Die waren da richtig alt. Meinst net? Jetzt mal ehrlich. Schau mich an.« Eddi dreht sich seitlich. »Na? Siehst du einen Bauch? Na also. *Fünfundsechzig ist das neue fünfzig*«, singt er.

»Sag bloß, das ist auch von dir.«

Eddi macht einen kleinen Tanz um sich herum mit erhobenen Fäustchen. »Das war die Flusskreuzfahrt auf dem Duero.« Er macht sich auf den Weg.

Lena schaut wieder zum Feuer. Ja, es war richtig zu kommen. Sie fühlt sich ausgeglichen und entspannt, die Stimmung ist ausgelassen und fröhlich, die Leute um sie herum und beim Ausschank sind freundlich. Eigentlich, denkt sie, hätte sie viel früher herkommen können. Hassberg ist ein schönes Dorf, vielleicht etwas verschlafen, aber die Lage ist einmalig, eingekuschelt an den Herrgottsgarten, wie eine Katze in einem Kissen. Es hat ihr auch nichts ausgemacht, Siegfried wieder zu sehen, seine Rede bei der Eröffnung des Feuers zu hören. Er hat sich wirklich nicht viel verändert, fand sie, nur in Nuancen, besser angezogen, besser gestylt. Wie viel davon wohl Ingrid zu verdanken ist? Und komisch, dass sie nicht dabei ist. Es hätte ihr bestimmt gefallen, wie Siegfried vom Landrat gelobt worden ist. »Der Mann, dem Hassberg das alles hier zu verdanken hat!« Und wie die Menge ihm applaudiert hat.

Trotzdem war es für Lena damals genauso richtig, wegzugehen. Sie hätte Hans sonst nie kennengelernt. Und es war ebenfalls richtig, nicht zur Polizei zu gehen. Das waren andere Zeiten damals. Und Ingrid hätte ihr nicht geholfen, sondern hätte zu Siegfried gestanden. Wie ist der Kirchweihtanz an dem Samstagabend weitergegangen? Hat Ingrid gleich mit dem Siegfried angebandelt? Hätte, hätte, Fahrradschlauch, hat Hans immer gesagt. Lena lacht in sich hinein, als sie daran denkt.

Lena hat Eddi alles über ihre Ehe erzählt, auch über Hans' Affäre. Und er hat gemeint, es sei eine gute Ehe gewesen, trotz allem, und dass es sich anhört, als ob ihre Kinder gut geraten wären. Und dann hat Eddi gefragt, ob sie jetzt ewig Single bleiben will oder ob es nicht Zeit wäre, an einen neuen Partner zu denken. Lena hat sofort verneint, aber die Frage wirkt in ihr nach. Eddi hat recht; Lena will nicht für den Rest ihres Lebens alleine bleiben. Ja, es war richtig, hierherzukommen. Das Ganze fühlt sich an wie ein Schlusspunkt. Wie der Falkenstein am Ende der Michaelshöhe.

»Entschuldigen Sie«, sagt die Frau, die neben Lena sitzt. »Ich glaube, ich kenne Sie.«

Lena dreht sich nach links, sieht aber nur einen schwarzen Umriss, da die Frau in ihrem Schatten sitzt.

»Ich bin die Lena Kilian«, sagt Lena. »Ich hieß früher Fitzek und bin gebürtige Hassbergerin.«

»Die Fitzeks Lena«, sagt die Frau. »Freilich. Wir kennen uns aus der Grundschule. Selbe Klasse. Wir waren sogar Banknachbarn. Ich bin die Pflügers Monika, jetzt heiße ich Wondrak.«

Lena kann sich nicht allzu sehr an Monika erinnern, außer dass diese in der zweiten Klasse mal von Fräulein Preuß geschlagen wurde, weil sie ihr Einmaleins nicht gekonnt hat.

»Wir sitzen sogar so wie damals«, sagt Monika. »Du rechts, ich links. Das waren solche Doppelbänke, weißt es noch?«

Langsam kommt eine Erinnerung in Lenas Gedächtnis, ein Bild von einem Mädchen mit zotteligen Haaren, immer in den gleichen Kleidern; einem breit gestreiften Rock und einem eng zugeknöpften Pulli. Ja, und da war noch der strenge Geruch von alter Milch; Monika war aus einer kleinbäuerlichen Familie.

Lena bewegt ihren Kopf etwas nach links und Monikas Gesicht wird vom Feuer aufgehellt. Ja, freilich, Lena kennt sie. Das zögerliche Lachen, das in ihrem Gesicht nur kurz zu Besuch ist, das sich wie eine scheue Maus gleich wieder verhuschen kann.

»Du hast mir in der Schule immer geholfen, weißt es noch?«, sagt Monika. »Ich war im Rechtschreiben immer schlecht und du hast mich immer angestupst und mir gezeigt, wie es richtig geschrieben wird.«

»Nee, das weiß ich jetzt nicht mehr. Das ist ja, Gott, das ist fast sechzig Jahre her. Und ich war seit achtundvierzig Jahren nicht mehr hier.«

»Und ich war nie weg. Ich wollte schon, aber ...« Monika lacht unsicher. »Ich habe hier geheiratet, und, na ja ... Ich weiß nicht, ob ich das gekonnt hätte.«

Ihr gegenüber, auf dem Platz, der neben Eddi wäre, sitzt niemand.

»Bist du alleine hier?«

»Ja. Mein Mann geht zu so was nicht. Der hat heute etwas anderes vor. Ich geh normalerweise auch nicht, aber heute wollt ich endlich sehen, wie es so ist.«

»Du bist die Erste, die ich aus der alten Zeit getroffen habe.«

»Na ja, ich hab's mit der alten Zeit selber nicht so. Ich geh auch nicht zu Klassentreffen«, sagt Monika.

»Ja, ich auch nicht. Ich habe schon immer geschaut, aber ich glaube, hier ist sonst keiner von damals. Oder man erkennt sie nicht. Aber du hast mich ja erkannt.«

Monika schaut plötzlich weg, bückt sich, trinkt aus ihrer Apfelsaftschorle. Ein Mann zwängt sich zwischen den Reihen durch und läuft auf der anderen Seite des Tisches an ihr vorbei. Der Siegfried. Er schaut gar nicht zu ihr hin. Sie sieht ihm kurz nach; das Lächeln ist aus ihrem Gesicht gänzlich vertrieben. Dann schaut sie wieder zum Tisch hinunter.

Aha.

Und von irgendwoher kommt ein Gedanke in Lenas Kopf. Ein kleiner Stupser, denkt sie sich auf einmal, und hier fällt etwas Großes um. »Der Siegfried hat sich nicht sehr verändert«, sagt sie.

Monika schüttelt den Kopf und schaut immer noch nicht hoch. Sie wirkt total angespannt, als ob sie gegen etwas ankämpft und sich nicht sicher ist, ob sie es unterdrücken soll oder nicht.

Es ist wie das alte Spiel, das es in Hassberg früher auf der Kirchweih gegeben hat. Der Münzschieber, wenn die untere Fläche ganz voll war, wenn die Münzen vorne sich so gehäuft haben, wie eine Welle kurz vor dem Brechen, dass alles gewackelt hat und ganz klar war, demnächst rasselt eine Riesenlawine an Geld aus der Ausgabe. Du hast ein Zehnerle reingeschoben, und es hat noch mehr gewackelt, du hast noch ein Zehnerle reingeworfen, und alles ist fast gekippt und hing halb über die Kante, und du hast gewusst, wenn du kein Zehnerle mehr hast, kriegt alles der Nächste.

Aber du hast doch noch ein Zehnerle gefunden, du hast es reingeschoben, und rassel, rassel, du warst reich.

Noch ein Zehnerle. »Du magst den Siegfried wohl nicht besonders«, sagt Lena.

Monika schnauft tief durch, sagt aber nichts.

Noch ein Zehnerle. »Ich auch nicht«, sagt Lena. »Der hat mir großes Unrecht getan.«

Monika schaut hoch. »Ich weiß, was dir damals passiert ist«, sagt sie. »Ich war auf dem Kirchweihtanz damals dabei. Es hat sich herumgesprochen. Mir ist nämlich im Jahr drauf das Gleiche passiert.«

»Wo ist denn die Frau hin, die neben dir saß?«, fragt Eddi.

»Sie wollte nach Hause, bevor es dunkel wird«, antwortet Lena.

»Umso besser, haben wir mehr Platz. Also jetzt pass auf.« Eddi stellt einen großen Teller auf dem Tisch ab. »Im Uhrzeigersinn, ja?« Er deutet auf etwas Grünes. »Aufstrich aus Avocados, nicht mit Artischocken zu verwechseln, wie es bestimmten Menschen früher immer passiert ist, wenn ich mich recht entsinne, dann Handkästatar mit Matjesfilet, Rehspießchen mit Birnen, geräucherter Rehschinken auf Sherryzwiebeln, Gurke-Lachs-Pralinen und Schinkenschnecken. Voilà. Könnte fast von mir sein, dem Wilmenrod von Hassberg, weißt es noch?« Er setzt sich hin, holt zwei in Papierservietten gewickelte Bestecke aus seiner Jeanstasche und legt sie auf den Tisch. »Das war vielleicht gerade komisch. Ich war in der Schlange an der Tapasbar und ein Mädchen hat mich bedient, ein ganz ein nettes Ding, langes, dunkles Haar, so ungefähr fünfzehn bis zwanzig, ich tu mich allerweil schwer mit den jungen Dingern, wie alt sie sind, geht's dir nicht auch so? Also sie hat mich ganz lieb bedient, und dann schaut sie hinter mich, wird bleich, also ich behaupte zumindest, es war bleich, obwohl es bei dem Licht schwer zu sagen ist, sie taucht weg, unter die Thekenkante, geht nach hinten, sagt etwas zu den anderen zwei, die da die Tapas vorbereitet haben, ein aufgeregtes Flüstern folgt, so richtig heftig, mit Geschimpfe von dem anderen Mädchen und Rumgefuchtel, dann kommt ein Junge vor, übernimmt das Bedienen. Ich gehe auf die Seite und warte auf meinen Teller, und wer stand hinter mir? Wer kommt an die Theke? Wen wollte das Mädchen partout nicht bedienen? Wer hat sich aufgeführt, weil das Rehspießchen mit Birne aus war, mit ›Wisst ihr nicht, wer ich bin?‹ und so weiter? Wer ist das Arschloch in diesem Stück? Na, wer wohl?«

»Siegfried.«

Eddi schaut Lena an. »Was ist denn passiert? Du schaust aus wie das Mädchen vorhin.«

»Siegfried hat nicht nur mich vergewaltigt. Weißt du, wer die Frau war, die neben mir saß? Das war Monika Pflüger. Ihr ist das Gleiche passiert wie mir mit dem Siegfried, ein Jahr später. Ich habe dir doch schon erzählt, dass der Roy mich vor ewigen Zeiten angerufen hat. Und jetzt ist mir eingefallen, was er mir damals erzählt hat, was ich nicht hören wollte. Das war es. Und ich weiß auch, wann er mich anrief. Das war im August 1984, weil im September ist Tobi, unser Jüngster, in die Schule gekommen. Und die Monika war nicht die Einzige, die der Siegfried außer mir noch vergewaltigt hat. Siegfried ist ein Serientäter, er hat nie aufgehört und er hat vermutlich das Mädchen von der Tapastheke vergewaltigt. Ich muss was unternehmen. Ich hätt's damals schon machen sollen. Ich muss zu dem Mädchen gehen.«

Lena läuft an der Cocktailbar, wo grölende Jugendliche sich mit Gin Tonics zuprosten, vorbei zur Tapastheke. Es ist leicht, Melanie zu finden. Sie ist nicht bei der Tapasausgabe zu sehen, da bedient ein blondes Mädchen, und dahinter bereitet ein Junge die Tapas vor. »Hinten«, antwortet der Junge auf Lenas Frage. Sie läuft um den Wagen herum, und da steht ein dunkelhaariges Mädchen und schaut ins Tal. Sie stützt den rechten Ellbogen mit der linken Hand in Bauchhöhe und raucht eine Zigarette. So wie sie ins Tal stiert und die Zigarette hält und daran pafft, ist es klar, dass es eine ihrer ersten Zigaretten überhaupt ist und dass sie über etwas schwer nachdenkt.

»Entschuldigung«, sagt Lena. »Ich muss einfach mal mit dir reden, und ich weiß nicht, wie ich anfangen soll. Ich weiß nicht mal, ob ich du oder Sie sagen soll, aber bitte hör mir kurz zu, ich fange jetzt mal einfach an, und wenn ich falschliege, dann entschuldige ich mich, und ich schwöre, du wirst nie mehr etwas von mir hören.«

»Wer sind Sie?«

»Ich heiße Lena Kilian. Ich komme aus Hassberg, hieß früher Lena Fitzek. Und es könnte sein, dass wir etwas gemeinsam haben. Können wir ein Stückchen gehen?«

Melanie ist bereit, zur Polizei zu gehen und auszusagen. Sie hat sich Lenas Geschichte angehört, dann ist ihre eigene aus ihr herausgesprudelt. Zuerst hat sie dabei geweint, aber dann hat sie sich schnell gefasst. Sie hat es noch keinem anderen erzählt.

»Außer der Frau Hauck«, hat sie gesagt.

»Wer ist Frau Hauck?«, hat Lena gefragt.

»Die Pfarrerin.«

»Die von der Einweihung?«

»Ja, genau.«

»Und wie hat sie reagiert?«

»Sie hat gesagt, ich soll nichts unternehmen und es niemandem sonst erzählen.«

Sie und Lena sind inzwischen ganz hinten gelandet, am Rande vom Rauenwald, wo gar keine Tische und Bänke mehr aufgestellt sind, ohne zu wissen, wie sie dahingekommen sind.

Melanie erinnert Lena an sich selbst, damals.

»Weißt du, was mich nicht loslässt?«, hat Melanie gesagt. »Es ist die Art, wie er es getan hat. Als ob es ihm zusteht, als ob ich nichts wert bin. Als ob ich, entschuldige, nur aus einer Fotze bestehe.«

Lenas Kopf schwirrt. Wie viele Frauen sind nach ihr noch vergewaltigt worden, weil sie damals nicht zur Polizei gegangen ist? Weil sie alles von sich weggeschoben hat? Weil sie alles mit sich selbst ausgemacht hat? Aber auch: Wie viele sind vor ihr vergewaltigt worden, weil auch sonst niemand ihn angezeigt hat? Haben sie sich alle selbst die Schuld gegeben?

»Ich weiß gar nicht, wie ich daraufkommen konnte, nicht zur Polizei zu gehen«, hat Melanie am Schluss gesagt. »Natürlich gehe ich zur Polizei. Aber warum hast du eigentlich den Siegfried nicht angezeigt?

Ja, warum nicht, verdammt noch mal. Es mag damals für Lena richtig gewesen sein, aber es war es gewiss nicht für andere Frauen.

»Ich hab's damals niemandem erzählt«, hat Lena geantwortet. »Meiner Mutter konnte ich es nicht erzählen, und ... Halt, falsch. Ich habe es jemandem erzählt. Ich habe es nur vergessen. Das war auch der Dorfpfarrer. Wie bei dir.«

»Und was hat er gesagt?«

Pfarrer Kraus in seinem Wohnzimmer. Alles schwer, braun, Eiche, die Möbel, die Tapeten, die Fotos von Breslau, wo er herstammte, seine Brille, seine Pfeife. Knorrige Hände auf seinen Knien wie alte Wurzeln, wässrige Augen, die unteren Augenlider nach außen gewölbt, wie die Kragen einer alten Tweedjacke, die rosarote, obszön junge Bindehaut darunter freiliegend. Wie er seine Pfeife in den Aschenbecher auskratzte und Lena gar nicht mehr anschaute. Seine müde, knarzende Stimme: »Das kommt von diesen ganzen modernen Tänzen und der Musik und von euren kurzen Röcken. Von diesem Be-Bop-A-Lula, oder wie es heißt. Von diesen Kommunen und diesen Protestmärschen. Ihr jungen Gören lauft da herum wie die Huren von Babylon, was sollen da die Männer davon halten? Weißt du, was ich manchmal denke, Mädchen? Manchmal denke ich, wir bräuchten wieder einen kleinen Führer. Es war nicht alles verkehrt.«

»Er hat mich gar nicht angehört.«

Melanie will mit zur Polizei in Haßfurt. Lena würde fahren. Sie will auch endlich aussagen, auch wenn ihr Fall verjährt ist, Melanies ist es nicht, und Lenas Aussage könnte Melanies wenigstens unterstützen. Morgen früh wird sie das Mädchen mitnehmen, zuerst muss sie ihr Auto vom Wanderparkplatz abholen, und dann werden sie miteinander nach Haßfurt fahren.

Lena läuft zurück zu den Menschen, die mit dem Rücken zu ihr fröhlich dasitzen und noch ins Feuer schauen. Melanie ist schon gegangen; sie ist nach rechts abgebogen und nach Hassberg hinuntergelaufen. »Ich bin wirklich froh, dass du mich angesprochen hast«, hat sie ihr zuvor noch gesagt. »Ich fühle mich zum ersten Mal seit gestern wieder halbwegs gut und habe auch wieder einen klaren Kopf. Ich denke, du hättest selber damals vielleicht auch jemanden gebraucht, der für dich so da war, wie du es für mich gerade warst.«

»Kann sein«, hat Lena gesagt. »Ich bin damit umgegangen, so gut ich konnte. Aber wahrscheinlich war es falsch. Ich hoffe, es ist noch nicht zu spät, endlich etwas zu unternehmen.«

»Bis morgen, dann.«

»Bis morgen, Melanie.«

»Eins noch«, hat Melanie gesagt. »Als ich ihm auf die Finger gehauen habe, hat er gesagt: ›Deine Mutter hat sich nicht so angestellt.‹«

»Wahrscheinlich hat er das nur so gesagt, um dich zu ärgern.«

»Glaube ich nicht.«

Und Lena glaubt es auch nicht.

Ja, so ist es. Zuerst hat Lena gedacht, alles überwunden zu haben, und jetzt hat es sie mit einer Wucht wieder eingeholt, als ob alles erst gestern gewesen wäre. Und wenn es nicht so sein soll, dass das Falkensteinfeuer ein Schlusspunkt ist, dann soll es eben diesen anderen Sinn haben. Dann war es erst ein Anfang, und Lena wird die Sache anders zu Ende führen.

Sie hat die letzte Reihe erreicht. Hier hinten sind die Bänke inzwischen nur noch spärlich besetzt und alle Gesichter schauen in die andere Richtung, vor zum Feuer. Am nächsten Tisch sitzen nur drei Leute, aber am Ende einer Bank hat ein langhaariger Mann im Muscle-Shirt sich seitlich hingesetzt und sein rechtes Bein in den Mittelgang so gerade und sperrig zwischen den Reihen ausgestreckt, dass Lena nicht vorbei kann.

»Entschuldigung«, sagt sie, und der Mann dreht sich zu ihr. »Könnten Sie mich vorbeilassen?«

»Wenn's denn sein muss«, sagt der Mann mit einer rostigen, verlebten Stimme. Er nimmt sein rechtes Bein mühsam mit beiden Händen und hebt es über die Bank. Ab dem Knie biegt sich nichts; der Unterschenkel ragt geradeaus, der Fuß im Cowboystiefel zeigt zum Himmel.

»Oh, Entschuldigung«, sagt Lena noch mal. »Ich wusste nicht …«

»Kann man ja auch nicht wissen«, sagt eine ähnlich belegte weibliche Stimme vom selben Tisch. »Dass einer zu blöd zum Motorradfahren ist.«

»Halt doch du dich da raus«, sagt der Mann. »Mensch, das blöde Ding ist so steif.«

»Wenigstens etwas«, sagt wieder die weibliche Stimme.

»Halt's Maul, du blöde … jetzt hätte ich beinah Fotze gesagt.«

Der dritte Mann am Tisch lacht los, eine Oktave höher als die anderen.

Lena will schnell vorbei, sieht aber, dass der Mann mit dem steifen Bein ein Tattoo am rechten Oberarm hat. Che Guevara. Als sie zurückschaut, blickt sie in ein zerfurchtes Gesicht mit schlechten Zähnen, das von langen, zotteligen Haaren umrankt ist.

»Peter«, sagt sie. »Du bist es. Peter Radtke.«

»Das hätten wir also geklärt«, sagt er. »Aber wer bist du?«

»Ich bin die Lena.«

»Lena? Lena wer?«

»Lena Fitzek, aus Hassberg. War ich. Jetzt bin ich Lena Kilian. Aus Rödelsee.«

»Ach Gott, die Fitzeks Lena, ja, freilich. Du bist aber groß geworden. Dich hätte ich nimmer erkannt. Ist das lange her.« Er deutet auf die anderen zwei, die am Tisch sitzen. »Quizfrage. Die zwei da müsstest du auch noch kennen. Alte Hassberger sind das.«

Es ist aber hier draußen so dunkel, dass Lena kaum etwas erkennen kann, sie hat nur einen Eindruck von lächelnden rauchenden Mündern, die sie begrüßen, und von Zähnen, die Peters ähneln, und von einem Muff aus Zigaretten, Alkohol und Körpern, die der frischen Luft trotzen.

Die linke Hand des anderen Mannes umklammert ein Bierglas.

»Dich kenne ich«, sagt Lena. »Du bist der Veit Angerer.«

»Stimmt«, sagt Veit und lacht. »Ich bin halt bekannt wie ein bunter Hund.« Abgenommen hat er, und eine Glatze bekommen, aber die hohe Stimme und das Lächeln sind geblieben, und sein Kopf glänzt im Licht des Feuers schweißperlend wie früher.

»Von wegen bekannt wie ein bunter Hund«, sagt Peter. »Du hast halt keinen kleinen Finger mehr. Das war zu einfach. Aber wer ist die Frau? Die charmante, einfühlsame Frau, die sich so gut gehalten hat?«

»Ach, Mensch, Peter, du bist so was von blöd«, sagt die Frau mit einer rasselnden Stimme, die klingt, als ob Rauch und Schleim sich eine Dauerschlacht um die Oberhand liefern. »Ich bin die Kathi Blümlein. Du wirst dich nicht an mich erinnern. Setz dich doch her.«

»Nee, nee«, sagt Lena. »Ich muss gleich weiter. Aber freilich erinnere ich mich. Vorhin habe ich auch die Pflügers Monika getroffen. Wir waren doch alle drei in einer Klasse.«

»Stimmt, stimmt. Bei dem Fräulein Preuß. Das war vielleicht ein Biest. Der ihre Kopfnüsse spüre ich heute noch.« Kathi klopft sich an die Schläfe mit der linken Hand, mit der rechten umklammert sie ein Schoppenglas. Ihr begleitender Lacher ist wie Kiesschaufeln. »Tock, tock. Aber du hast ja keine abgekriegt. Warst immer brav und gescheit. Net wie ich. Oder die Monika. Obwohl, brav war die auch. Aber halt net gescheit. Hat dann auch nix genutzt. Während ich weder brav noch gescheit war. Gesocks halt. Wie hat das Fräulein immer gesagt? Geschwartel, das war es. Das Geschwartel von der Kirschenallee, das waren wir. Wir waren schon immer Gesocks, gell, Veit?« Sie lacht gellend, und das Falkensteinfeuer beleuchtet gnadenlos ihre Zahnlücken hinten im Mund, ihre traurigen Augen und die Pocken in der Haut ihrer Arme, die von Masern oder vom Alter oder von Nadeln stammen könnten. »Willkommen am Gesockstisch, Lena«, sagt sie. »Weit ab vom Fenster. Alles Gesocks hier. Ich bin Gesocks, der Veit ist Gesocks, der Peter ist Gesocks. Obwohl, das ist gar nicht wahr. Du bist eigentlich kein Gesocks«, sagt sie zum Peter. Sie fuchtelt mit ihrer Zigarette in seine Richtung und trinkt aus ihrem Glas. »Also nicht als Gesocks geboren. Du bist Gesocks geworden. Aus freien Stücken.«

»Muss man erst einmal schaffen«, sagt Veit.

»Unsereins ist net gefragt worden, aber du hast es dir ausgesucht«, sagt Kathi. »Du könntest eigentlich vorne hocken, beim Siegfried Kern, bei dem Arschloch, und bei der Pfarrerin und beim Landrat, aber du hast es mit Verstand und Beharrlichkeit weit gebracht, du hast es ganz nach unten geschafft.«

»Durchgestartet ist er«, sagt Veit. »Aber in die falsche Richtung!«

Veit und Kathi kriegen einen Lachanfall.

»Arschlöcher«, sagt Peter.

»Sein Vater war fei der Dorfarzt«, sagt Kathi zu Lena und nimmt einen großen Schluck Wein.

»Ach«, sagt Peter. »Danke. Beinahe hätte ich das vergessen. Du hast mich, seit wann, gestern, vorhin, gar nicht daran erinnert.«

Kathi und Veit lachen wieder. Es klingt wie ein fernes Donnergrollen und eine Lokpfeife darüber.

Lena durchschaut die Beziehungen hier am Tisch nicht ganz, aber ausreichend. Peter und Kathi sind irgendwie zusammen, zwei Ertrinkende, die sich aneinanderklammern, und Veit wird woanders keinen Anschluss finden. Gesocks, ja, das wird's wohl treffen.

»Na, Leute«, sagt Peter, »so schön es hier bei euch ist, ich spüre einen gewissen Druck, ich muss mal brunzn.« Er schiebt sein Bein wieder über die Bank und steht mühsam auf.

»Ich geh mit«, sagt Veit.

Die zwei laufen in Richtung Wald.

»Die Klos sind fei in der anderen Richtung!«, ruft Kathi den beiden nach.

»Der Wald ist näher«, ruft Peter zurück. »Außerdem ist er von Trockenheit bedroht, liest du denn keine Zeitungen!«

»Das sind solche Schweine«, sagt Kathi zu Lena. »Pass nur auf, dass sie dir nachher nicht die Hand geben wollen.«

»Was ist mit seinem Bein passiert?«, fragt Lena.

»Besoffen Motorrad gefahren. Fünf Bier im Heckenhof in der Fränkischen gesoffen, in die Kurve gefahren, Kontrolle verloren, zack. Aus war's mit dem Easy Rider. Kann froh sein, dass er's überlebt hat. Und ich auch. Ich war ja hintendrauf, ich blöde Kuh.« Sie nickt zum Platz ihr gegenüber, wo Peter saß. »Setz dich doch her.«

»Aber nur kurz.« Lena rutscht in die Bank. »Du und Peter, ihr seid wohl zusammen.«

»Zusammen.« Kathi wippt unentschlossen mit dem Kopf ein paarmal hin und her. »Ist man mit einem zusammen, wenn man mit ihm pennt? Oder mal gepennt hat? Dann war ich mit vielen zusammen. Mit zu vielen.« Sie trinkt von ihrem Wein.

Ein Zehnerle. »Warst du auch mit Roy zusammen?«, fragt Lena.

»War ich auch, ja. Er war anders, das muss ich sagen.«

»Was ist aus ihm geworden?«

»Keine Ahnung. Der ist wie vom Erdboden verschluckt. Von einem Tag auf den anderen.«

»Es muss doch irgendjemand etwas über ihn wissen. Seine Eltern?«

Kathi schüttelt den Kopf. »Schon lange tot.«

»Der Roy war mal mit der Helga zusammen, das weiß ich. Und der Peter war auch mit ihr zusammen. Vielleicht weiß der Peter was.«

»Du kannst ihn ja fragen. Und viel Erfolg dabei.«

»Du hast es wohl schon probiert.«

»Der Peter konnte den Roy überhaupt nicht leiden.«

»Warum nicht?«

Kathi schüttelt den Kopf. »Keine Ahnung. Weil die Mädels den Roy alle liebten, wahrscheinlich.«

»Wann warst du mit dem Roy zusammen?«

»Ach Gott, das war nur kurz. Eigentlich war's nur eine Nacht, wenn überhaupt.«

Noch ein Zehnerle. »War das im August 1984?«

»Kann sein. Ja, doch. August 1984, weil im September habe ich meine neuen Zähne gekriegt. Die auch nicht gehalten haben. Warum?«

»Da hat er bei mir angerufen.«

»Aha. Was wollte er denn?«

»Weißt doch, was mir passiert ist auf der Kirchweih '70.«

Ein kühler Blick von Kathi und ein langsames Nicken. Sie nimmt noch einen Schluck Wein.

»Roy hat mir erzählt, das Gleiche ist anderen auch passiert.« Noch ein Zehnerle. »Warst du eine davon?«

Ein noch kühlerer Blick, ein noch langsameres Nicken, ein weiterer Schluck Wein.

»Ich gehe morgen wegen dem Siegfried zur Polizei«, sagt Lena. »Ich zeig ihn an. Es waren nicht nur wir zwei. Und er hat nie aufgehört. Willst du nicht mitgehen?«

»Nee.«

»Warum nicht?«

Kathi dreht den Kopf nach links, bläst den letzten Rauch von der Zigarette in die Luft, zerdrückt die Kippe am Tisch mit tupfenden Bewegungen, wie wenn sie etwas untermauern will, leert ihr Weinglas und schaut zu Lena hoch. »Erstens ist das verjährt, und zweitens ... Schau mich doch an,

Lena. Wenn so jemand wie ich zur Polizei geht und sagt, sie wurde vor fünfzig Jahren vergewaltigt, was glaubst du, was der Bulle sieht? Es sieht das Gleiche wie das Scheißfräulein Preuß vor sechzig Jahren. Gesocks sieht er. Nee. Siegfried war ein Arschloch, aber er war nur das erste. Das erste unter vielen. Ich geh nicht zur Polizei. Ich will meine Ruhe haben. Und überhaupt will ich noch einen Schoppen. Lass mich erst mal raus«, sagt sie zum Veit, der gerade wieder angekommen ist. »Ich hole mir noch einen Wein.« Sie schlüpft hinaus und geht, leicht schwankend, nach vorne.

Veit rutscht in die Bank hinein, Lena gegenüber. »Was bringt dich nach Hassberg zurück?«, fragt er. »Heimweh?« Er kichert.

»Ich weiß auch nicht«, sagt Lena. »Inzwischen glaube ich, es war gar keine so gute Idee.«

Veit nickt. »Schlafende Hunde?«

»So in der Art.«

»Bist alleine da?«

Lena will von Eddi erzählen, dann fällt ihr ein, wie Peter ihn damals verprügelt hat. »Ja«, sagt sie. »Sag mal, weißt du was von Roy?«

»Von wem?«

»Roy. Rüdiger Nickel. Der scheint vom Erdboden verschwunden zu sein. Seit 1984.«

»Nee. Keine Ahnung. Bist du deswegen da?«

»Nein. Fällt mir gerade so ein. Vielleicht weiß der Peter was.«

»Sei vorsichtig mit dem Peter.«

»Wieso vorsichtig mit mir?« Peter steht schnaufend da. »Jetzt sitzt du doch«, sagt er zu Lena. »Muss interessant geworden sein. Rutschst du mal rein? Und was soll ich wissen? Um was geht's denn?«

»Um den Roy«, sagt Lena.

Veit rollt mit den Augen.

»Weißt du was über ihn?«, fragt Lena unbeirrt.

»Nee, warum sollte ich denn?«, sagt Peter.

»Du warst doch mit der Helga zusammen, oder nicht?«, hakt Lena nach. »Und sie war mit ihm auch mal zusammen.«

»Kennst dich aber gut aus«, sagt Peter. »Warum soll ich etwas über den wissen? Meinst du, ich erfahre, was aus jedem Arschloch geworden ist?«

»Die Zentralmeldestelle für Arschlöcher«, sagt Veit und lacht kieksend.

»Mensch, seit vierunddreißig Jahren hat keiner von ihm gehört«, sagt Lena. »Da stimmt doch was nicht. Du warst doch mit der Helga zusammen, und der Roy war vorher mit ihr zusammen, da könntest du was gehört haben.«

»Ich habe nix gehört. Jetzt hör halt auf mit dem Scheißkerl. Das geht mir auf den Sack.«

»Und die Helga?«, fragt Lena. »Hat sie was gehört?«

»Jetzt gehst du mir gescheit auf den Senkel. Wieso soll die was gehört haben?«

Lena erinnert sich an noch ein Bruchstück aus dem Telefonat von damals. »Du hast doch ein Kind mit der Helga.«

»Was geht dich das an?«

»Und der Roy hat das Kind geliebt.«

Veit zündet sich eine Zigarette an und dreht sich weg.

Peter wirft einen langen, seitlichen Blick auf Lena. »Es ist besser, du gehst jetzt.«

»Wo ist denn die Helga?«

»Keine Ahnung. Ist das jetzt ein Verhör oder was?«

»Und was ist aus dem Kind geworden? Rosi hat es geheißen, jetzt fällt's mir wieder ein. Müsste Mitte vierzig sein.«

»Jetzt pass gut auf ...«

»Ey, was ist denn hier für eine Scheißstimmung?« Kathi ist wieder da und hat unterwegs ihren Schoppen schon halb ausgetrunken.

»Ich wollte wissen, was aus Helgas Kind Rosi geworden ist«, sagt Lena.

Kathi schiebt Veit weiter in die Bank hinein und setzt sich. »Sag's ihr schon, Peter. Sag halt, was mit dem Kind war.«

Peter lässt seinen Blick von Lena nicht los, spricht aber zu Kathi. »Halt du doch dein blödes Maul.«

»Mein Maul halte ich noch lange nicht«, sagt Kathi. »Die Rosi hat sich umgebracht. Schon vor über zwanzig Jahren. Keiner weiß, warum.«

Ich kann es mir vorstellen, denkt Lena.

Peter nimmt Kathis Glas und schüttet ihr den Rest Wein ins Gesicht.

»Du blödes ARSCHLOCH!«, schreit sie. »Du kaufst mir ein neues!«

»Fällt mir gar nicht ein«, sagt Peter. »Bloß weil du dein Maul nicht halten kannst.«

»Ich kauf dir ein neues«, sagt Veit und nimmt ihr Glas.

»Und ich geh jetzt«, sagt Lena.

»Na, das war doch ein gelungener Einstand, nach achtundvierzig Jahren«, sagt Peter. »Entschuldige, wenn ich net aufsteh. Das Bein, verstehst.«

»Ich habe ja gesagt, du sollst beim Peter vorsichtig sein«, sagt Veit, als er durch die Gänge hinter Lena läuft.

»Der kann mir doch nichts tun.«

»Nee, der lässt alles an der Kathi aus.«

»Was hat er denn auszulassen?«

»Keine Ahnung. Und was machst du jetzt?«

»Morgen gehe ich zur Polizei und melde den Roy vermisst.«

»Aha. Habt ihr eine Polizeiwache in Rödelsee?«

»Ich übernachte hier in Hassberg. Im *Akropolis*. Morgen fahre ich nach Haßfurt.«

»Na, dann mach's gut.«

»Du auch.«

»Tut mir leid, Eddi. Du glaubst nicht, was ich alles erfahren habe.«

Auch vorne haben sich die Reihen ausgedünnt. Jetzt ist das Falkensteinfeuer auf halbe Größe geschrumpft und die einzige Lichtquelle, die Landschaft um die Michaelshöhe und der Himmel darüber sind zwei schwarze, sich aufeinanderpressende Teppiche, von einem dünnen, aschgrauen Strich getrennt.

»Na, macht nichts«, sagt Eddi. »Ich habe mich mit dem netten jungen Mann unterhalten, dem Sänger von Carambolage. Er war bis vorhin da.« Er deutet auf den leeren Platz neben ihm. »Nicht schwul, leider. Aber nett.«

»Woher weißt du, dass er nicht schwul ist?«

»Ich habe ihn gefragt. *No beating about the bush*, hat Jack immer gesagt. Also es ist halt besser, gleich zur Sache zu kommen.«

»Tja. Das hätte ich vor achtundvierzig Jahren beherzigen sollen.«

»Wie meinst du das?«

»Ich hätte damals gleich zur Polizei gehen sollen. Aber ich will's nachholen.«

Lena erzählt Eddi alles, was sie erfahren hat und was sie morgen vorhat. Dann fügt sie hinzu: »Und ich denke, dass der Grund, warum Helgas Tochter Rosi sich umgebracht hat, auch irgendwas mit dieser Sache zu tun hat. Irgendwas mit Siegfried. Oder vielleicht mit dem Peter.«

»Mmm«, sagt Eddi. »Ja. Ich denke, du hast recht. Und wenn ich dich irgendwie dabei unterstützen kann, mache ich das. Ich könnte als Zeuge aussagen, ich war ja damals kurz danach bei dir.«

Sie schauen noch ins Feuer, das inzwischen als verschrumpfter, verklumpter, glühender Haufen nur noch vor sich hin schwelt und dem aufgestiegenen Mond kaum Konkurrenz bietet. In der Nähe sitzen noch vereinzelte Paare. Ganz vorne, an der engsten Stelle in der ersten Reihe, wo nur eine Garnitur steht, sitzt ein eng umschlungenes Paar, eingewickelt in eine Decke. Ihren grauen Haaren und seiner Glatze nach sind sie über sechzig.

»Gibt's des?«, sagt Eddi.

»Meinst du das Paar?«, fragt Lena.

»Ja. Die schauen aus wie Kate und Leo auf der Titanic. Nur, als wenn sie beide den Untergang überlebt hätten und vierzig Jahre später immer noch zusammen wären.«

»Ich hoffe, dass es das gibt.«

»Also, das ist nicht seine Sekretärin und die Frau hockt daheim und weiß von nichts.«

»Nein.«

»Und sie haben sich nicht erst vor zwei Wochen kennengelernt.«

»Nein.«

»Und sie sind nicht einfach eingeschlafen.«

»Nein. Sie haben sich mit sechzehn kennengelernt, sind seit über vierzig Jahren verheiratet, haben glückliche Kinder und immer noch Sex miteinander.«

»Jetzt übertreibst aber.«

»Nein, es ist alles wahr.«
»Na, Gott sei Dank. Ich dachte schon.«
»Ja.«
»Dann sind wir hier fertig, oder?«, sagt Eddi.
»Ich glaube, ich fange hier erst an«, sagt Lena.
»Aber gehen können wir.«
»Ja, gehen können wir.«

Sie laufen über den Herrgottsgarten hinunter nach Hassberg und beleuchten den Weg mit Taschenlampen. Auf dem Hinweg waren sie mehr auf der Rauenwaldseite des Weinbergs, aber jetzt sind sie mehr nach links abgedriftet. Auf halber Höhe kommen sie zu einem Weinbergshaus. Sie laufen herum auf die Terrasse, die zum Dorf hinunterschaut. Es ist eine Minute vor zwölf.

»Ob die Laternen immer noch um Mitternacht ausgehen?«, fragt Eddi.

»Schauen wir mal.«

Die Kirchenglocke läutet viermal, dann zwölfmal, und mittendrin gehen die Laternen aus. Vom Weinbergshaus aus liegt die Hauptstraße etwas nach rechts, und sie können nur die Häuser auf der rechten Straßenseite sehen. Die meisten davon sind dunkel, nur in einem brennt im ersten Stock noch Licht.

»Schau mal«, sagt Lena. »Wo das Licht brennt. Das ist doch euer altes Haus.«

»Ja, das ist es«, sagt Eddi. »Der Typ von heute Nachmittag ist scheinbar noch auf.«

»Was er wohl treibt?«

»Ich will mir das gar nicht vorstellen.«

»Ist das nicht Helgas Haus?« Lena deutet geradeaus. »Da. Vor uns.«

»Ja, das müsste es sein. Ist immer noch nicht verputzt.«

»Weil da auch Licht brennt. Schau, das müsste sogar Helgas Zimmer sein, im ersten Stock.«

»Wahnsinn«, sagt Eddi. »Da kann man direkt hineinschauen. Da hinten ist sogar das Bett, wo wir miteinander gekuschelt haben.«

»Wo du mit der Helga gekuschelt hast.«

»Wegen mir. Wie man da alles sehen kann. Ob das damals schon so war?«

»Wahrscheinlich. Das Weinbergshaus war schon da. Da hätte jeder Spanner vom Dorf hineinschauen können.«

»Gruselig. Gleich werden wir im Zimmer erscheinen, nur achtundvierzig Jahre jünger.«

»Das wäre wirklich gruselig. Und du wirst irgendetwas Schreckliches kochen. Avocados.«

»Artischocken.«

»Weiß ich doch. War ein Spaß.«

Eine Frau im Hausmantel geht langsam am Fenster vorbei. Lena zuckt zusammen. »Gott, bin ich erschrocken. Das ist ja wie in *Psycho*. Das kann doch nicht die Helga sein.«

»Das war nicht die Helga. Das war ihre Mutter«, sagt Eddi.

»Meinst du wirklich? Sie muss ja uralt sein.«

»In den Neunzigern halt«, sagt Eddi. »Weißt du was? Wir gehen hin und schellen und fragen sie, was mit der Helga ist.«

Sie hören Stöhnen, Gemurmel und Ächzen und das Klopfen von einem Gehstock auf Treppen.

»Das ist ja peinlich«, sagt Lena. »Die arme Frau. Hätte es nicht bis morgen früh Zeit gehabt?«

»Was du heute kannst besorgen.«

»Mach doch gleich einen Jingle dazu.«

Die Tür geht langsam auf. Mittendrin klemmt sie und Eddi zieht sie zu sich. »Die Tür klemmt«, sagt eine quäkende Stimme überflüssigerweise. »Ich komm fast nimmer raus.« Die Frau ist so gebückt, dass sie nur auf Bauchhöhe zu Lena und Eddi steht und zu ihnen auch nicht hochblicken kann.

Eddi schaut zu Lena, dann geht er in die Knie und schaut der Frau ins Gesicht. »Frau Matysek?«

»Ja?«

»Ich bin Eddi Caspar und das ist Lena Fitzek. Wir sind alte Freunde von der Helga.«

»Von der Helga?«

»Ja.«

»Wir sind wieder mal in Hassberg und wollten die Helga besuchen.«

»Die is net do.«

»Wo ist sie denn?«

»Die is net do.«

»Ja, aber wo ist sie?«

»Die is, die is in der Hupfla.«

»Wo ist sie?«

»In der Heil- und Pflegeanstalt«, sagt Lena. »In welcher Hupfla ist sie, Frau Matysek? In Erlangen?«

»Die is in Bamberg. In der Hupfla. Die hat angefangen zu spinnen. Durchdreht hat die. Seitdem des mit dem Kind wor.«

»Alles klar. Danke, Frau Matysek«, sagt Lena. »Entschuldigen Sie die Störung.«

»Wer seid ihr?«

»Ich bin die Lena Fitzek, und das ist Eddi Caspar. Wir waren mit Helga befreundet.«

»Die is net do.«

»Gute Nacht, Frau Matysek.«

»Oder besser gesagt, guten Morgen«, sagt Eddi.

»Morgen is auch net do«, sagt Frau Matysek zu Eddis Bauch, weil er sich inzwischen wieder aufgerichtet hat.

»Also, weißt du was?«, sagt Eddi, als sie in die Hauptstraße einbiegen. »Morgen, wenn du zur Polizei gehst, fahre ich nach Bamberg und besuche die Helga. Vielleicht finde ich etwas über Rosi heraus.«

Tsunami

Montag, 25. Juni 2018, 0:17 Uhr

Man steht auf einem Hügel mit vielen anderen; vor einem eine Hafenstadt; eine wenig einnehmende Ansammlung von mehr oder weniger modernen Fertigbauten, die wie ein zusammengeschustertes und zusammengeschobenes Gewerbegebiet aussehen. Die Stadt ist in einer Bucht, links und rechts sieht man bewaldete Hänge. Es schneit. Vom Meer, das anscheinend hinter der Stadt liegt, sieht man erst einmal nichts. Die Straßen scheinen menschenleer zu sein.

Dann bricht eine Wasserwand zwischen zwei Gebäuden in der Reihe durch, die am weitesten entfernt steht, also vermutlich vor dem offenen Meer, und breitet sich in der davorliegenden Straße nach links und rechts aus. Das Wasser schiebt sich an immer mehr Stellen durch und drängt immer weiter nach vorne, zum Hügel hin. Das Dach eines Gebäudes wackelt, dann ein anderes am rechten Rand des Bildes. Dann kommt die ganze Dächerlandschaft der Stadt ins Zucken und Wanken. Es ist, als ob die Stadt versucht, sich gegen einen Schwarm von Stechmücken zu wehren. Ein erstes Gebäude bricht los, kracht auf seinen linken Nachbarn, der sich ebenso von seinem Fundament losreißt. Dann schwingt plötzlich eine ganze Reihe von Häusern nach links, wie eine Schiffsflotte, die ihre Anker gelichtet hat. Und bald ist die ganze Stadt in Bewegung wie eine riesige Hüpfburg, und auf einmal treibt die gesamte Häuserlandschaft nach links und die umgekippten und krumm liegenden Häuser werden landeinwärts von der reißenden Flut hinweggespült. Der

Filmer schwenkt seine Kamera mit und verfolgt die umgekippten und krumm liegenden Häuser, wie sie landeinwärts von der Wucht der Flut mitgerissen werden, begleitet von Sirenenalarm, Wind- und Wellenrauschen und entgeisterten Rufen von den Zuschauern auf Japanisch.

Lars Hudezeck sitzt vor seinem PC und schaut auf YouTube ein Video vom Tsunami 2011 in Japan. Wenn nur ein solcher Tsunami durch Hassberg wüten und ebenso die Häuser mitreißen würde. Er wäre hier wohl sicher, im ersten Stock, wenn der Main über seine Ufer treten und hier hochschwappen würde. Es müsste allerdings etwas Besonderes passieren, damit es so kommt. Wenn der Falkenstein in den Main stürzen würde, ob das reichen würde? Es wäre gut, wenn sein Haus das Einzige wäre, das noch stünde, wenn alles andere, der Kindergarten, die Schule, die Kirche, das Feuerwehrhaus, das Fußballfeld, diese lange Spur seiner Pein, wenn das alles von der Erdoberfläche getilgt würde. Wenn Lars der einzige Überlebende wäre. Und seine Mutter, vielleicht. Wenn es niemanden mehr gäbe, der ihn kennt.

Was seine Haustür inzwischen erreicht hat, ist aber kein Tsunami, sondern eher eine Rückwelle, und zwar von dem Besucherstrom des Falkensteinfeuers, der sich seinen Weg durch den Himmelsgarten gebahnt hat und jetzt ins Dorf zuerst sickert, dann träufelt, dann fließt. Lars ist noch so in seiner Fantasie verhaftet, dass er zuerst gar nicht merkt, dass es keine Sirene im PC mehr ist, die läutet, sondern die Klingel an seiner Haustür, und dass die Rufe, die er da hört, nicht auf Japanisch sind, sondern auf Deutsch.

Er hat dummerweise das Fenster offen gelassen.

»Lars, Lars, beweg deinen Arsch!«, hallt es da von unten herauf, gefolgt von einer Runde schallendem Gelächter. Das hat er seit zwanzig Jahren nicht mehr gehört, der Spruch hatte seinen Ursprung in einer Aufforderung des damaligen Trainers des FC Hassberg aus Lars' kurzer Zeit bei dem Verein, eine Aufforderung, die seine Mitspieler schnell umgedichtet haben. Es werden wohl die gleichen Typen sein.

Er geht zum Fenster und schaut hinunter. Tatsächlich schauen drei Gesichter aus der bewussten Zeit zu ihm hoch; eins hat rote Lockenhaare, das ist natürlich der Manni Herpfer, und die anderen zwei sind dann logischerweise der Sven Bartak und der Tom Golik. Die drei haben ihn von der Grundschule über die Hauptschule zum *Heizung-Sanitär Schülein* in Haßfurt begleitet; sie waren es, die ihn damals mit Fäkalien überschüttet haben. Und sie waren beim FC Hassberg dabei. Sie haben vielleicht den doofen Reim nicht erfunden, aber sie haben ihn sofort angewendet. Sie wohnen zwar nicht mehr hier, sie sind aber die Vertretung aller, die Lars seit dem Kindergarten gehänselt haben, sie sind Hassberg: seine Speerspitze, seine geballte Faust, sein ausgestreckter Mittelfinger.

»Uuii! Schaut mal! Der Mond ist aufgegangen!«, schreit jetzt einer beim Anblick von Lars' bleichem Gesicht.

»Gesicht wie a Arsch!«

Und schon kommt der Ruf in leicht veränderter Form, erst von einem, dann von allen dreien: »Lars, Lars, zeig deinen Arsch!«

»Wie damals! Wisst ihr's noch! Beim Training!«

»Lars, Lars, zeig deinen Arsch!«

Hört es nie auf? Lars hat tatsächlich einmal einer Gruppe Jungs seinen damals schon überdimensionierten blanken Hintern gezeigt. Er stand damals im Tor der C-Mannschaft des FC Hassberg, und die Jungs haben ihn von der Seitenlinie wegen seiner miserablen Leistung ständig verarscht. Es war einer von vielen Augenblicken in seinem Leben, in denen er schlecht beraten war; und der Berater war er selbst. Einen anderen hat er nie gehabt.

»Ich ruf gleich die Polizei an«, ruft Lars. »Ich weiß, wer ihr seid.« Seine Stimme klingt viel zu leise. Wann hat er sie das letzte Mal benutzt? Vor drei Tagen, als der Paketdienst seinen neuen Router gebracht hat. »Danke«, hatte er gesagt. »Wie bitte?«, hatte der Paketüberbringer gesagt. Lars spricht immer zu leise, als ob er gar nicht will, dass andere ihn hören. »Ich ruf gleich die Polizei an«, ruft er jetzt lauter. »Ich weiß, wer ihr seid.«

»Ich weiß, wer ihr seid!«, äfft ihn einer aus der Gruppe unten nach.

»Und wir wissen, wer du bist! Und wir wissen, wer dein Vater ist!«

»Seit heute Abend wissen wir es. An der Schnapsbude erfährt man alles!«

»Deine Mutter hat es als Sechsjährige schon getrieben! Und deine Tanten auch!«

»Die Hudezeck-Huren!«

»Man hätte es wissen können. Weil du deinem Vater ähnlich siehst wie ein Arsch dem anderen!«

»Zwei Arschgesichter!«

»Horcht mal, ihr Deppen, wenn ich euch schon heimfahren soll, dann kommt ihr jetzt endlich.« Es ist eine unaufgeregte weibliche Stimme, die dazugekommen ist. »Sonst könnt ihr nach Haßfurt laufen.«

»Wir machen doch bloß Spaß mit unserem alten Kumpel.«

»Lars, Lars ...«

»Ab mit euch«, befiehlt die Frauenstimme. »Sofort. Oder ich fahre euch nie mehr irgendwohin.«

Das Mitternachtsgeläut geht los, übertönt das mürrische Gemurmel der drei. Sie ziehen nach rechts ab, betont lässig; einer zündet eine Zigarette an und ein anderer macht eine abwertende Handbewegung. Die Frau schaut zu Lars hoch. Er sieht ihr Gesicht kurz, dann geht die Straßenbeleuchtung aus. Sie bleibt aber stehen, bis das Gebimmel aufhört, Lars kann ihr Gesicht nur noch erahnen.

»Tut mir leid wegen der Jungs«, sagt sie in die Stille. »Die haben zu viel erwischt auf dem Falkensteinfeuer.« Sie dreht sich weg. »Ach, was sag ich da, Arschlöcher sind es. Und das Schlimmste ist, mein Mann ist auch dabei.« Sie läuft den Männern nach, aus Lars' Blickfeld hinaus.

Er zieht die Seitenflügel des Fensters zu. Stemmt sich die Fäuste in seine fülligen Flanken. Dann schiebt er die Seitenflügel wieder auf. Ihre Schritte sind schon weiter weg.

»Marliese«, ruft Lars so laut er kann. »Du bist es doch.«

Sie bleibt stehen. »Ja, Lars, ich bin's.«

»Kann ich dich kurz sprechen?«

»Ich muss die Männer wegbringen, bevor die hier noch was anstellen.«

»Bitte, Marliese, warte mal eben. Eine Sache nur. Ich komm runter.« Er wartet nicht auf ihre Antwort, sondern rennt gleich los, zur Schlafzimmertür hinaus und die Treppe hinunter, reißt die Haustür auf und geht ins Freie. Die Nachtluft weht um seine Waden; seine Oberschenkel reiben sich aneinander. Er schaut an sich hinunter, während er läuft. Filzschlappen, rote wollene Socken, weiße Waden mit schwarzen Borstenhaaren, schlabbrige blaue Volleyballshorts, graues T-Shirt. Geschlafen hat er auch noch darin. Hilft jetzt nichts. Wann hat er das letzte Mal geduscht? Hilft jetzt auch nichts. Wann war er das letzte Mal draußen? Keine Ahnung.

Marliese steht vor dem Nachbarhaus, wo kein Licht brennt. Er geht auf sie zu. Als er bei ihr stehen bleibt, spürt er, wie sich ein Berg von Worten in ihm auftürmt, aber die ersten haben sich quergestellt, und die anderen kommen an ihnen nicht vorbei.

Marliese sagt: »Also?«

»Also.«

»Ja?«

»Damals in der zweiten Klasse.«

»Ja.«

»Als wir zwei und zwei zum Sportplatz gehen sollten.«

Lächelt sie? Er kann es nicht ausmachen, aber irgendetwas hat sich in ihrem Blick verändert.

»Ja?«

»Da hättest du mit der Ilse Fleischmann gehen können. Aber du bist mit mir gegangen.« Die ersten Worte hat er hinausgestoßen, die anderen kullern ihnen hinterher.

»Das weißt du noch? Das mit der Ilse Fleischmann?«

»Ja, das weiß ich noch. Und warum bist du mit mir gegangen?« So. Es ist draußen.

»Ich wollte halt mit dir gehen. Du hast immer so schöne Sachen in deinen Block gemalt. Tiere. Katzen und so.«

»Fräulein Preuß hat nicht gesagt, du musst mit mir gehen?«

»Nein, hat sie nicht.«

»Ja. Dann. Das wollt ich bloß wissen.«

»Seit wann?«

»Seit damals.«

»Das ist aber eine lange Zeit.«

»Achtundzwanzig Jahre.«

Jetzt kann er ihr Gesicht besser sehen, sie lacht tatsächlich. »War's das?«, fragt sie.

Die drei Männer sind stehen geblieben, aber ganz vorne, weit weg, beim Dorfausgang, bei einem Auto. Sie können nichts hören.

»Ja. Nein«, sagt Lars. Jetzt kann das andere auch noch kommen, das wird wohl nicht so schwer sein. »Was die Männer gesagt haben, wollt ich noch fragen.«

»Hör nicht auf die, das sind besoffene Jungs.«

»Weißt du, wen sie gemeint haben? Wer mein Vater ist?«

»Das ist doch alles bloß Gelabere. Ich gebe nichts darauf.«

»Weißt du, wer der Mann war?«

»Frag doch deine Mutter, Lars.«

»Sie sagt's mir nicht. Sag du es mir. Bitte.«

»Ich kann dir bloß sagen, was die Jungs gesagt haben.«

»Sag es mir bitte.«

Und Marliese sagt es ihm.

Als Lars ins Haus zurückkommt, steht seine Mutter im Flur. Er hat sie seit drei Tagen nicht gesehen, sie trägt immer noch denselben rosaroten Jogginganzug und neonblaue Crocs. Seine Figur hat er von ihr; aber er hat sie noch ausgeweitet. Wenn sie beide Matroschka-Puppen wären, müsste man Lars aufmachen und aus ihm noch die nächsten paar holen und öffnen, bevor man auf seine Mutter stoßen würde.

»Ich konnt net schlafen«, sagt sie. »Was war denn da draußen los?«

»Nichts. Nur ein paar dumme Jungs.«

»Was wollten die?« Sie hat nur einen Gesichtsausdruck; es ist ein schräges, forciertes Lächeln, wobei ihre Augen den Gesprächspartner nie anschauen, ihr Blick geht immer in irgendeine Ecke.

Wahrscheinlich hast du damit als Kind am wenigsten Schläge bekommen. »Eine Frau, ich habe kurz mit ihr gesprochen.«

»Was hat sie gesagt?«, fragt sie. Sie macht gesa-agt daraus, wie immer. »Die Frau da draußen.« Sie spricht langsam und gestelzt, als ob sie die Gesprächsrolle des imaginären Spielpartners eines Kindes übernommen hätte.

Sie hat mir gesagt, wer mein Vater ist. »Nichts.«

Und dass du freiwillig zu ihm hingegangen bist. »Es war eine alte Schulkameradin.«

»Oh. Das ist schön. Dann gehe ich ins Bett.«

Du wolltest doch bloß, dass er dich gernhat, mehr nicht, oder?

Du warst doch erst sechs Jahre alt.

Und du bist es immer noch.

Lars kann nicht schlafen, er liegt in seinem Zimmer mit offenem Fenster. Deswegen hört er es, als es um 1:52 Uhr auf der anderen Straßenseite an der Haustür läutet. Sein Zimmerlicht ist aus, er kann unerkannt ans Fenster gehen und sehen, wie ein Mann drüben bei Kerns an der Haustür steht, wie Siegfried Kern die Tür aufmacht und ihn hereinlässt.

Morgen komme ich zu dir.

Etwas Gutes aus der Zeit

Montag, 25. Juni 2018, 9:07 Uhr

»Wenigstens haben die einen gescheiten Kaffee«, sagt Eddi, als er seinen Teller mit Schinken, Käse, einer halben Erdbeere und einer Scheibe Tomate betrachtet. Er fischt im Brotkorb herum. »Und die Brötchen sind frisch.« Er schaut zu Lena, die bereits ein halbes Brötchen mit Käse und einer Scheibe Tomate belegt. »Mein ideales Frühstück fängt mit einem frisch gepressten Orangensaft an; wohlgemerkt nicht aus irgendeinem Tütchen, alles industriegezuckert, KV; kannst vergessen, sondern frisch gepresst, dann kommt ein ebenso frisch zubereiteter Obstsalat. Also nicht einer, wo unten in der Schüssel so ein Saft ist, dann ist er gezuckert. Und aus der Dose geht gar nicht, auch nicht zum Strecken.«

Lena schneidet ihr Brötchen in kleinere Stücke.

»Und dann diese ewigen Cappuccinos«, fährt Eddi fort. »Es ist eine Mär, dass die Italiener dauernd Cappuccinos zu sich nehmen. Wer in einem Straßencafé in Rom sitzt und Cappuccino trinkt, ob mit Milchschaum oder ohne, oder Latte macchiato oder Frappuccino oder wie die alle heißen, der ist garantiert Deutscher. Es gilt nur der Espresso.«

Lena nimmt ein Stück Brötchen.

Eddi lehnt sich zurück und blickt um sich. »Wärst du traurig, wenn ein griechisches Restaurant einmal nicht weiß-blau wäre, keine Styroporsäulen hätte oder schrecklich hingekleckste Ölbilder von der Ägäis? Ich nicht. Das hier ist ungefähr so echt wie ein Sirtaki.«

Lena wischt auf ihrem Smartphone herum.

»Hast du gewusst, dass die den Sirtaki für den Film *Alexis Sorbas* erfunden haben, weil der Anthony Quinn net tanzen konnte?«, fragt Eddi.

Lena schüttelt den Kopf.

»Ist so. Ich gebe mal einen Führer raus mit griechischen Restaurants in Deutschland, die nicht so eingerichtet sind«, sagt Eddi. »Das hier ist dann leider nicht dabei. Das Buch ist wahrscheinlich so dick wie ›Adolf Hitlers Witzebuch‹.«

Lena nickt.

»Oder ›Meine Reisen‹ von Gertrude Hammerschmidt.«

»Wer war Gertrude Hammerschmidt?«, fragt Lena, ohne von ihrem Smartphone hochzuschauen.

»Meine Tante. Kam nie aus Hassberg heraus.«

»Oh.«

»Und dann gebe ich einen Führer raus mit Restaurants in Italien, in denen der Fernseher nicht in einer Tour läuft. Und dann einen mit Pubs in Irland, wo es genauso ist.« Er trinkt von seinem Kaffee, macht einen Schmollmund und setzt die Tasse ab. »Weißt du, man kann auch nebenbei so Konversation machen. Das geht. Weißt schon, seine Dinge vor sich hin denken und trotzdem irgendwie am großen Ganzen teilnehmen.«

»Habe ich etwas verpasst?«, fragt Lena. »Haben wir irgendwann geheiratet und zwanzig Jahre sind vergangen, ohne dass ich was gemerkt habe?«

»Und gekuschelt haben wir auch nicht.«

»Das war die Helga, merk dir das endlich.« Lena schaut hoch. »Womit wir beim Thema wären. Du gehst heute zur Helga und ich auf die Polizei, richtig?«

»Richtig.« Eddi strahlt. »Guten Morgen, liebe Lena.«

Lena lächelt zurück. »Morgen, Eddi. Tut mir leid. Aber es geht mir so viel durch den Kopf. Zum Beispiel heute. Wir sollten uns doch irgendwie noch anschließend treffen und uns austauschen, findest du nicht?«

»Wollen wir hier noch mal übernachten?« Eddi schaut zur Theke vor, hinter der Christos, der Wirt, mit seinem Alexis-Sorbas-Bart gelangweilt zum Fenster hinausschaut. »Nee, oder?«

»Ich will keine Nacht mehr in Hassberg bleiben«, sagt Lena. »Komm doch zu mir nach Rödelsee. Du kannst übernachten. Wäre doch schön. Wir gehen zum *Vollhals* und trinken ein paar Schoppen.«

»Heißt der wirklich so?«

»Ja. Aber noch mal zu heute. Es hat mich in der Nacht herumgetrieben. Weißt, wir haben Ingrid ganz vergessen. Ich kann doch nicht zur Polizei gehen und den Siegfried anzeigen, ohne es Ingrid vorher zu sagen. Das wäre doch fies.«

»Fies«, sagt Eddi. »Ich weiß net. Sie hätte dich damals bei der Polizei auflaufen lassen, nur um ihren Plan, den Siegfried zu kriegen, umzusetzen. Im Vergleich dazu, würde ich sagen, da fehlt noch ein ganzes Stück Fiesheit.«

»Trotzdem. Weißt, ich will irgendwie das Ganze damals nicht aufgeben, verstehst? Ich möchte noch etwas, ach, wie soll ich sagen, noch etwas Gutes aus der Zeit finden.«

»Ach so. Na dann, viel Glück bei der Suche. Du bist wirklich lieb, Lena. Warst es schon immer. Also gehst du zu Ingrid heute früh.«

»Ja, aber das ist ja das Problem. Wenn ich hingehe und klingele, und der Siegfried macht auf, was dann?«

»Ich wollte dir gerade etwas sagen. Als ich heute früh joggen war …«

»Du warst heute früh joggen?«

»Ich gehe jeden Morgen joggen. Als ich heute früh joggen war, bin ich dorfauswärts gegangen, und da habe ich

Ingrid gesehen. Sie hat vor einem Haus in der Kirschenallee geputzt.«

»Sie wird doch nicht putzen gehen?«

»Nee. Sicher nicht. Da gibt's einen anderen Zusammenhang, einen familiären. Das Haus muss ihrer Tochter gehören oder so ähnlich. Weil da ist ein jüngerer Mann aus dem Haus gekommen und hat sich von Ingrid so halblieb verabschiedet. Ich tippe auf Schwiegersohn und dass die Ingrid dort übernachtet und vielleicht auf ihr Enkelkind aufgepasst hat. So in der Richtung. Im Grunde genommen ist es auch wurscht. Auf jeden Fall ist sie in dem Haus und nicht im Palazzo Kern.«

»Hat sie dich gesehen?«

»Ja, aber nicht erkannt.«

»So wie gestern.«

»Genau.«

»Welches Haus war das?«

»Das erste in der Kirschenallee. Also da, wo die Kirschenallee links reingeht, auf der anderen Straßenseite. Du kannst es nicht verfehlen, es hat eine selten hässliche Außenmauer aus solchen Steinen in Käfigen. Wer kommt bloß auf so was, freilaufende Steine einzufangen und hinter Gittern einzusperren?«

»Das habe ich gestern gesehen, als wir reingefahren sind. Ich habe unser altes Haus gesucht und war ganz verunsichert, das müsste genau dort gestanden haben.«

»Dann haben die das abgerissen und ein neues Haus gebaut.«

»Sieht so aus. Das hat ja den Kerns gehört. Tja, dann klingle ich halt beim Vorbeilaufen. Das ist sowieso auf dem Weg zum Auto.«

Ja, genau hier stand das Fachwerkhaus, das Lenas Mutter von den Kerns gemietet hat, an der Kreuzung von der Kirschenallee und der Dorfstraße. Es stand mit dem Giebel zur Straße, wie in Franken üblich. Nichts davon ist übrig. Der Neubau, ein Toskanahaus, kaum sichtbar und nach hinten versetzt hinter einer Mauer von Gabionen, steht schräg; der Rücken wird sich zur Kirschenallee hin öffnen, wahrscheinlich mit einem Garten. Die Gabionsteinmauer ist offensichtlich als Sichtschutz gedacht; sie reicht Lena fast bis zum Hals. Die Käfige sind mit weißen Carrarasteinen gefüllt; die zweite Schicht von oben mit grünen Glasbrocken.

Lena muss an Hans denken und lachen. Er war handwerklich sehr begabt, konnte Autos reparieren, schreinern, mauern, verputzen, Fliesen legen, Elektro- und Wasserleitungen verlegen. Aber Geschmack in Kleider-, Einrichtungs- und Beleuchtungsfragen hatte er nicht und überließ dies meistens Lena. Als sie in Rödelsee bauten, haben sie alles gemeinsam besprochen, und die meisten Arbeiten hat er selbst durchgeführt. An einem Samstag kam sie mit seinem Mittagessen vorbei, er wollte nur kurz Pause machen und gleich weiterarbeiten. Da merkte sie, dass er im Flur Ziegelsteine mit Glasbausteinen ausgetauscht hatte. Er war auch noch ganz stolz darauf. »Da braucht man keine Fenster im Flur einbauen, und man sieht viel besser!« Die Diskussion darüber artete in einen Streit über Geschmack aus und endete bei seinen Lieblingsjeans, die 1982 immer noch zehn Jahre alte Levis mit weit ausgestellten Beinen waren. Er hatte auch eine bestimmte Art zu laufen, die er nur in diesen Jeans praktizierte, so einen Cowboygang, wie wenn er eigentlich auf einem Pferd ritt. Lena hatte sich geschworen, sich niemals darüber zu äußern, aber an diesem Tag platzte es aus ihr heraus.

Am Abend lag die Jeans in der Mülltonne und am nächsten Tag, als Lena wieder zur Baustelle kam, waren die klaren Glasbausteine durch bunte ersetzt, die noch scheußlicher waren. Hans war aber so erfreut darüber, eine Lösung gefunden zu haben, dass Lena kein Wort dazu verlor. Die bunten Steine blieben im Flur; sie sind jetzt noch drin.

Wenn sie heimkommt, wird sie dafür sorgen, dass sie herauskommen.

An der Klingel steht »Melber«. Lena drückt, und ein Tor aus poliertem Stahl öffnet sich. Dahinter windet sich ein Weg aus Marmorplatten durch abgesteckte Kiesfelder in verschiedenen Farbschattierungen, aus denen Buchsbäume unvermittelt emporschießen. Ob sie echt sind? Lena will fast zu einem hingehen und ihn berühren, aber Ingrid steht schon an der Haustür mit verschränkten Armen. Sie hat denselben Kittel an wie gestern, aber ein weißes T-Shirt darunter, und als Lena ihr näher kommt, merkt sie, dass Ingrid kein Dachs mehr ist, ihre Haare glänzen inzwischen rostbraun. Sie muss noch gestern beim Friseur gewesen sein. Komisch, dass sie nicht auf dem Falkensteinfeuer war. Ihre Gesichtshaut und ihr Hals sind glatt, sie schaut Lena gerade an, das Lächeln, das ihren Mund leicht nach links zieht, ist so klein, dass es fast nicht bemerkbar ist.

»Hallo, Ingrid.«

»Hallo, Lena.«

»Hast mich doch erkannt.«

»Klar. Gestern schon. In der Dorfstraße. Mit dem Eddi.«

»Warum hast du nichts gesagt?«

»Ihr habt ja auch nichts gesagt.«

»Stimmt. Da war ich noch nicht so weit.«

»Und jetzt bist so weit.«

»Schon.«

»Da bin ich gespannt.« Ingrid schaut zu Lenas Rollkoffer.

»Keine Angst, ich will nicht einziehen«, sagt Lena und lacht kurz auf. »Ich bin unterwegs zum Auto. Das steht da draußen auf dem Wanderparkplatz. Wir haben im *Akropolis* übernachtet.«

»Bist du jetzt mit dem Eddi zusammen?«

»Nein. Wir waren nur auf dem Falkensteinfeuer zusammen. Mensch, Ingrid.« Lena geht auf sie zu und versucht, sie zu umarmen. Zuerst gehen ihre Köpfe in die gleiche Richtung, ihre Stirnen stoßen aneinander, dann dreht Ingrid ihren Kopf zur Seite und lässt sich zu Lena ziehen. Ingrid macht ein Geräusch zwischen einem Seufzer und einem Zungenschnalzer. Lena spürt durch ihre Handflächen Ingrids Rippen am Rücken und wie Ingrid sie dagegen nur leicht mit den Fingerspitzen in der Taille anfasst. Dann gehen sie wieder auseinander.

»Es ist lange her«, sagt Lena.

»Kann man sagen.«

»Kann ich reinkommen?«

»Klar. Komm doch rein.«

Lena stellt den Rollkoffer außen hin, läuft Ingrid hinterher durch einen Gang, in dem Kinderspielzeug und Kinderschuhe herumliegen.

»Hier ist nicht besonders aufgeräumt«, wirft Ingrid hinter sich. »Ich wollte gerade anfangen. Ich bin nur vorübergehend hier. Wie hast du mich überhaupt gefunden, Lena?«

»Eddi hat dich hier gesehen heute früh.«

»Aha.«

Sie sind in der Küche, wo alles aus weißer Keramik oder aus Stahl ist. Ingrid ist anscheinend dabei, sie aufzuräumen, die Geschirrspülmaschine steht offen. Sie nimmt zwei

Kaffeetassen vom Tisch, legt sie in die Spülmaschine und macht sie zu.

»Setz dich doch, Lena«, sagt sie.

Lena setzt sich an den Küchentisch, wo zwei Stühle über Eck stehen. »Das Haus gehört wohl deiner Tochter«, sagt sie.

Ingrid holt den Stuhl von der anderen Tischseite und setzt sich Lena gegenüber. Hinter ihr geht eine Treppe hinunter zu einem Garten, der etwas einladender wirkt als der nach vorne. »Genau«, sagt sie. »Sie ist im Krankenhaus, sie kriegt ihr zweites Kind, und es gibt Komplikationen, nichts Schlimmes, aber es dauert länger als geplant, und ich passe hier in der Zeit auf mein Enkelkind auf.«

»Wie viele Kinder hast du?«

»Zwei. Und du hast drei, das weiß ich, und dein Mann ist gestorben, das habe ich mitgekriegt. Wir können uns schon über unsere Familien austauschen, Lena, aber ich habe nicht das Gefühl, dass du deswegen hier bist.«

»Stimmt, das ist nicht der Grund, warum ich hier bin.«

»Und was ist der Grund, Lena?«

Lena fühlt sich von Ingrids häufiger Verwendung ihres Namens nicht in ihr Vertrauen geholt, sondern eher auf Armlänge gehalten, wie Ingrid es wohl lieber gehabt hätte vorhin, bei der misslungenen Umarmung. »Ich bin hier, weil ich dir sagen wollte, dass ich den Siegfried anzeigen will«, sagt sie.

»Wegen was?«

»Wegen damals.«

Ingrid setzt sich am Tisch gerade hin, stellt ihre Ellbogen auf die Oberfläche, stützt ihr Kinn auf ihre gefalteten Hände und betrachtet Lena mit einem kühlen Blick. »Das kann doch nicht dein Ernst sein«, sagt sie.

»Warum nicht?«

»Das ist doch lächerlich.«

»Wieso ist es lächerlich?«

»Weil es, auch wenn es so war, wie du es so haben willst, so lange her ist. Es wäre sowieso verjährt. Was sollte es jetzt bringen? Du hast achtundvierzig Jahre lang nichts unternommen, du hast dein Leben gehabt, und es war kein schlechtes, soweit ich weiß. Was soll das also jetzt? Da steckt was anderes dahinter.«

»Seitdem ich hier bin, ärgere ich mich, dass ich damals nicht zur Polizei gegangen bin. Ich denke, das hätte vielleicht anderen Frauen großes Leid erspart, und dass es jetzt vielleicht immer noch nicht zu spät ist.«

»Das nehme ich dir nicht ab. Seitdem du hier bist, sagst du. Wieso das? Warum jetzt auf einmal? Achtundvierzig Jahre lang haben wir uns nicht gesehen, und nach all der Zeit kommst du zu mir, und das Einzige, was du mir zu sagen hast, ist, dass du meinen Mann anzeigen willst. Wir waren Freunde, hast du das vergessen?« Eine Falte hat sich gebildet in Ingrids Stirn, zwischen ihren Augenbrauen.

»Es hat mit dir nichts zu tun. Es geht um deinen Mann.«

»Und er hat mit mir nichts zu tun? Nee, nee. Hier läuft etwas ganz anderes. Weißt du, was ich glaube? Ich glaube, du gönnst es mir nicht, dieses Leben, das ich aufgebaut habe, dass ich es so weit gebracht habe. Ich glaube, du hast gestern unser schönes, großes Haus in der Dorfmitte gesehen und heute dieses hier, und du hast Siegfried auf dem Falkensteinfeuer gesehen, und du hast mitgekriegt, wie angesehen er ist, und dein Mann ist tot, und Siegfried und ich sind noch zusammen, da hast du gedacht, das gönne ich ihr nicht, das versuche ich ihr alles wegzunehmen. Du bist nur neidisch.«

»Das ist nicht wahr«, sagt Lena. »Ich bin nicht neidisch auf dein Leben, und auf deine Ehe mit Siegfried gleich gar nicht. Es hat alles mit dir gar nichts zu tun«, wiederholt sie. Lena hat nicht damit gerechnet, sich verteidigen zu müssen. Sie merkt erstaunt, wie sie in Abwehrstellung dasitzt mit ausgebreiteten Händen, als ob sie Ingrid aufhalten will. »Ich will nur etwas nachholen, was ich damals hätte machen sollen.«

»Aber es wird dir nicht gelingen«, sagt Ingrid und zeigt auf sie mit einem Finger. »Erstens, weil alles verjährt ist, und zweitens, weil ich für den Siegfried aussagen würde. Ich weiß, wie du damals hinter ihm her warst.«

»Ich war niemals hinter dem Siegfried her«, sagt Lena. »Das weißt du ganz genau.« Sie ist überrumpelt von Ingrids Heftigkeit. Sie ist nicht geübt im Streiten. Früher hat sie Federball mit den Kindern gespielt, und nicht Badminton, also nicht, damit einer gewinnt, sondern damit die Spielpartner den Ball möglichst lange in der Luft halten.

»Du willst nur unserer Familie schaden, sie zerstören, einen anderen Grund kann es nicht geben.« Ingrid wackelt inzwischen mit ihrem Zeigefinger. »Weißt du, was ich gedacht habe, als ich euch zwei gestern gesehen habe? Schön, habe ich gedacht. Ich habe mich echt gefreut. Ich habe gedacht, die Lena, nach so langer Zeit, jetzt kommt sie mich besuchen, und wir können wieder Freunde werden. Und dann, als ihr so getan habt, als ob ihr mich nicht kennt, da ist es mir wieder eingefallen, wie es früher war. Das war wie gestern. Alles wieder da, in meinem Kopf. Du und der Eddi. Du und die Helga. Immer wart ihr gegen mich, immer habt ihr Sachen gegen mich ausgeheckt. Nee.« Sie schüttelt den Kopf. »Da habe ich mich schon auf so was wie heute gefasst gemacht.«

Lena fühlt sich im Kopf vernebelt. Sie muss sich jetzt auf das Wesentliche konzentrieren.

»Das weiß ich nicht, ob das stimmt, wie du das damals gesehen hast. Aber es hat nichts damit zu tun«, sagt sie. »Ich bin nicht nach Hassberg gekommen, um mich an Siegfried zu rächen. Ich bin hierhergekommen, weil ich dachte, ich könnte endlich meinen Frieden finden. Aber seitdem ich hier bin, habe ich von anderen Frauen gehört, dass der Siegfried ihnen das Gleiche angetan hat. Ich fühle mich schuldig. Und die Fälle sind nicht alle verjährt. Ich gehe zur Polizei, das wollte ich dir nur sagen, aber ich gehe nicht alleine, ich nehme ein Mädchen mit, das Siegfried unsittlich berührt hat, und zwar erst in den letzten Tagen. Sie will Siegfried auch anzeigen, und ihr Wort wird zählen. Und ich hoffe, dass andere Frauen sich dadurch ermutigt fühlen, den Siegfried ebenfalls anzuzeigen.«

Zum ersten Mal hält Ingrid inne. Dann fragt sie: »Wer ist das? Das Mädchen?«

»Das sage ich dir nicht.«

»Unsittlich berührt.« Ingrid lehnt sich zurück, um eine weit ausschweifende Geste mit beiden Händen zu machen. »Was soll das denn sein? Das ist doch alles nur Gerede. Die soll sich nicht so haben. Viele Frauen, auch junge, wollen was von Siegfried. Und wenn dann nichts ist, werden die böse. Das habe ich schon so oft erlebt.« Plötzlich fixiert sie etwas auf dem Boden mit ihrem Blick, bückt sich hinunter und hebt es auf. »Es gibt immer zwei Seiten einer Geschichte. Geh ruhig zur Polizei. Sie werden's schon herausfinden.«

Lena merkt, wie sie zornig wird. Wie damals, als Max unbedingt beim Federball gewinnen wollte und den Ball absichtlich immer dahin gespielt hat, wo Lena nicht hinkam.

Nach einer Zeit hat sie losgelegt und Max in Grund und Boden gespielt, bis er geheult hat.

Dass man nicht ums Gewinnen spielen muss, bedeutet nicht, dass man nicht ums Gewinnen spielen kann.

»Manchmal gibt es nur eine Seite«, sagt sie. »Oder es gibt zwei Seiten, aber die eine ist richtig und die andere falsch. Und du hast oft erlebt, dass es die Frauen waren, die etwas von Siegfried wollten? So hat's dir der Siegfried hingedreht, willst du sagen. Du machst mir nicht weis, dass du von alldem nichts mitgekriegt hast. Du wolltest gestern auch auf das Falkensteinfeuer gehen, gell?«

»Wie kommst du darauf?«

»Weil du gestern Nachmittag noch beim Friseur warst. Der Siegfried hat's dir ausgeredet, stimmt's?«

»Das geht dich nichts an. Ich hatte Migräne. Ich habe oft Migräne.« Ingrid streckt die rechte Hand und legt sie flach auf den Tisch.

»Willst du wissen, warum der Siegfried dich nicht dabeihaben wollte? Ich kann es dir sagen.«

»HALT DICH DA RAUS!« Ingrid haut mit der flachen Hand auf den Tisch. Sie ballt die Hand zu einer Faust, dann wischt sie mit der Hand durch die Haare. »Lena. Ich will nicht sagen, dass es in meiner Ehe nie etwas gegeben hat. Siegfried ist auch nur ein Mann. Und ich habe nie, ich meine, bei uns …«

»Läuft es nicht so? Oder ist es nie so gelaufen? Und wenn. Du brauchst den Siegfried nicht zu entschuldigen. Das ist doch jämmerlich.«

Ingrid haut wieder auf den Tisch, diesmal mit der geballten Faust. »JÄMMERLICH? WEISST DU, WAS JÄMMERLICH IST? DU BIST JÄMMERLICH! IHR SEID JÄMMERLICH! SOLL ICH DICH JETZT BEDAUERN?

SOLL ICH EUCH ALLE BEDAUERN? SOLL ICH SAGEN: IHR TUT MIR SO LEID, SO WAS SCHLIMMES WIE IHR HAT NOCH NIE JEMAND ERLITTEN!«

Die linke Hand hat sie bis jetzt unter der Tischkante gehalten. Jetzt holt Ingrid sie vor, legt sie auf den Tisch mit dem Handrücken nach unten, öffnet die Finger und betrachtet ihren Inhalt.

Lena kommt die Geste bekannt vor. Auf einmal erinnert sie sich an ein Monopoly-Spiel von vor fünfzig Jahren. Ingrid hatte plötzlich einen 5.000-D-Mark-Schein von unter der Tischkante geholt, den sie bis dahin versteckt hatte. Damit konnte sie das Spiel in letzter Sekunde umdrehen und schließlich gewinnen. Es war nicht Betrug, aber es war Täuschung.

In der Hand ist jetzt aber nur eine Spielzeugfigur, ein kleiner Plastikhase.

»Es war ein Fehler, hierherzukommen«, sagt Lena. »Ich habe gedacht, ich sag's dir wegen unserer alten Freundschaft. Aber ich sehe, ich habe nur den Siegfried durch dich vorgewarnt, damit er sich eine Verteidigung zurechtlegen kann.«

Ingrid schaut immer noch die Hasenfigur an, als ob sie ihr etwas erzählen könnte, dann klopft sie damit auf den Tisch. »Ich sag dir jetzt was, was ich noch nie irgendjemandem erzählt habe«, sagt sie. »Weißt du noch, wie ich damals nie durch die Kirschenallee gehen wollte? Weißt du, warum? Wie ich in der Kirschenallee mit vier Jahren einem Mann den Schwanz lutschen musste, weil der mich damit bedrohte, dass man mich von meinen Eltern wegnehmen würde, wenn ich's nicht tät, und ich so blöd war, das zu glauben. Und mit sechs hat er mich vergewaltigt, und hat es immer wieder getan, bis ich vierzehn war. Und habe ich so ein Aufsehen darüber gemacht wie du? Wie ihr? Das Leben ist nun mal kein Zuckerschlecken. Manche Sachen steckt man weg.«

»Ich fass es nicht«, sagt Lena. »Ich kann nicht glauben, dass du ihn auch noch geheiratet hast.«

Ingrid lehnt sich wieder zurück und verschränkt die Arme. Sie lächelt. »Ach so. Du glaubst, es war der Siegfried. Es war nicht der Siegfried. Der Siegfried hat mich noch nie vergewaltigt. Jetzt schaust. Jetzt müsstest du dein Gesicht sehen.«

Walter

Montag, 25. Juni 2018, 4:47 Uhr

In der Nacht wacht Hannah auf und kann nicht wieder einschlafen. Der Stoffwalter ist fort; wie kann das sein? Sie ist doch mit ihm in ihren Armen eingeschlafen. »Stoffwalter!«, schreit sie leise auf, schnauft tief und zitternd durch, dann geht ihr Schnaufen in Schnappatmung über.

Da. Unten im Bett, zu ihren Füßen, da liegt er. »Du musst doch bei mir bleiben, Stoffwalter«, flüstert sie und holt ihn wieder in ihre Arme. Sie liegt auf dem Rücken und schaut zur Decke, bis sie sich wieder beruhigt hat.

Sie soll jetzt wieder schlafen, das würde ihr die Mama sagen, wenn sie da wäre. Wenn die Mama da wäre, würde Hannah zu ihr ins Bett schlüpfen, und die Mama würde sagen, jetzt schläfst du wieder ein. Und sie würde wieder einschlafen, und der Stoffwalter auch.

Aber die Mama ist nicht da. Der Papa ist alleine im Elternschlafzimmer, aber der ist so kantig und knochig. Außerdem jammert er immer so, wenn Hannah ins Bett kommt, und wenn er wieder einschläft, schnarcht er.

Noch einmal schlafen, hat der Mann gesagt. Sie hat jetzt geschlafen. Wenn sie jetzt wieder einschläft, ist das dann immer noch einmal, oder ist das schon zweimal?

Und wenn sie zweimal schläft, statt einmal, bringt der Mann zwischen dem ersten und dem zweiten Mal den echten Walter um?

Hannah steht auf, packt den Stoffwalter, holt den kleineren Plastikwalter von den Playmobilsachen auf dem Nachttisch, weil der Stoffwalter auch einen Plastikwalter braucht, und geht hinunter in die Küche. Draußen dämmert es.

7:52 Uhr

»Menschenskinder, Hannah, was machst du da?«

Es ist die Oma. Sie hat hier im Gästezimmer übernachtet, das hat Hannah ganz vergessen. Es ist Morgen. Hannah liegt auf dem Teppich in der Küche. Den Stoffwalter hält sie noch fest umklammert; der Plastikwalter ist unter den Küchentisch gerutscht.

»Oma? Wie viele Nächte waren es, die ich geschlafen habe?«

»Seit gestern? Na, eine natürlich. Ach, Gottla, na, was fragst du wieder für Sachen, Hannah. Es war doch bloß eine Nacht. Ach, was ist das hier für ein Kuddelmuddel. Es wird Zeit, dass die Mama heimkommt.«

»Wann kommt die Mama heim? Kommt die Mama heute heim?«

»Nein, Hannah, heute noch nicht. Morgen vielleicht. Jetzt hast du immer noch das T-Shirt mit dem Hasen drauf an. Das hast du doch seit Tagen an. Schaut denn dein Papa gar nicht, was du anziehst? Zieh es aus, dann kommt es in die Wäsche.«

»Nein.«

»Ach, Hannah. So ein Sturkopf. Ganz die Mutter. Und jetzt ab mit dir ins Bad. Dann wird gefrühstückt.«

9:32 Uhr

Jetzt ist Papa fort. Jetzt muss Hannah zu dem Mann. Oma ist im Flur und putzt; Oma putzt immer. Und kocht. Oma putzt sogar im Schlafzimmer von Mama und Papa und Papa schimpft dann immer, aber Mama sagt, ohne Oma könnte sie ihren Job gar nicht machen, und dann ist Papa wieder ruhig. Oma kocht, und das Essen steht auf dem Tisch, wenn Papa mittags heimkommt, und Mama muss es abends nur aufwärmen. Oma räumt die Küche nach dem Frühstück und dem Mittagessen auf, und wenn Papa es macht, macht Oma so klackende Geräusche mit der Zunge und schüttelt den Kopf und macht alles noch mal. Papa sagt, das nervt ihn total und Oma soll sich raushalten, und Mama sagt, er soll nichts sagen, und ohne die Oma könnten sie gar nicht leben, wie sie leben, und die Oma hat doch nichts anderes.

Hannah will vielleicht auch Mamas Job machen, wenn sie groß ist, und lauter Walters und andere Tiere versorgen und reparieren. Ob die Oma bei ihr dann auch putzt?

Walter. Hannah muss zu dem Mann. Sie nimmt Stoffwalter in den Arm. »Hilfst du mir, Stoffwalter, wenn der Mann zu mir böse ist?«, flüstert sie zum Stoffwalter, und Stoffwalter nickt. Wo ist dem Stoffwalter sein Plastikwalter? Nicht da. Sie muss aber los. Sie geht durch die Küche, macht die Tür zum Garten auf und geht die Treppe hinunter.

»Hannah?«, hört sie die Oma rufen. »Gehst du hinten hinaus?«

»Ja, Oma.«

»Aber geh nicht weiter als zum Walter, hörst du?«

»Ja, Oma.«

Dann schellt es an der Gartentür, und Oma geht vorne raus.

Hannah geht durch den Garten und hinaus in die Gasse, rechts hinauf. Jetzt müsste sie Walters Ohren über der Böschung sehen, aber sie sind nicht da. Hannah fängt zu laufen an, sie stolpert und kommt mit dem rechten Knie auf, und weil sie den Stoffwalter nicht loslässt auf dem Kopf. Nicht weinen. Sie steht wieder auf und steigt die Böschung hinauf.

Der Käfig ist leer.

Hannah wimmert. Seit Tagen hat sie keine Himmelbären mehr angerührt, und trotzdem ist nichts besser geworden. Sie muss zu dem Mann. Vielleicht ist es nicht zu spät. Sie geht die Hecke entlang zur rostigen Gartentür. Sie ist offen und Hannah kann durchschlüpfen. Der Garten ist noch verwilderter als beim ersten Mal. Sie geht an den beiden rostigen Autos und an der Wanne vorbei. Das ausgebaute Fenster und die Kacheln sind vom Rasen fast zugewachsen. Jetzt sind es nur noch ein paar Schritte zur Haustür. Die quadratische Plastikklingel hat sich aus dem linken Türpfosten herausgelöst und baumelt an einem kurzen Stück Draht. Hannah langt hinauf, kann die Klingel aber nicht erreichen.

Sie steht an der Türschwelle in ihrem blauen Röckchen und ihrem blauen Walter-T-Shirt, das die Oma nicht waschen darf, und hält den Stoffwalter ganz fest. Sie pumpert an die Tür mit dem Stoffwalter. Nichts passiert. Es ist eine alte Holztür mit einem Glaspaneel oben drin, das ist jedoch auch zu hoch zum Reinschauen für die Hannah. Aber da ist eine Klappe für Briefe unterhalb der Glasscheibe. Hannah steht auf Zehenspitzen und macht die Klappe auf.

Dahinter ist ein dunkler Flur, kaum ausgeleuchtet durch die Glasscheibe, vollgestopft mit Bierkästen, Schuhen, Stiefeln, Zeitschriftenstapeln.

»Hallo!«, ruft Hannah.

Ganz hinten ist wieder eine Tür mit einem Fenstereinsatz, die zur vorderen Seite des Hauses hinausschauen muss.

Sie ruft lauter: »Hallo!«

Ein Schatten wischt auf der anderen Seite der hinteren Tür vorbei. Hannah hört Schritte, die ganz schnell um das Haus herumkommen. Sie dreht sich um. Vor ihr stehen zwei weiße Waden mit schwarzen Stoppeln.

»Was machst denn du da?«, sagt eine leise, männliche Stimme.

Es ist ein anderer Mann, und er hält den richtigen Walter in den Armen, aber nicht an den Ohren, sondern gekuschelt an seiner Brust.

Der stille Vertrag

Montag, 25. Juni 2018, 9:58 Uhr

Ingrid sitzt im Wohnzimmer ihrer Tochter. Sie hat die Jalousien heruntergelassen, weil die Sonne so gleißt, und weil ihr danach ist, jetzt und hier im Dunkeln und in der Stille zu sitzen. Ein paar Minuten noch. Sie ist fertig mit dem Aufräumen und Putzen. Normalerweise macht sie sich danach sofort ans Kochen. Fünf Portionen müssen es sein, zwei nimmt sie im Topf mit nach Hause, zum Aufwärmen für sich und Siegfried, drei bleiben hier an der Kochplatte. Silvia macht ihre Portion am Abend warm, wenn sie von ihrer Praxis heimkommt, Stefan und Hannah essen mittags ihre Portionen. Hannah isst eine ganze Portion, normalerweise regt sich Ingrid darüber auf, weil das Kind immer dicker wird. Aber in letzter Zeit hat Hannah fast keinen Appetit mehr, das macht Ingrid noch mehr Sorgen. Und Silvia ist noch im Krankenhaus.

Also nur dreieinhalb Portionen. Aber von was?

Sie sollte wirklich nicht hier herumsitzen und glotzen. Nur noch kurz. Was hat ihre damalige Handarbeitslehrerin ihr noch gleich vor fünfzig Jahren ins Poesiealbum geschrieben?

Mädel, musst dich fleißig regen,
Arbeit ist des Lebens Quell,
Nicht die Hände müßig legen,
Mädel, reg dich flink und schnell.

Eine Lüge, wie so viel von dem, was man ihr hineingeschrieben hat.

Blüh wie das Veilchen im Moose,
sittsam, bescheiden und rein,
und nicht wie die stolze Rose,
die stets bewundert will sein.

Was für ein Schmarrn. Natürlich soll man blühen wie die stolze Rose, das ist das Einzige, was die Männer interessiert. Das Veilchen im Moose sehen die gar nicht. Heiraten, ja, das schon. Und dann gehen sie auf die Suche nach den stolzen Rosen.

Jawohl, Siegfried hat ihr das Falkensteinfeuer ausgeredet, Lena hatte recht.

Ich muss um sechs schon oben sein, hat er gesagt. *Na, ich kann dich net später holen, ich habe keine Zeit. Nein, du kannst nicht hinauflaufen in dem Kleid, so ein Blödsinn, hat das sein müssen, so ein teures Kleid für das Fest zu kaufen. Ja, ich kann auch nichts dafür, dass du extra beim Friseur warst. Hättest mich gefragt, hätte ich schon gesagt, dass sich das nicht rentiert. Ich weiß gar nicht, was du hast, wieso muss das auf einmal sein dieses Jahr, warst schon seit Jahren nicht mehr droben. Ich habe eh keine Zeit für dich, der Landrat kommt, mit dem muss ich verhandeln wegen der Biogasanlage. Da ist eh niemand, den du kennst. Und die Musik ist so laut, das gefällt dir doch nicht.*

Und so saß sie gestern Abend da, im Wohnzimmer in ihrem schönen neuen Kleid und mit ihren frisch gemachten Haaren und schaute *Wenn's um Liebe geht* im Ersten an, während Siegfried wahrscheinlich mit der blöden Kuh von einer Pfarrerin anbandelte, da führt er doch etwas im Schilde, das merkt Ingrid ganz genau. Das merkt sie immer ganz genau.

Hört es denn nie auf? Siegfried ist schließlich achtundsechzig, da muss er doch ruhiger werden. Und was soll bitte an der ganzen Sache so toll sein? Ingrid hat nie etwas dabei empfunden, aber wenn es schon sein muss, warum nicht mit ihr?

Nach einer gewissen Zeit weiß jeder, worauf er sich bei einer Beziehung einlässt, hat eine Rednerin beim Landfrauentag in Schweinfurt gesagt. Alle haben ein ziemlich genaues Bild, was von ihrer Zweisamkeit zu erwarten ist. Und wenn man deswegen oder trotzdem zusammenbleibt, nennt man das einen stillen Vertrag. Den hat man dann mit dem Partner abgeschlossen. Im Kopf. Was darin steht, wird nie besprochen, und trotzdem wissen beide Seiten ganz genau, was die Bedingungen für ihre Beziehung sind. Wenn beide Partner sich an den stillen Vertrag halten, sind die Chancen gut, dass die Ehe bestehen bleibt. Wenn eine Komponente dazukommt, die nicht ausgemacht war, wird es schwierig. So wie bei den Trumps. Er reich, sie schön, das wird es ungefähr gewesen sein. Dass er Präsident wird und dumme Sachen sagt, die sie durch ihre bloße Anwesenheit dem Anschein nach öffentlich absegnet, war sicher nicht ausgemacht. Was steht wohl bei Ingrid und Siegfried im stillen Vertrag?

Ingrid wird in die Mitte des Dorfgeschehens geholt.

Sie muss sich nie mehr Sorgen machen um ihre finanzielle Sicherheit und ihr Ansehen.

Ingrid verschafft Siegfried dafür einen gut funktionierenden Haushalt und eine anständige Familie.

Sie hält zu ihm, mischt sich aber in seine Angelegenheiten nicht ein.

Nur über eine Bedingung haben sie jemals gesprochen, zwar nicht ausdrücklich, aber klar genug. Ingrid hat Siegfried nicht erzählt, was ihr in ihrer Kindheit passiert ist, Siegfried hätte das auch nicht interessiert, aber sie hat ihm deutlich gemacht, dass ihre Tochter und ihre Enkeltochter davon verschont bleiben müssen. Sie hat ihm klargemacht, dass er den anderen davon abhalten muss. Sie weiß, dass er die Möglichkeit hat, so etwas bei dem anderen durchzusetzen, auch wenn sie nicht genau weiß, wie.

Haben sie sich beide an den stillen Vertrag gehalten? Darum geht es, und nicht, was die Lena da ausbrütet. Wenn ja, wird Ingrid auch diesen neuen Fall um den Siegfried durchstehen. Unsittlich berührt, ja, und? Dumm ist der Siegfried nicht, er wird schon dafür gesorgt haben, dass niemand Zeuge war und dass es Aussage gegen Aussage ist, wenn es überhaupt so weit kommt. Ein paarmal war er nah dran in der Vergangenheit, aber immer ist er davongekommen.

Vielleicht hält er sich dann künftig an die Weiber, die wirklich etwas von ihm wollen, das wird wohl reichen.

Also, hat er sich an den stillen Vertrag gehalten? Im Großen und Ganzen, ja.

Dann kann Ingrid jetzt das Kochen anfangen. Nur was? Gefrorener Spinat müsste da sein, und Eier, das wird heute reichen, Hannah isst das recht gerne. Ach ja, und nur zweieinhalb Portionen werden genug sein; Siegfried kommt heute Mittag nicht zum Essen, hat er heute früh gesagt. Wo er wohl ist. Nicht darüber nachdenken. Eigentlich reicht es, wenn sie für Hannah und Stefan kocht; Ingrid hat gar keinen Hunger.

Es klopft an der hinteren Tür. Jemand sagt etwas Unverständliches.

Ingrid springt auf, geht in die Küche und macht die Tür zum Garten auf.

Da steht eine seltsame Figur von einem Mann. Knielange Nylonhose, Schlabbershirt über einem monströs wulstigen Bauch, der Hals ist breiter als der Kopf darüber, so breit, dass es ausschaut, als ob sein dicker Kopf von oben mit ungeheurer Kraft in den Hals gedrückt worden wäre, sodass der Hals nach allen Seiten überquillt. Er hält Hannah an der einen Hand, in der anderen hält er einen Hasen.

Er nuschelt irgendetwas, dann räuspert er sich und sagt in einer klaren, lauten Stimme: »Hallo, Frau Kern. Ich bringe die Hannah zurück. Es ist ihr nichts passiert. Die war im Garten von Ihrem Nachbarn, wo sie niemals sein darf. Ich sage Ihnen auch, warum, aber unter vier Augen.«

Ingrids Knie geben nach; sie sackt zusammen und hält sich am Türrahmen fest. Dann nimmt sie Hannah in die Arme. »Ich weiß schon, warum«, sagt sie. »Hannah, warum bist du da hingegangen? Ich habe doch gesagt, du darfst niemals weiter als bis zum Walter gehen.«

Hannah hat angefangen zu weinen. »Der Mann hat gesagt, ich muss zu ihm kommen, sonst bringt er den Walter um und macht einen Hasenbraten aus ihm.«

»Hat er dir was getan?«

»Nein. Er war nicht da.«

»Gott sei Dank.«

»Und dem Walter hat er auch nichts getan. Können wir den Walter jetzt bei uns behalten, Oma?«

Die Melkmaschine

Samstag, 29. Februar 1964

»Na.« Siegfrieds Vater legt die *Schweinfurter Volkszeitung* weg und inhaliert seine dicke Zigarre. Nach einer Weile bläst er den Rauch wieder hinaus, der sich zu den bereits schwebenden Schwaden in der Küche gesellt. »Ich geh wohl in den Stall und zeig dem neuen Madla, wie die Melkmaschine geht.« Es gibt Frühstück in der Küche der Kerns.

Seine Mutter schaut nicht von ihrer *Hörzu* hoch. »Die Maschine läuft doch schon, hörst sie net?«, sagt sie.

Tatsächlich hallen das Zischen und das Klicken der Alfa-Laval-Anlage zum Kuhstall hinaus, über den Hof und in die Küche durch das offene Küchenfenster hinein.

»Net, dass was kaputtgeht«, grummelt der Vater und schaut die Mutter an. Und dann, weil die Mutter nichts sagt, fragt er: »Was?«

»Nichts«, antwortet die Mutter.

»Was schaust denn?«, fragt er nach.

»Ich schau net.«

»Na also.« Siegfrieds Vater steht auf und geht hinaus.

Siegfried hat die ganze Zeit den Blick von seinem *Kicker* nicht abgewendet, in der Hoffnung, sein Vater würde vergessen, ihm irgendwelche Arbeiten aufzutragen, und er könnte, wie die anderen Buben vom Dorf, zum Fußballplatz gehen.

Es ist ein ungewöhnlich langes Gespräch für den Frühstückstisch oder überhaupt für die Familie Kern. Normalerweise wird beim Essen nicht geredet, sonst auch so gut wie nichts. Siegfrieds Vater ist von einer Fettleibigkeit, wie es sie früher gab, rund und feist wie ein gut aufgepumpter Ball. Seine Mutter ist ebenfalls rund, aber ihre Außenränder sind amorpher und wandelbarer.

Bei den Kerns arbeiteten in den Sechzigern eine Reihe von Dienstmägden, die austauschbar schienen und sich in jährlicher Abfolge abwechselten; zwischen sechzehn und zwanzig, ihre gemeinsamen Kennzeichen waren großer Busen und Hintern. Keine blieb länger da als das verpflichtende Jahr, von einem Lichtmesstag zum nächsten.

Die neue Magd ist seit gestern da; sie heißt Bertha. Sie ist zwei Jahre älter als Siegfried, also sechzehn, Tochter von vertriebenen Donauschwaben. Sie ist heute fünfzehn Kilometer von ihrem Zuhause in Riedbach nach Hassberg geradelt, um halb sechs war sie da, um Frühstück für die Kerns zu machen, und ist anschließend gleich in den Kuhstall gegangen, um die sechs Kühe zu melken. Sie passt ebenfalls zum vorgegebenen Schema; sie ist nur etwas kräftiger als ihre Vorgängerinnen.

Nachdem ihr Mann gegangen ist, holt sich Siegfrieds Mutter die *Volkszeitung* und liest den Ortsteil, Siegfried nimmt die *Hörzu*. Es sieht heute gut für ihn aus; er wird bald verschwinden. Auf einmal mischen sich andere Laute unter das Japsen und Sprudeln der Melkanlage; Schreie, Kettengerassel und aufgeregtes Muhen von den Kühen.

»Was issn des für ein Krach?«, fragt sie und geht zum Küchenfenster. Aus dem Stall ertönen inzwischen ein undefinierbares Gekreische und dumpfe Schläge.

»Der alte Depp«, sagt Siegfrieds Mutter. »Er kann's net lassen. Ich hab mir schon gedacht, mit dem Luder hat er sich übernommen. Ja, ja, die Weibsbilder werden immer frecher, und die Kraft hat er nimmer. Was stehst denn noch rum?«, sagt sie zu Siegfried. »Geh ihm doch helfen. Oder meinst, ich will, dass der bei mir wieder das Rumgrapschen anfängt?«

Im Stall steht hinten beim Heu Siegfrieds Vater mit einem roten Gesicht, die Hosenträger schleifen am Boden hinter ihm her, und seine Lederhose hängt über seiner großen grauen Unterhose. Ihm gegenüber kauert Bertha in einer Ecke. Ihre Bluse ist zerrissen, darunter schwabbelt ihr weißer Bauch, weil sie so heftig schnauft, den Spitztüten-BH kann man sehen. Sie hat einen roten Striemen im Gesicht, sie blutet aus dem Mund, und ihre Wangen glänzen von getrockneten Tränen. Sie hält eine Mistgabel in der Hand und zeigt damit zitternd in Richtung Siegfrieds Vater. Eine Kanne Milch ist in die Rinne, die vor den Ställen verläuft, ausgelaufen; es stinkt nach Milch und Kuhscheiße und Pisse. Die zwei lauern aufeinander wie Duellanten; das einzige Geräusch ist das Zischen der Milch durch die Schläuche.

»Die ist durchgedreht«, sagt Siegfrieds Vater.

»Der Alte ist durchgedreht«, sagt Bertha. »Ich lass mich von dem nicht flachlegen. Von dem nicht. Ich heb mich doch auf für die Ehe.«

»Leg die Gabel weg«, sagt Siegfried. »Dir passiert nichts.«

»Versprichst mir das?«

»Ja.«

Bertha lehnt die Gabel an die Wand.

»Gut so«, sagt Siegfrieds Vater. »Und jetzt halt sie fest.«

Es ist nicht unähnlich dem einen Mal, als Siegfried bei der Besamung einer Kuh Hilfestellung geleistet hat, vor allem, nachdem er Bertha den Mund mit ihrer eigenen Bluse gestopft hat.

Als er fertig ist, sagt er zum Siegfried: »Und jetzt du.«

Die Käseglocke

Montag, 25. Juni 2018, 10:18 Uhr

Lena dreht den Zündschlüssel. Es tut sich nichts. Noch mal. Vom Motor keine Reaktion, kein altersschwaches, asthmatisches Husten, gar nichts. Dem Auto ist die Seele entwichen, es ist ein unbelebter Haufen Blech, Plastik, Gummi.

»Scheiße.« Lena steigt aus, schaut sich um.

Der Landschaft scheint es wie dem Auto zu gehen. Kein Lüftchen rührt sich, kein Laut ertönt, kein Auto fährt, kein Mensch ist zu sehen. Wald, Straße, Dorf, dahinter der Herrgottsgarten, alles von goldenem Sonnenschein eingekapselt wie unter einer Käseglocke.

Ku-witt.

Drüben am Waldrand steht ein Hochsitz, darunter der grüne Lada Niva. Genau wie gestern.

Lena ruft Eddi an. Sie hört Verkehrslärm und ein Radio. Das Radio geht aus. »Mensch, Eddi, mein Auto springt nicht an.«

»Soll ich umkehren? Ich bin aber jetzt vor der Klinik.«

»Nee, ich rufe irgendeinen Pannendienst an.«

»Okay. Gib mir Bescheid.«

Lena googelt einen Pannendienst in Haßfurt und erfährt, dass sie erst am Nachmittag kommen können, weil sie gerade einen Einsatz auf der A 70 haben. Sie soll in zwei Stunden noch mal anrufen und den Standort durchgeben.

»Scheiße«, sagt sie noch mal. Was soll sie so lange tun? Außerdem wartet Melanie auf sie, und sie hat ihre Nummer nicht gespeichert. Soll sie wieder ins Dorf laufen? Jetzt wird ihr klar, wie erleichtert und froh sie war, das Dorf hinter sich zu lassen. Anscheinend hat sie tatsächlich im Unterbewusstsein Sorge gehabt, ob sie jemals wieder da rauskommt. Immer befreiter hat sie sich gefühlt, als sich das Tal um sie ausweitete. Genauso wie damals, vor achtundvierzig Jahren. Mit dem Auto zurückzufahren wäre kein Problem, aber zu Fuß? Da müsste sie wieder am Haus von Ingrids Tochter vorbeigehen, und die Ingrid ist wahrscheinlich immer noch drin.

Sie ruft Eddi wieder an.

»Okay«, sagt Eddi. »Ich kann wieder umkehren. Allerdings bin ich durch die Sicherheitsschleuse hier und steh vor Helgas Zimmer. Es ist ja nicht so einfach reinzukommen, Helga ist in der geschlossenen Abteilung.«

»Ach, nee«, sagt Lena. Sie hasst es, von anderen abhängig zu sein. »Bleib da, jetzt, wo du durch bist. Ich finde eine andere Lösung. Sag der Helga einen ganz lieben Gruß.«

Scheiße und noch mal Scheiße. Es wird ihr nichts anderes übrig bleiben, als ins Dorf zurückzukehren. Den Rollkoffer lässt sie aber beim Auto stehen. Das Ding klaut keiner, und wenn.

Sie hört einen Motor starten. Der Lada am Waldrand fährt los, in ihre Richtung. Er rumpelt den ungeteerten Weg entlang. Eine Hand winkt aus dem heruntergekurbelten Fenster. Um Gottes willen, hoffentlich ist es nicht der Siegfried. Die Vorderscheibe des sich nähernden Ladas spiegelt nur die Büsche wider, an denen er vorbeifährt, Lena kann nicht hineinschauen.

Der Hand, die aus dem Fenster hängt, fehlt ein Finger.

Gott sei Dank. Veit Angerer. Jetzt schaut sein rundliches Gesicht aus dem Seitenfenster. Dass er so bleich ist, obwohl er sich als Jäger dauernd im Freien bewegt. Muss etwas mit dem Schweißfilm zu tun haben, der dauernd seinen Kopf benetzt.

»Na, das ist ja ein Zufall«, sagt er mit seiner fisteligen Stimme, als er anhält. »Achtundvierzig Jahre sieht man sich nicht, und dann zweimal hintereinander. Schwierigkeiten?«

»Das Scheißauto springt nicht an.«

»Ich schau es mir mal an.« Er steigt aus seinem Auto aus, dann in ihres rein, dreht den Schlüssel. »Da tut sich gar nichts.« Er löst die Haubenverriegelung, steigt wieder aus und macht die Haube auf. »Lass mal an.«

Lena probiert. Nichts.

»Hmm«, sagt Veit. »Sieht nicht gut aus.«

»Ich habe schon den Pannendienst angerufen, aber die können erst heute Nachmittag kommen.«

»Hast du gesagt, wo du stehst?«

»Nee, ich soll noch mal anrufen.«

»Du warst wohl auf dem Weg zur Polizei.«

»Genau.«

»Das wird wohl erst einmal nichts werden. Was willst du so lange tun? Willst du hier herumstehen?«

»Eigentlich nicht.«

»Soll ich dich nach Hassberg zurückfahren? Du könntest im *Akropolis* warten.«

»Das wird wohl das Gescheiteste sein.«

»Steig ein.«

»Das ist nett.« Lena steigt ein. »Siehst du, ich wollte unbedingt noch etwas Gutes in Hassberg erleben. Das bist dann halt du.«

»Ist doch selbstverständlich. Bloß, ich muss noch schnell was in Beila erledigen. Dauert keine zwei Minuten, okay?«

»Okay.«

St. Getreu

Montag, 25. Juni 2018, 10:26 Uhr

Drei Frauen sind in Helgas Zimmer untergebracht; auf Eddis ersten Blick könnten alle drei Helga sein, oder auch keine von ihnen. Undefiniertheit ist der gemeinsame Nenner; alles geht ineinander über. Die Nachthemden der Patientinnen in die Bettdecken, die weißen Gesichter in die Kissen. Keine der Frauen liest, schaut in ein Handy oder in einen Fernseher oder unterhält sich mit einer anderen. Keine hat Ähnlichkeit mit der Helga, die Eddi vor achtundvierzig Jahren kannte. Es ist stickig und riecht vordergründig nach Essen und unterschwellig nach Urin.

»Helga?«, sagt er.

Keine der drei Frauen reagiert.

Die Schwester geht an Eddi vorbei und zu der Frau, die im Bett neben dem Fenster liegt und zum Fenster hinausschaut. »Frau Matysek«, sagt sie, »es ist Besuch da.«

Die Frau dreht ihren Kopf zu Eddi. Kurze, verschwitzte, federige, graue Haare, ein faltiger Hals, der aus einem verrunzelten Brustkorb wächst, an dem keine Spur mehr von Helgas schönem Busen ist. Das Gesicht ist völlig ausdruckslos, die Haut wie gestrafft, aber mit tiefen Furchen durchzogen, der Mund eine gerade Linie, die scheinbar nie von irgendeiner menschlichen Regung heimgesucht worden ist. Sie sieht aus wie ein alter, gerupfter Truthahn.

Das letzte Mal, als Eddi Helga sah, hatte sie eine blonde, füllige Afro-Frisur, und nur auf einem Foto war ihr Gesicht im Stillstand zu sehen. Immer spielte sich irgendwo darauf ein Lachen ab, oder die Augen funkelten vor schlechter Laune, Verspieltheit oder Freude. Das Einzige, was an Helga erinnert, sind die Augen. Sie sind weit auseinander, aber während Helgas damals groß und voller Leben waren, sind diese stumpf und in ihren Augenhöhlen geschrumpft wie Knöpfe.

»Ist das wirklich Frau Matysek?«, fragt Eddi die Schwester. »Frau Helga Matysek aus Hassberg?«

Die Schwester studiert ihren Ordner. »In Hassberg geboren, ja. Helga Matysek. Frau Matysek? Besuch.«

»Hallo, Helga«, sagt Eddi. »Ich bin der Eddi. Kennst mich noch?«

Sie schaut ihn an, zeigt aber weiterhin keine Regung.

»Eddi Caspar«, sagt er. »Die Hanswurst. Aus Hassberg.«

»Eddi«, sagt sie. »Ja. Komm zu mir ins Bett.« Sie zieht die Bettdecke an der Seite hoch. Ein knochenweißer Oberschenkel mit Orangenhaut kommt zum Vorschein.

Es raschelt im Zimmer. Die zwei anderen Frauen setzen sich hoch und schauen zu Eddi und Helga.

»Das macht sie immer so«, sagt die Frau neben der Tür. »Das sagt die auch zu den Ärzten und Schwestern. Das hat nichts zu sagen.«

»Immer macht sie es so«, sagt die in der Mitte. »Die denkt sich nichts dabei.«

»Das meint sie nicht so«, sagt die Erste. »Das meint sie harmlos.«

»Sie denkt, sie ist ein Kind.«

»Und sie denkt, Sie sind auch ein Kind.«

»Aber Sie brauchen nicht zu ihr ins Bett steigen. Sie brauchen sich nichts dabei denken. Die anderen machen das auch net. Die gibt schon a Ruh.«

»Komm mit ins Bett«, sagt Helga.

»Ach, nee«, sagt Eddi. »Es geht so. Ich habe hier einen Stuhl.« Er deckt Helgas Bein wieder zu und setzt sich auf einen Stuhl am Bettende.

Helga dreht den Kopf wieder zum Fenster. Jetzt merkt Eddi, dass sie nicht zum Fenster hinausschaut, sondern auf ein Bild, das auf dem Fensterrahmen steht. Es ist ein Foto von einer jungen Frau. Sie hat schwarze Haare, ist weiß geschminkt und trägt schwarzen Lippenstift.

»Das ist eine schöne Frau«, sagt Eddi. »Wer ist es?«

Helgas Mund arbeitet, sie beißt sich in die Unterlippe, aber sagt nichts.

»Das wird sie Ihnen nicht sagen«, sagt die Frau in der Mitte.

»Sie sagt das immer nicht«, sagt die andere.

»Das ist ihre Tochter.«

»Ach, das ist deine Tochter«, sagt Eddi. »Darf ich mal sehen?« Er nimmt das Foto. Klar, sie hat die Augen weit auseinander, wie Helga, und die gleiche Stupsnase. Das ist das Kind, das sich umgebracht hat. Und niemand weiß, warum.

Aber Helga wird es wissen.

In sein Blickfeld schiebt sich eine CD-Hülle. Helga hat sich aufgesetzt und hält sie ihm entgegen. Er nimmt sie in die Hand. Auf dem Cover ist dasselbe Mädchen. »Ach, das ist auch deine Tochter«, sagt er. »Die Rosi.« *Nachtgeiger* steht darauf, und drei andere düster dreinblickende männliche Gestalten sind neben ihr zu sehen.

»Die war Musikerin«, sagt die nähere Frau.

»Wenn man es so sagen kann«, sagt die weitere.

»Das war scho soa modernes Zeug.«

»Hoffentlich will sie net, dass es gespielt wird.«

»Manchmal will sie, dass es gespielt wird. Dann gehen wir naus.«

»Das ist nämlich arg laut.«

»Und die stöhnt immer so. Also die Tochter. Beim Singen stöhnt sie. Also mehr Stöhnen als Singen.«

»Kennst du mich, Helga?«, fragt Eddi. »Ich bin der Eddi. Wir sind immer zu dir gekommen am Sonntag, weißt es noch? Ich habe immer gekocht, und wir haben deine *Bravos* gelesen. Die Lena war dabei und die Ingrid.«

»Die weiß nix mehr aus der alten Zeit«, sagt die Zweite.

»Vielleicht schon, aber sie sagt nix«, sagt die Erste.

»Du bist zu mir ins Bett gekommen und wir haben gekuschelt«, sagt Helga plötzlich.

»Ja, das stimmt«, sagt Eddi. »Als die anderen weg waren, haben wir gekuschelt.«

»Das ist lange her, gell?«

»Das ist achtundvierzig Jahre her.«

Die zwei anderen sind verstummt.

»Komm mit ins Bett«, sagt Helga, »und tu kuscheln.«

»Ich zieh mir nur schnell die Schuhe aus.«

Er steigt zu ihr ins Bett. Sie legt ihren Kopf auf seine Brust und er umarmt sie, mit einer Hand um ihren dünnen Hals und die andere um ihren Rücken. Er kann jede Rippe von hinten spüren. »Die Lena lässt dich grüßen«, sagt er. »Wir waren gestern auf dem Falkensteinfeuer in Hassberg. War fei schön. Hat's zu unserer Zeit nicht gegeben.«

»Nein«, sagt Helga.

»Ich war seit 1970 nicht mehr in Hassberg. Vorgestern sind wir hingefahren. Die Lena und ich.«

»Die Lena.«

»Ja. Ihr geht's gut. Sie möchte dich auch wiedersehen. Sie kommt bestimmt mal zu Besuch. Wir haben im *Roten Ochsen* übernachtet, war schön. Ist jetzt ein Grieche.«

»Wo ist die Lena?«

»Die Lena hat zu tun. Sie kommt bestimmt.«

»Was ist denn hier los?« Es ist die Schwester.

»Die machen nichts«, sagt die Nachbarin.

»Das geht nicht«, sagt die Schwester. »Das können Sie hier nicht machen. Ich hole gleich einen Pfleger.«

»Die kuscheln bloß«, sagt die Patientin an der Tür. »Ist doch nichts dabei.«

»Das haben sie früher schon gemacht«, sagt die Nachbarin. »Hat sie erzählt.«

»Ist schon recht«, sagt Eddi. »Helga, ich gehe wieder raus, okay?«

Eddi steigt wieder aus dem Bett. Die Krankenschwester schaut ihn empört an.

»Wir haben nur gekuschelt«, sagt Eddi.

»Sie können doch nicht einfach zu den Patienten ins Bett steigen. Ich muss Sie bitten, das Zimmer zu verlassen.«

Eddi geht zur Tür. »Ich muss jetzt gehen, Helga. Aber ich komme wieder und bringe vielleicht die Lena mit.«

»Die schläft schon«, sagt die Nachbarin.

Es stimmt. Helga liegt auf dem Rücken mit geschlossenen Augen und offenem Mund und schnarcht leise. Jetzt wird Eddi nicht mehr herausfinden, was mit Rosi war.

Er hält immer noch die CD in der Hand, dreht sie herum.

»Können S' bei mir lassen«, sagt die Patientin neben der Tür. »Ich lege sie ihr hin.«

»Ja, danke.« Eddi streckt die CD der Dame hin.

Eine verschrumpelte Hand nimmt sie entgegen.

»Warten S' mal.« Eddi hat hinten auf der CD die Liederliste gelesen. Das erste Lied heißt *Die Kirschenallee*. »Ich muss schnell was nachschauen«, sagt er. Er macht die CD auf und holt das Booklet raus. Die Texte stehen drin. Er liest das erste Lied.

Die Kirschenallee
In der Kirschenallee, da lebt der Mann
Der die Kindheit stehlen kann
Der Mann, der die Unschuld stiehlt
Der Mann, dem ein Finger fehlt

Der Mann, dem ein Finger fehlt. Eddi sieht ihn vor seinem geistigen Auge. Das vage Lächeln, das runde Gesicht. Er war Jäger, genau wie Siegfried.

Wie war sein Name?

Veit Angerer. Nicht Siegfried, nicht Peter. Veit Angerer hat Rosi als Kind missbraucht.

Eddi legt die CD weg, holt sein Handy heraus und schreibt Lena eine Nachricht.

Wir pflücken sie alle

Samstag, 14. Mai 1966

Im Weinberg Herrgottsgarten vermengen sich an diesem Vormittag frühmorgendliche Nebelschwaden mit Wolken von Netzschwefel. Siegfried, nun sechzehn, ist mit dem Rückenspritzgerät unterwegs. Eine Wut brodelt in seinem Bauch, und ein Hass auf seinen Vater: Die anderen Jungs aus dem Dorf sind alle im Bus mit dem FCN-Fanclub aus Zeil am Main unterwegs, um das Auswärtsspiel vom 1. FC Nürnberg beim VfB Stuttgart anzuschauen, und Siegfried darf als Einziger aus dem Dorf nicht mitfahren. Die Wut wird etwas abgemildert durch ein Gefühl der Genugtuung: Heute hat er zum ersten Mal seinem Vater gezeigt, wo der Hammer hängt.

Sein Leben wird ab jetzt anders verlaufen.

Siegfried war heute früh um fünf aufgestanden, um sich auf den Weg nach Zeil zu machen, er war schon fast zum Hof hinaus in der Kirschenallee, als sein Vater zuerst durch das Schlafzimmerfenster rief, dass er stehen bleiben soll, dann im Hof in seinem Morgenrock erschien.

»Das mit dem Fußball kannst du vergessen!«, hatte der Alte gebrüllt. »Du musst in den Weinberg, spritzen. Und zwar jetzt gleich!«

Siegfried spürte, wie das Wut in ihm auslöste, wie die Wut in ihm stieg. Diese Wut, die wie ein Stausee hinter einer bröckeligen Talsperre stieg, gespeist von jedem Schlag und Fluch seines Vaters, die immer weiter stieg, bis der Damm brach und Siegfrieds Wut sich auf einmal auf seine nächste Umgebung entlud. In einem solchen Moment war Siegfried nur noch Reflex und Instinkt.

»Das kannst dir in den Arsch schieben!«, hat Siegfried zurückgebrüllt.

Sein Vater holte aus, um ihm eine Schelle zu verpassen. Als sie auf Siegfrieds Gesicht zuflog, hielt Siegfried sie mit der eigenen Hand auf. Das war das erste Mal, dass Siegfried körperlich gegen seinen Vater vorgegangen ist. Es war ein befreiendes Gefühl.

»Du Hundskrüppel!«, schrie der Alte und versuchte, seine Hand aus Siegfrieds Griff zu befreien. Aber Siegfried war schon lange stärker als er und im Raufen geübter. Er hat den Vater erst zu sich hergezogen, dann plötzlich wieder weggeschubst, dass er nach hinten auf seinen fetten Arsch gefallen ist. Sein Morgenrock fiel auf, legte seinen dicken, weißen Bauch frei und den kleinen Pimmel darunter. Ekelhaft. Da hat Siegfried innegehalten, das wäre auf dem Schulhof anders gelaufen, dieser Moment, in dem der Gegner auf dem Boden liegt und gar nicht weiß, wie ihm geschieht, den muss man sofort ausnutzen. Auf sein Gesicht einschlagen, aber sofort, ein paar Mal. Und wenn er blöd schaut, gleich noch mal.

Diesmal noch hat er den Alten davonkommen lassen.

»Das war das letzte Mal, dass du so was probierst«, hat Siegfried seinem Vater gesagt, der immer noch auf dem Boden hockte. »Wennst des noch mal machst, haue ich dir eine nei, dass dir die Zähne wackeln.«

Und dann passierte das Wunder: Sein Vater hat nicht auf ihn geschimpft, hat nicht getobt, hat nicht nach der Mutter gerufen, hat nicht einmal versucht, wieder aufzustehen. Er hat nur dagesessen, gekeucht und gesagt: »Ich kann's doch net mit meinem Rücken. Ich zahl dir fünf Mark.«

»Mach den Mantel zu«, hat Siegfried bloß noch gesagt. »Du ekelst mich an.«

So geht das, und nicht anders. So wird es ab jetzt immer sein. Siegfried pumpt den Netzschwefel nach links und rechts aus und stellt sich vor, wie er die Messingspitze des Schlauchs in den Mund von seinem Alten steckt und die volle Ladung hineinspritzt, dass sein Bauch sich immer weiter aufbläst, bis der Alte krepiert oder platzt. Da. Und da. Und da.

Scheiße. Der Tank ist leer. Jetzt muss er zurück ins Weinberghaus zum Auffüllen.

Als er die Tür vom Weinberghaus aufmacht, kann er mit dem Bild, das sich ihm bietet, gar nichts anfangen. Veit Angerer steht da und lächelt ihn an. Dabei drückt er mit beiden Händen etwas fest in seinen Schoß, das aussieht wie ein schwarzer Bodenwischer. Dann enträtselt sich das Bild. Es ist kein Bodenwischer, es sind Haare, es ist ein Kopf, den man von hinten sieht, ein Kopf zwischen Veits Beinen. Und Veits Reißverschluss ist offen, und die Hose hängt ihm hinunter bis oberhalb der Knie.

»Ach, ich dachte, du bist beim Fußballspiel«, sagt Veit mit seiner hohen Stimme und dreht sich, immer noch lächelnd, im Trippelschritt von Siegfried weg. Das Mädchen, das vor ihm kniet, steht auf, rennt an Siegfried vorbei, ohne ihn anzuschauen und läuft zur Tür hinaus. Dabei wischt es sich den Mund ab. Es ist elf oder zwölf Jahre alt.

Veit zieht seine Hose hinauf und macht den Reißverschluss in aller Ruhe zu. Dann schaut er zu Siegfried, immer noch mit einem Lächeln im Gesicht, dieses Lächeln, das sagt, *ich kenne dich, mir kannst du nichts erzählen.*

Siegfried kann sich immer noch überhaupt keinen Reim auf das Ganze machen. »Was macht ihr denn da?«, fragt er.

»Kennst des net?«, fragt Veit und schüttelt staunend mit dem Kopf. »Sie lutscht mir den Schwanz. Es muss ja nicht immer Bumsen sein.«

Siegfried ist verblüfft. Davon hat er noch nie etwas gehört. Berthas Nachfolgerinnen hat er ebenso vergewaltigt, aber es ist schwieriger geworden, nachdem keine Mägde mehr zu den Kerns auf den Hof gekommen sind. »Macht die das freiwillig?«, fragt er.

Veit zuckt mit den Schultern. »Ist doch wurscht. Du musst es nur richtig anpacken. Du musst die Richtigen aussuchen, du musst sie jung genug erwischen und dann ihnen die Schuld dafür geben. Sie hat Angst, ich sage es ihren Eltern, und dann wird sie weggenommen und kommt in eine andere Familie.« Jetzt lacht er laut auf. »Ist halt aweng naiv.«

»Ich sollte dich bei der Polizei anzeigen«, sagt Siegfried.

»Du mich anzeigen«, sagt Veit und stemmt die Hände in die Taille. Sein Lächeln gräbt noch tiefere Falten seitlich von seinem Munde. »Da lache ich aber. Ha. Da wird aber der Bock zum Gärtner. Das überlegst dir gut. Ich weiß genau, was da mit der kleinen Elli war, bei der Kirchweih letztes Jahr. Und mit der Ulli. Und mit euren ganzen Mägden. Mensch, Siegfried, du bist viel zu unvorsichtig. Du bist die gleiche Sau wie dein Vater.«

Siegfried holt mit der rechten Hand aus.

»Na, na«, sagt Veit und hält seine linke Hand abwehrend vor, die Hand, wo der kleine Finger fehlt. »Das ist doch Quatsch, das war doch net so gemeint. Weißt was, ich habe eine bessere Idee. Du und ich, wir kommen uns doch gar nicht in die Quere. Im Gegenteil, wir ergänzen uns. Ich mag die Jüngeren, du die Älteren, passt doch. Schau, du bist auch Jäger, genauso wie ich. Da hält sich doch auch jeder aus dem anderen seinem Revier raus. Alle helfen zusammen, keiner wildert. So musst des sehen. Eine Hand wäscht die andere, verstehst. Und wir geben uns gegenseitig Rückendeckung. Ich kann dir ein paar Tipps geben, zum Beispiel, die da gerade, die wird mir bald zu alt, in ein paar Jahren könnte sie dir gefallen. Genau. Du sagst nichts, wenn ich ein paar kleine Mädels hierherbringe, das kann dir doch ganz wurscht sein, und dafür gebe ich dir ein paar Tipps. Wir pflücken sie alle, aber nacheinander. Bei den Flüchtlingen hat man's leicht, die trauen sich sowieso nichts zu sagen.«

»Das hast dir schön ausgedacht.«

»Ist doch so. Überleg mal. Haben wir beide was davon.«

Siegfried überlegt. Er kann keinen Nachteil für sich erkennen. »Also gut. Du nennst mir ein Mädchen, das ich ohne großes Getue ficken kann, und ich geh nicht zur Polizei.«

»Nichts leichter als das. Nimm doch die Hudezeck. Die macht alles. Außerdem hat sie einen Braten in der Röhre, da ist es eh wurscht.«

Das Kind ist fast wieder unten im Dorf, als seine Mutter ihm entgegenkommt. »Wo treibst du dich wieder rum? Nie bist du da, wenn man dich braucht. Ich kann net immer dir hinterher sein. Du solltest doch für die Frau Kern die Wäsche aufhängen, hast du das vergessen? Sie hat dich schon gesucht. Wir können die doch net warten lassen, du musst gleich hin. Wir brauchen doch jeden Pfennig.«

»Tut mir leid, Mama.«

»Ist schon gut, Ingrid.«

Die ganzen Luder

Donnerstag, 13. Oktober 1994

Lieselotte Kern, sechsundachtzig, Siegfrieds Mutter, liegt im Sterben. Der alte Kern ist schon 1987 gestorben, und Ingrid ist nur noch diesen einen Tod weg von ihrem Ziel. Es geht seit Wochen dahin.

»Siegfried, Siegfried«, ruft sie mit quengelnder Stimme, aber Siegfried denkt nicht daran, hinzugehen, immer muss Ingrid zu der alten Frau in ihrem stickigen Zimmer. Gebadet hat Ingrid sie seit Langem, und gesäubert, wenn sie wieder ins Bett gemacht hat. Zaghaft hat Ingrid vorgeschlagen, einen Pflegedienst ins Haus kommen zu lassen, aber Siegfried wollte nichts davon wissen.

»Wäre ja noch schöner«, hat er gesagt, »wenn man die alte Mutter net versorgen tät.«

Mit »man« meinte er natürlich Ingrid.

Nie ist die alte Frau zufrieden mit Ingrids Diensten. »Rubbel doch net so arch«, sagt sie dann, oder: »Des schmeckt wieder mal nach nichts.« Aber es war sowieso noch nie anders. »Hat nix, kann nix«, war von Anfang an ihr Urteil über ihre Schwiegertochter. Und wenn sie mal wieder gar nicht mit Ingrids Koch- oder Putzkünsten zufrieden war, sagte sie: »A jede Fraa hätt der Bu kriegen könna, warum er g'rod die gnumma hat, weiß der Teifi. Die hätt er so aa hom kenna, wie die anneren halt aa.«

Nun naht aber ihr Ende, sie steigt gar nicht mehr aus dem Bett, sie isst kaum noch etwas, höchstens eine Hühnerbrühe, die sie trotzdem in Grund und Boden verdammt

(»Schmeckt nach eingeschlafene Füß«). Die Tage der Erniedrigungen und Missachtungen sind an einer Hand abzuzählen, bis Ingrid die unangefochtene Herrscherin im Hause Kern ist.

In der Nacht hört Ingrid sie wieder mal nach Siegfried rufen. Sie merkt an seinem Atmen genau, dass er es auch hört, aber er wird niemals zu ihr hingehen, genauso wenig, wie er zu den Kindern gegangen ist, als sie klein waren.

Ingrid steht auf und geht ins Schlafzimmer ihrer Schwiegermutter. Diese hat sich aufgesetzt, kauert da am Bettrand, ein schwitzender Koloss in einem einstmals weißen, inzwischen gelb-braunen Nachthemd, das sie sich seit einem Monat weigert zu wechseln, und schaut zitternd zum offenen Fenster.

»Hörst sie?«, fragt sie.

»Wen?«, fragt Ingrid.

»Na, die ganzen Luder doch. Die rufen nach mir. Hörst sie? Da.«

»Welche Luder?«

»Die ganzen Luder, die der Vater und der Siegfried gehabt haben. Die rufen nach mir. Ich soll kommen, sagen sie. Aber ich hab ihnen doch nichts getan. Da, schon wieder.«

Ingrid hört.

Ku-witt.

»Das ist doch bloß eine Eule, Mutter. Da sind keine Frauen. Ich mache das Fenster zu, dann hast du deine Ruhe. Leg dich wieder hin.« Ingrid schließt das Fenster und deckt ihre Schwiegermutter zu.

Am Morgen liegt die alte Frau tot neben dem offenen Fenster, mit weit aufgerissenen Augen.

Ein Schraubenzieher

Montag, 25. Juni 2018, 10:52 Uhr

Auf der hinteren Fläche des Ladas liegt eine ausgebreitete Decke mit Blutflecken vom erlegten Wild. Das Innere von Veits Auto stinkt nach Blut, rohem Fleisch, Zigaretten und ineinander verrührten tierischen und menschlichen Ausdünstungen und zeugt von Veits Junggesellendasein. Hinten liegen McDonald's-Pappschachteln, *Bild*-Zeitungen, ein undefinierbares Autoteil, leere Bierdosen, in der Mittelkonsole vor der Automatikschaltung alte Kassetten von Boney M., John Denver und S.T.S., vorne in der Ablage im Armaturenbrett leere Zigarettenschachteln, Bonbonpapiere, diverse Brillen, Stifte, ein Schraubenzieher.

Veit fährt vor zur Hauptstraße. Von ihm selbst weht eine Wolke aus saurem Schweiß und abgestandenem Bier zu Lena herüber. Von rechts kommt ein Auto, Veit bremst ab und bleibt stehen.

Lenas Handy summt. Sie holt es aus ihrer Handtasche heraus. Aha, eine SMS von Eddi. Sie öffnet sie.

Das Auto fährt vorbei in Richtung Hassberg.

Veit Angerer ist der Pädophile, der Rosi missbraucht hat, sendet Eddi.

»Vorsicht«, sagt Lena. »Links kommt was.«

Veit schaut nach links; Lena nimmt den Schraubenzieher aus der Ablage vorne und hält ihn rechts unten zwischen ihrem Sitz und der Tür.

»Da ist nichts«, sagt Veit.

»Ups, hab mich getäuscht.«

Er fährt hinaus und biegt nach rechts ab. »Gell, so ein Handy ist praktisch. Aber in meinem Alter gewöhn ich mich nimmer dran.«

Sie fahren durch den Waldstreifen, der zwischen Hassberg und Beila liegt. Veit bremst ab und biegt rechts in eine Forststraße.

»Ich dachte, du wolltest nach Beila«, sagt Lena.

»Leg das Handy daher«, sagt Veit. Er hat eine Pistole in der linken Hand, die er über den rechten Arm gekreuzt auf Lena gerichtet hält. Er muss sie aus dem linken Seitenfach geholt haben. Mit der Pistole zeigt er auf die Mittelkonsole. »Daher«, sagt er.

Ich muss jetzt so reagieren, als wüsste ich nicht, dass Veit für Rosis Tod verantwortlich ist, denkt Lena. »Leg doch die Pistole weg, Veit«, sagt sie. »Was soll das?«

»Leg du das Scheißding daher. Das Handy. Ich sag's nicht noch einmal.«

»Wenn's meinst.« Sie legt das Handy in die Konsole zwischen den Kassetten. »So ein Quatsch. Deswegen brauchst mich nicht mit einer Pistole zu bedrohen.«

Sie nähern sich auf dem Waldstreifen einem grünen Mülleimer an einer Metallstange. Veit hält das Auto daneben an, wechselt die Pistole in die rechte Hand, mit der linken kurbelt er das Seitenfenster herunter, nimmt das Handy und wirft es in den Mülleimer.

Ku-witt.

»Was soll das?«, fragt Lena.

»Ich hol's nachher wieder«, sagt Veit und fährt wieder an auf der holprigen, ansteigenden Forststraße.

»Nach was?«, fragt Lena.

Veit sagt nichts. Inzwischen hält er die Pistole in der rechten Hand und auf Lenas Kopf gerichtet.

Die Straße ist zur Mitte hin gewölbt und mit Splitt bedeckt, wo Regenwasser Löcher und Rinnen ausgehöhlt hat; links und rechts sind tiefe Gräben, auf beiden Seiten flitzen Bäume vorbei, Fichten, Buchen, Eichen, Birken. Lena kennt den Weg; er führt durch den Wald hinauf auf die Michaelshöhe.

»Es hat alles keinen Sinn«, sagt Veit. »Du willst doch zur Polizei gehen. Wegen dem Roy.«

»Ja, und? So wichtig ist das auch nicht. Ich muss auch nicht hin. Legst du jetzt bitte die Pistole weg?«

»Ach. Komm. Es hat doch alles keinen Sinn. Tu nicht so. Auch wenn du versprichst, dass du nicht hingehst, hat es keinen Sinn.«

»Hör auf mit deinem keinen Sinn. Es hat nur keinen Sinn, wenn du etwas mit seinem Verschwinden zu tun hast.«

»So ist es. Schlaues Mädchen. Zu schlau.«

»Geh zu. Wie schlimm kann es sein. Du wirst doch den Roy nicht umgebracht haben.«

»Doch. Mit dem Siegfried. Der Roy hat sich eingemischt.« Er haut mit der linken, flachen Hand auf das Lenkrad, als ob das jeder einsehen müsste, dass das Grund genug sei. »Genauso wie du. Da oben, wo wir jetzt hinfahren, da liegt er begraben.« Veit deutet mit der Pistole durch die Frontscheibe, dann richtet er sie wieder auf Lena.

»Du machst Witze«, sagt sie.

»Ich mache keine Witze. Glaubst du, das hier ist ein Witz?« Er fixiert Lena mit seinen wässrigen Augen und wackelt mit der Pistole. Das Auto schwenkt nach links. Veit langt mit seiner Pistolenhand ins Lenkrad und reißt das Auto wieder herum. Dann richtet er die Pistole erneut auf Lena.

Wenn du das noch mal machst, greife ich zu.

»Mensch! Pass auf die Straße auf! Oder fahr langsamer«, sagt sie. »In was hat der Roy sich eingemischt?«

»Na, in unsere Mädelsgeschichten halt. Ich mag die Jüngeren, Siegfried die Älteren. Es ist halt so.«

Mädelsgeschichten. Es ist halt so.

»Wir halten zusammen«, fährt Veit fort. »Siegfried und ich. Roy hat sich eingebildet, er kann die Rosi vor dem Siegfried schützen. Dabei war es schon zu spät. Ich war schon da.«

Du warst schon da. Lena merkt die Wut in ihrem Bauch wie Magensäure steigen.

»Der Siegfried hat das Grab mit dem Minibagger damals schon ausgehoben gehabt, bevor der Roy gekommen ist.« Aus Veits Mund kommt ein Geräusch, das irgendwo zwischen Kichern und Weinen liegt. »Damals hat er mir Bescheid gesagt, was der Roy vorgehabt hat. Diesmal war's ich. Gestern Nacht war ich beim Siegfried und hab ihm von deinem Plan erzählt.«

Jetzt merkt Lena, dass es nichts mehr nutzt, so zu tun, als ob sie von nichts weiß. Veit hat ihr zu viel erzählt. Sie muss sich etwas anderes einfallen lassen. Aber was?

Vorne, auf der Anhöhe, ungefähr dreihundert Meter weiter, steht ein schwarzer Mercedes-Geländewagen.

»Auf den Siegfried ist Verlass«, sagt Veit und drückt aufs Gas. Das Auto fährt über ein Schlagloch und schlingert. »Der hilft zu mir; ich zu ihm. Wir teilen uns immer alles. So haben wir das damals auch gemacht.«

»Das ist ja verrückt. Ihr habt doch keine Chance.«

Veit lacht müde. »Du lässt uns gar keine andere Wahl. Du bist wohl selber schuld.«

»Das ist trotzdem verrückt. Es wissen so viele Leute, dass ich hier bin. Das fliegt doch auf!«

»Tja. Eins steht fest: Ich gehe nicht in den Knast. Ich weiß, was die mit unsereins da machen. Damals mit dem Roy ist es auch gut gegangen. Bis du gekommen bist. Mensch.« Veit schnieft. »Außerdem haben wir einen anderen Plan.«

Zweihundert Meter noch zu Siegfried.

»Ich kann halt nix dafür«, winselt Veit. »Es überkommt mich. Mensch, hättst halt deine Nase nicht überall reingesteckt. Jetzt haben wir wieder so einen Riesenaufwand wie damals mit dem Roy. Heute musste ich früh raus, um den Anlasser aus deinem Auto auszubauen, ich habe ja nicht gewusst, wann du fahren willst. Da hinten liegt er, du hast ihn gar nicht erkannt, gell? Ihr Frauen denkt, das Auto fährt von alleine.« Er lacht grimmig. »Nachher muss ich ihn wieder einbauen. Dich können wir freilich nicht einfach so verschwinden lassen, das ist klar. Ganz schöne Kratzer hab ich in der Motorhaube mit dem Schraubenzieher gemacht, aber du hast natürlich nicht hingeschaut. Da müssen wir uns etwas einfallen lassen, um davon abzulenken, irgendwie ein Aufprallschaden oder so was.« Sein Lacher endet in einem Kiekser; es klingt, als ob er daran erstickt.

Der Schraubenzieher. Hoffentlich merkt er nicht, dass er nicht mehr vorne in der Ablage liegt. Was ist der andere Plan?

»Stundenlang habe ich im Jägerstand gewartet. Und alles, weil IHR EUCH ÜBERALL EINMISCHT! Gott, mir wird das alles zu viel.« Er lässt das Lenkrad kurz los, um mit der Hand seine Nase abzuwischen. »Meinst du, ich will so sein?«

Jetzt ist es Lena klar, dass Veit sie tatsächlich umbringen will, auch wenn er erwischt wird. Er sieht keinen anderen Ausweg. Und er ist wie ein Kind; er bringt sich jetzt in Rage, er gibt Lena die Schuld dafür, dass er sie umbringen muss.

Der Max war auch immer am wütendsten, wenn er genau wusste, dass er selbst die Schuld an etwas hatte.

Was ist der andere Plan? Hier in seinem Auto ist sie noch sicher, hier wird er sie nicht erschießen. Es wäre zu gefährlich, gäbe ein Einschussloch irgendwo, wäre zu schmutzig, Blut, Gewebe, Gehirn. Zu zweit werden sie es tun; Veit und Siegfried. Aber wie?

Wie auch immer, wenn Lena ihren Plan durchkreuzen will, dann jetzt, bevor die beiden zusammenkommen.

Veit ist sowieso auf der Kippe, sie muss ihn drüberschubsen. Ihn so provozieren, dass er einen Fehler macht. Und zwar gleich; weit genug weg von Siegfried. Hundertfünfzig Meter sind es nur noch.

Also nicht zehnerlesweise, sondern gleich kübelweise und überfallartig.

Und dann kommt es ihr. Die Kirschenallee. Wo Ingrid nie durchlaufen wollte.

»Weiß eigentlich der Siegfried, dass du seine Frau als Kind missbraucht hast? Weiß er das?«

»DU HÄLTST DICH DA RAUS!«

»Gell, das weiß er nicht. Dachte ich mir. Mal schauen, was er dazu sagt.«

Veit japst, schreit auf, spannt den rechten Arm mit der Pistole, schaut zu Lena, als ob er zielt, das Auto macht einen Schlenker, fährt in ein Schlagloch und rumpelt wieder raus. Veit und Lena prallen gegen ihre Sicherheitsgurte, Veits Pistolenhand wird nach vorne, zur Scheibe geschwenkt. Lena greift sie mit der linken Hand; mit der rechten sticht sie mit dem Schraubenzieher wild in Richtung Veits Gesicht. Der Schraubenzieher bleibt in etwas stecken, Veit heult auf, es knallt, er hat geschossen, aber nach vorne. Die Scheibe zerspringt, Wind braust durch das Loch. Lena sieht den rechten Straßengraben auf sie zurasen und stützt sich mit den Händen gegen das Armaturenbrett. Das Auto kracht in den Graben, das Armaturenbrett kommt Lena entgegen und haut ihr auf die Stirn, trotz ihrer stützenden Hände, dann prallt ihr Nacken zurück gegen die Kopfstütze.

Die Motorhaube ist zusammengedrückt und verkrümmt; Dampf steigt daraus hoch. Neben Lena stöhnt Veit.

»Scheiße, Scheiße, Scheiße! Mein Auge! Ach Gott, ach Gott, ach Gott. Muss denn alles immer so sein?« Er weint.

Der Schraubenzieher steckt bis zum Schaft in seinem rechten Auge; Blut quillt dickflüssig daraus und fließt über seine Wange. Der Aufprall gegen das Lenkrad hat den Schraubenzieher anscheinend weiter in seinen Kopf hineingestoßen. Seine rechte Hand wandert über sein Gesicht und ist auch voller Blut. Die Pistole ist zwischen Veits Sitz und die Mittelkonsole gefallen, der schwarze Lauf schaut hervor. Lena versucht sie herauszuholen, aber sie ist eingeklemmt.

»Mach deine Hand weg«, sagt sie.

Veit legt seine Hand in den Schoß. Inzwischen blubbert er wie ein kleines Kind, und Tränen mischen sich in das Blut in seinem Gesicht.

Lena nimmt den Schraubenzieher mit der rechten Hand, mit der linken drückt sie gegen seine Stirn. Sie zieht den Schraubenzieher langsam heraus. Es knirscht, und das Blut rinnt in noch kräftigeren Schüben über sein ganzes Gesicht. Veit schreit wie ein gestochenes Schwein, kurze, gestoßene Japser.

»So, das hätten wir«, sagt Lena, wie sie es früher zu einem verletzten Kind gesagt hätte. Sie wischt das Blut vom Schraubenzieher am Sitz ab, schiebt ihn durch den Abzugsbügel und holt die Pistole heraus. Sie liegt schwer und ölig in ihren Händen.

»Siehst du was?«, fragt sie den Veit.

»So gut wie nichts.«

»Das ist gut.« Lena macht den Sicherheitsgurt auf und steigt mit der Pistole aus dem Auto. Ihr einziger Gedanke ist zurückzulaufen und das Handy zu holen. Wie weit kann es sein? Ein halber Kilometer? In den Filmen stecken sie immer die Pistole in den Gürtel hinten hinein. Das ergibt Sinn, wenn man die Hände braucht; Lena macht es nach. Dann klettert sie auf allen vieren die Böschung hinauf. Irgendetwas stimmt mit ihrem rechten Knie nicht; es kippt immer wieder um. Sie greift nach einem Büschel Gras, um sich hochzuziehen, und Schmerzensblitze durchfahren ihre rechte Hand. Sie steht auf; ihr Kopf wird plötzlich blutleer und sie stürzt auf den Splitt. Sie fängt sich gerade noch mit den Handflächen und Knien auf, ihre Jeans wird aufgerissen, kleine Kiesel stecken in ihren Händen und Knien. Sie blutet.

»Ach Gott, hilf mir halt«, jammert Veit hinter ihr.

»Mach nicht so ein Gewese«, sagt Lena. »Sei froh, dass du noch lebst.«

Sie steht auf und schaut nach vorne. Siegfrieds Auto steht immer noch auf der Anhöhe.

Weglaufen ist wohl keine Alternative mehr. Dann wäre es schlauer gewesen, unten im Graben zu bleiben. Sie holt die Pistole heraus und betrachtet sie. Wahnsinnig schwer; sie braucht beide Hände. Veit hat schon einmal geschossen, also ist das Ding wohl entsichert.

Das ändert alles

Montag, 25. Juni 2018, 10:27 Uhr

Das ändert alles.

Ingrid sitzt wieder im Sessel im Wohnzimmer. Hannah ist oben in ihrem Zimmer und spielt mit Stoffwalter und Plastikwalter, und Lars ist wieder nach Hause gegangen.

Wenn Lars nicht gewesen wäre, hätte das Arschloch Veit Hannah in seinen Drecksgriffeln gehabt, wenn nicht heute, dann in den nächsten Tagen. Siegfried sollte das verhindern und er hat versagt. Weil er es vergessen hat, oder weil es ihm egal ist. Weil für ihn nur er selbst zählt. Das war schon immer so und wird sich nie ändern. Ingrid hat zwischendurch etwas anderes geglaubt, oder auf etwas anderes gehofft, aber sie hat sich getäuscht.

Das ändert alles.

Ingrid wird nie zulassen, dass es so weit kommt. Veit wird niemals Ingrids Enkelin Hannah missbrauchen, wie er Ingrid missbraucht hat. Sie fühlt einen unbändigen Hass in ihrem Bauch aufbrodeln, der rausmuss, wie Kotze. Eher bringt sie ihn um. Der stille Vertrag ist gebrochen.

Ach Quatsch. Es gab nie einen Vertrag. Es gab nur eine Hoffnung, eine Illusion, eine einseitige, die zerstört wurde.

Egal.

Das ändert alles.

Wo ist Siegfried? Sein Handy ist aus. Warum ist Veit gestern Nacht zu Siegfried gegangen, wie es Lars erzählt hat? Ingrid hat hier übernachtet, im Gästezimmer, und hat nichts davon mitbekommen. Was ist das für eine komische

Symbiose zwischen Siegfried und Veit? Das begleitet Ingrid schon ihr ganzes Eheleben lang, es war eins der Dinge, die sie nie näher betrachten wollte, einer der Steine, den sie nie umdrehen wollte, damit sie das Ungeziefer darunter nicht aufdeckt, und genau das muss sie jetzt tun.

Ingrid setzt sich gerade hin und faltet die Hände in ihrem Schoß zusammen. Siegfrieds und Veits Beziehung geht darüber hinaus, dass sie benachbarte Jagdreviere haben.

Warum ist Veit der einzige Mensch, über den Siegfried nie ein böses Wort verloren hat? Auch nie ein gutes, nichts. Siegfried hat nie über Veit geredet.

Wie war das damals? Als Silvia zu krabbeln anfing.

– Wir müssen aufpassen, dass sie nicht zu weit in die Kirschenallee geht. Der Angerer ist ein ganz Perverser, das weißt du, ja?

– Ja.

– Das ist mein Ernst, sie darf ihm nie in die Hände fallen.

– Ja, doch.

– Sorgst du dafür?

– Mensch, ja, habe ich doch schon gesagt.

So war's ungefähr. Siegfried wollte einfach nicht darüber reden.

Bei Silvia hat's geklappt, da ist sich Ingrid sicher. Und warum dann nicht bei Hannah? Wie kann Siegfried so etwas vergessen?

Das ändert alles.

Was verbindet die zwei? Warum hat Veit ihnen immer wieder erschossene Rehe oder Wildschweine in ihre Garage gelegt? Ingrid musste sie dann zubereiten; sie selber konnte keinen Bissen davon essen, bei der Vorstellung davon, wo Veits Hände davor überall gewesen sind, aber das Fleisch war erstklassig.

Siegfried hat keine Freunde, er hat Männerbekanntschaften, die er ausnutzt, weil die Männer in irgendeiner Weise von ihm abhängig sind, oder er kennt Männer in wichtigen Ämtern, bei denen er sich einschleimt.

Was schulden sich die zwei gegenseitig?

Hängt es mit Lena zusammen? Lena hat auf dem Falkensteinfeuer erfahren, dass Siegfried weitere Frauen vergewaltigt hat.

Von wem?

Wer ist das Mädchen, das mit Lena zur Polizei geht? Lena glaubt anscheinend, dass Ingrid es nicht herausfindet. Aber es ist gar nicht so schwer. Niemand kennt Siegfried besser als sie. Es muss aus aktuellem Anlass sein. Das Falkensteinfeuer. Irgendetwas ist da passiert. Ach, ja. Vorgestern ist Siegfried mit einer schrecklichen Laune vom Aufbau nach Hause gekommen und hat geschimpft auf ... auf wen? Auf irgendein Mädchen, das *rotzfrech* gewesen sein soll. Ein Mädchen, das *sich Wunder was einbildet, wer sie ist*. Sie hat *einfach den letzten Trumm Holz auf die Turmspitze gestellt*, ohne den Siegfried zu fragen, obwohl er das schon immer selbst gemacht hat, so war es. Und dann *eine freche Klappe gehabt*. Aus einer Familie, zu der Siegfried *immer gestanden* hat, und *das ist der Dank dafür*. Aus einer Familie, der Siegfried *immer geholfen* hat, *seitdem der Vater gestorben ist*. Aha. Vater gestorben. Wer war das jetzt wieder? Zagel hieß er. Siegfried hat den Wald von ihm gekauft, oder von seiner Witwe, ganz billig, wenn Ingrid sich richtig erinnert.

Also Zagel. Ingrid steht auf, holt das Telefonbuch und blättert.

Eine Viertelstunde später steht sie mit Melanie auf dem Wanderparkplatz unterhalb von Hassberg. Mit Melanies

Bulldog sind sie hergefahren, nachdem Melanie von ihren Sorgen wegen Lena am Telefon erzählt hat. »Sie hat versprochen, dass sie mich vor zehn Uhr abholt. Jetzt ist es gleich elf. Irgendetwas stimmt da nicht. Ich glaube nicht, dass Lena nicht zu ihrem Wort steht.«

Jetzt zeigt Melanie auf die Kratzspuren vorne am Auto. »Die Haube ist aufgebrochen worden.« Sie macht die Haube auf und rastet den Halter ein. »Und der Anlasser ist ausgebaut worden. Da.«

»Warum macht jemand so was?«, fragt Ingrid.

»Ja, damit das Auto nicht fährt, natürlich. Aber warum?« Melanie beantwortet ihre eigene Frage. »Damit sie das nicht tut, was sie vorhatte. Damit sie nicht zur Polizei fährt. Und wer hat ein Interesse daran? Ihr Mann.« Melanie schaut sich um. »Und wo ist Lena?«

»LENA!«, ruft Ingrid.

Ku-witt.

»Wenn sie nicht hier ist und nicht im Dorf ... Dann muss sie jemand mitgenommen haben. Hier.«

»Hat jemand sie abgeholt? Der andere, der Eddi? Hat er sie nach Hause gefahren?«

»Nee. Dann würde ihr Koffer nicht hier stehen. Es muss dieselbe Person sein, die den Anlasser ausgebaut hat. Das muss der ganze Sinn der Sache sein. Das Auto sollte nicht starten, damit Lena abgeholt werden muss.«

»Ihr Mann?«

»Der hat keine Ahnung von Autos.« *Aber der Angerer ist Kfz-Mechaniker.*

»Und woher sollte derjenige wissen, dass Lena hier ist?«

»Weil er es sieht. Weil er es beobachtet. Zum Beispiel von dem Jägerstand da drüben. Wissen Sie, wem der gehört?«

»Mein Gott«, sagt Ingrid. »Das gibt es doch nicht.«

Doch die Lerche

Montag, 25. Juni 2018, 11:42 Uhr

Ku-witt.

Lena steht auf der Forststraße neben dem Straßengraben und schaut zu Siegfrieds Auto oben auf der Anhöhe. Die Sonne scheint durch die Rückscheibe. Siegfried ist nur als schwarzer Umriss erkennbar. Er trägt tatsächlich einen Dreispitzhut. Auf der Straße zurückzulaufen hat keinen Sinn; er kann sie jederzeit mit seinem Auto einholen. Sie müsste in den Wald laufen, aber ihr rechtes Bein knickt ein, sie würde nicht weit kommen, und die Böschung kommt sie sowieso nicht hinunter. Vorne, ungefähr fünfzig Meter weg, führt ein unbefestigter, zugewachsener Weg in den Wald, da kann er mit seinem Auto nicht fahren. Aber um dahinzukommen, müsste sie ihm erst einmal entgegenlaufen, und da könnte er sie ebenfalls leicht einholen.

Aus dem Wagen im Graben neben ihr steigt vorne zischend Dampf auf und vom Fahrersitz wechseln sich winselnde Geräusche, laute Schreie und Geschimpfe von Veit ab.

»Hilf mir doch, ich sehe fast nichts. Ist denn niemand da? Eine Welt haben wir beieinander, ach Gottla na.«

Es hört sich ganz weit weg an, als wäre Lena in Watte verpackt.

Die Tür von Siegfrieds Mercedes geht auf. Siegfried steigt aus und hält etwas vor sein Gesicht. Ein Fernglas natürlich. Gegen den blauen Himmel abgezeichnet gibt er eine ikonische Jägersilhouette ab: Filzhut, Lodenmantel, ein Gewehr baumelt seitlich.

Bei der Hitze.

Du Gockel, denkt sich Lena.

Er bleibt eine Zeit lang so stehen, dann setzt er das Fernglas wieder ab und schaut weiter zu ihr. Er scheint nachzudenken.

Fahr doch einfach zurück! Lass mich hier stehen! Dann überleben wir vielleicht wenigstens alle.

Er winkt. Warum winkt er? Zum Abschied? Er steigt wieder in sein Auto. Lena hört, wie er es anlässt. Er dreht sich nach hinten, einen Arm über dem Rücksitz. Er will rückwärtsfahren, ja! Nein, er dreht sich wieder nach vorne und fährt los. Er hat nur geschaut, ob jemand kommt. Sein Mercedes fährt gemächlich den Hang hinunter, auf den Bodenwellen gleitend wie ein Surfbrett im leichten Seegang. Nur noch fünfzig Meter, an dem Waldweg vorbei, der von rechts herkommt aus Richtung Hassberg, vierzig Meter. Siegfried ist hinter der Scheibe deutlich zu sehen, er kauert über dem Lenkrad, anscheinend voll auf Lena konzentriert.

Wie machen die das in den Filmen mit dem Schießen? In beiden Händen halten, etwas in die Knie gehen, Beine auseinander. Dreißig Meter, zwanzig. Lena zielt auf die Windschutzscheibe. Etwas mehr rechts, wo Siegfrieds Gesicht sich abzeichnet ... sie drückt ab. Ein lauter Knall, die Pistole schlägt nach oben aus und zurück, ein Schmerzensstich durchfährt ihr rechtes Handgelenk. Sie lässt die Pistole fallen, die ihr auf den rechten Oberschenkel kracht, der Oberschenkel kippt plötzlich weg, und sie fällt seitlich auf die Straße, zuerst auf das rechte Knie, dann auf die rechte Schulter und auf das Gesicht, weil sie sich mit ihrer rechten Hand nicht abstützen kann. Alles dreht sich in ihrem Kopf.

Sie hört Siegfrieds Auto anhalten, die Tür aufgehen, und Fußschritte knirschen über den Splitt.

Sie bringt sich mühsam in eine Sitzposition und schnauft. Blut läuft ihr aus der Nase. Siegfried kommt auf sie zu. Er ist nur noch zehn Meter weg und trägt ein Gewehr, das er auf sie richtet. Um die Schulter hat er ein Seil gehängt.

Er schaut in Veits Auto. »Veit? Was ist los?«

»Ich glaub, ich sterbe«, stöhnt Veit. »Die Sau hat mich abgestochen.«

»Depp«, sagt Siegfried. »Nicht einmal das bringst fertig. Wenn man nicht alles selber macht. Wie soll ich sie jetzt an den Baum binden?«

Von Veit kommt nur noch Stöhnen.

»Servus, Lena«, sagt Siegfried. »So sieht man sich wieder. Das hat jetzt wohl alles sein müssen, oder? Hättest du nicht einfach wegbleiben können? Hättest mir und dir einen Haufen Ärger erspart. Kannst mir glauben, mir fällt das alles auch nicht leicht.«

Lena schaut um sich. Wo ist die Pistole? Da, einen Meter nach rechts.

»Na, die nehme ich lieber zu mir«, sagt Siegfried, bückt sich und hebt die Pistole auf. »Es könnte ja was passieren. Hast schon genug Krach gemacht. Schießt mit dem Ding hier rum und hast wahrscheinlich gar keinen Waffenschein. So, jetzt muss ich dich noch in den Wald bringen.«

»Warum willst du mich an einen Baum binden?«, fragt Lena. »Willst mich verhungern lassen? Nee, oder? Würde wohl zu lange dauern. Ach, jetzt weiß ich's. Du willst mich an einen Baum binden, aus angemessener Ferne erschießen, abbinden und die Sache als Jagdunfall melden. Stimmt's?«

»Schlau«, sagt Siegfried. »Mir ist in der kurzen Zeit nichts Besseres eingefallen. Oder hast du eine bessere Idee?«

»Ja. Lass mich gehen.«

»Das hättest gerne. Das hättest du dir vorher überlegen müssen.«

»Du weißt aber schon, dass das nicht gut gehen kann. Überleg doch mal. Das ist ein Unterschied, ob du wegen Vergewaltigung ins Gefängnis kommst oder Mord. Du hast heute noch nichts verbrochen. Der Veit geht auf meine Kappe. Hör jetzt einfach auf. Ruf einen Krankenwagen und einen Notarzt für den Veit an.«

»Es ist zu spät. Du lässt mir keine andere Wahl. Dann wäre das alles hier kaputt. Ich hab's mir hin und her überlegt. Ich kann dich nicht laufen lassen. Es ist das Gleiche wie beim Roy. Ich muss es probieren, ich muss es durchziehen. Damals ist es auch gut gegangen. Jetzt mach es mir nicht so schwer, es passiert sowieso. Ob hier auf der Straße oder im Wald, das kann dir egal sein.« Er bückt sich zu ihr und streckt ihr seine Arme entgegen.

Lena reicht ihm ihre linke Hand. Er zerrt sie hoch und zu sich, sie nimmt den Schwung der Bewegung in sich auf und zieht ihn zu sich. Im letzten Moment dreht er sein Gesicht weg, sodass sie nur noch in sein rechtes Ohr beißen kann. Sie drückt ihre Kiefer so fest zusammen, wie sie nur kann, und merkt, wie ihre Zähne durch das knorpelige Fleisch dringen und zusammentreffen. Er jault auf wie ein Hund, schlägt ihr mit der rechten Faust gegen den Kopf, sie fliegt weg, lässt aber das Ohr nicht los und reißt den Lappen mit heraus. Er schlägt sie noch mal, sodass sie auf den Rücken fällt.

Sie spuckt den blutigen Ohrlappen aus.

»Scheiße«, sagt er und tastet sich das rechte Ohr ab. Es hängen nur noch Fetzen daran. Blut rinnt ihm in den Hals.

»Ja«, sagt Lena und spuckt ein paarmal. »Da siehstes mal. So ungefähr fühlt sich das an. Nur viel schlimmer.«

»Du blöde Fotze. Gut, dann doch hier. Mir ist es jetzt wurscht.« Er nimmt das Gewehr von seiner Schulter und richtet es auf Lena.

Hinter ihm, von dem Waldweg von rechts, fährt ein grüner Fendt-Traktor hinaus auf den Forstweg und bleibt stehen. Siegfried dreht sich um. Zwei Frauen sitzen auf dem Traktor; eine Fahrerin und eine Beifahrerin auf dem linken Kotflügel, die mit dem Rücken zu Lena und Siegfried sitzt. Die Fahrerin deutet über die andere Frau hinweg zu ihnen, die Beifahrerin dreht sich um, der Traktor biegt links ab und kommt auf die beiden zugefahren.

»Du bist zu spät«, sagt Lena zu Siegfried. »Du hast es verpasst.«

Der Traktor bleibt ein paar Schritte hinter Siegfried stehen und schnauft sich aus wie ein sterbender Drache. Die zwei Frauen steigen ab. Es sind Ingrid und Melanie.

»Was ist denn hier los?«, fragt Ingrid.

»Sie hat den Veit umgebracht«, sagt Siegfried und deutet aufs Auto im Graben.

»Nicht ganz, glaube ich«, sagt Lena und bringt sich in Sitzposition.

Melanie hilft ihr auf die Füße.

»Und wenn«, sagt Ingrid. »Weißt du, dass der mich als Kind missbraucht hat?«

Siegfried schüttelt den Kopf.

Ingrid nickt und schürzt die Lippen, als ob sie gerade etwas Ekelhaftes hinuntergeschluckt hätte. »Und weißt du, dass er vorhatte, die Hannah zu missbrauchen? Dein Enkelkind?«

»Nee.«

»Aber es war dir auch nicht wichtig, oder?«

Siegfried sagt nichts.

»Die zwei haben 1984 den Roy umgebracht«, sagt Lena. »Den Rüdiger Nickel. Weil er die Rosi vor ihnen schützen wollte, die Rosi, Helgas Tochter. Irgendwo da oben haben sie ihn verscharrt, in Siegfrieds Wald.«

»Scheiße«, sagt Ingrid. »Ist das wahr?«

Siegfried macht eine wegwerfende Bewegung mit seiner rechten Hand. »Ach«, sagt er.

»Aber Roy war zu spät«, fährt Lena fort. »Veit hatte sie schon missbraucht. Wahrscheinlich jahrelang.«

»Nicht nur sie«, sagt Ingrid.

»Das ist auch der Grund, warum Rosi sich umgebracht hat«, sagt Lena. »Und warum Helga in der Nervenheilanstalt in Bamberg ist.«

»Und was wolltest du jetzt machen?«, fragt Melanie Siegfried. »Lena umbringen? Weil dann musst du auch mich umbringen. Eigentlich musst du uns alle drei umbringen.«

»Ja, darunter geht es nicht«, sagt Lena. »Weil ich sonst heute zur Polizei gehe.«

»Und ich auch«, sagt Melanie.

»Und ich gehe mit«, sagt Ingrid. »Wegen dem Veit, dem Arschloch.«

»Und überhaupt«, sagt Melanie, »was stehen wir hier rum?« Sie holt ihr Handy aus der zugeknöpften Brusttasche ihrer Bluse und wählt. »Mein Name ist Melanie Zagel«, spricht sie hinein. »Ich stehe hier auf der Forststraße, die vom Wanderparkplatz unterhalb von Hassberg zur Michaelshöhe führt. Hier ist ein schlimmer Unfall passiert. Ein Auto mit einem Schwerverletzten liegt im Straßengraben. Außerdem steht hier ein Mann mit einem Gewehr und bedroht drei Frauen. Er heißt Siegfried Kern und der Schwerverletzte heißt Veit Angerer, beide aus Hassberg. Wir brauchen einen Krankenwagen und einen Notarzt. Und die Polizei. Danke, Wiederhören. So. Erledigt.« Sie steckt das Handy wieder weg und läuft die Böschung hinunter zum Auto. »Er rührt sich nicht«, ruft sie. »Ich glaube, er ist wirklich tot.«

Siegfried senkt den Knauf des Gewehrs. »Mir ist alles egal«, sagt er. »Macht doch, was ihr wollt.«

»So was Bescheuertes«, sagt Ingrid. »Reicht es nicht, dass du deinen Schwanz nicht in den Griff kriegst? Musst du auch noch Leute umbringen?«

Ku-witt.

Siegfried sagt nichts, er schnauft tief, schaut zu Boden, wischt sich den Mund ab. Er lässt das Gewehr fallen. Dann hebt er den Kopf und schaut um sich in den Wald. Es ist auf einmal still, man hört nur das ferne Summen von Bienen. Dazwischen erhebt sich auf einmal Vogelgezwitscher. Siegfried richtet seinen Blick in den Himmel. »Es ist nicht der Waldkauz«, sagt er. »Es ist eine Lerche. Hört ihr das?« Er holt Veits Pistole aus seiner Manteltasche. Er betrachtet sie, nickt und schaut hoch zu Ingrid. Sein Blick ist unergründlich. Lena und Melanie schauen ebenfalls zu Ingrid.

Sie blickt einen Augenblick lang zurück auf Siegfried, dreht sich dann wortlos um und läuft die Forststraße hinunter in Richtung Hassberg.

Ku-witt.

»Was soll's«, sagt Siegfried, setzt den Lauf der Pistole an seine Schläfe und drückt ab.

Epilog

Donnerstag, 28. Juni 2018

»Sie hat sich nicht einmal umgedreht«, sagt Lena.

»Wahnsinn«, sagt Eddi. »Hast du sie seitdem mal gesehen?«

»Nein.«

»Sie wird dir das nie verzeihen.«

»Kann sein.«

»Auf den Veit hätten sie im Krankenhaus aufpassen müssen. War doch klar, dass er suizidgefährdet ist. Und ihm dann noch ein Zimmer im fünften Stock geben. Obwohl, wenn er den Schraubenzieher im Auge überlebt hat, hätte er den Sturz auch überleben können.«

»War halt nicht.«

»Er war halt keine Katze mit sieben Leben, meinst.«

»Bitte, Eddi, jetzt keine Witze.«

»Okay, tut mir leid.«

»Erzähl mir von der Beerdigung heute.«

»Ein Riesending. Alle da, Landrat, Stadtrat von Haßfurt, Posaunenchor, Feuerwehr, Jungbauern. So eine große Beerdigung hat Hassberg noch nie gesehen, hat's geheißen. Kirche proppenvoll, eine Riesenmenge Menschen außen rum.«

»Und die Ingrid?«

»Sehr gefasst. Wahnsinnig gefasst. Nur noch gefasst. Gefasster geht nicht. Die Pfarrerin war betroffener, möchte ich sagen.«

»Und die Predigt?«

»Hat sie ganz gut hingekriegt, also die Pfarrerin, mit viel ›Richtet nicht, damit ihr nicht gerichtet werdet, und der werfe den letzten Stein‹ und so.«

»Den ersten.«

»Wie?«

»Es heißt ›Wer unter euch ohne Sünde ist, der werfe den ersten Stein.‹«

»Ach so. Und mit Splitter in Nachbars Auge und Balken im eigenen – ich mache jetzt extra keine Witze über Schraubenzieher in Nachbars Auge ...«

»Oh.«

»Ach, Lenalein. Es tut mir leid. Nicht weinen. Wo du doch so tapfer warst.«

»Seine letzten Worte sind mir gerade eingefallen.«

»Wessen?«

»Siegfrieds. ›Was soll's‹, hat er gesagt. Ist das nicht traurig? Und wie er geschaut hat. Wie wenn er alles noch mal genau sehen wollte. Den Himmel, den Wald. Diese Lerche. Ich glaube, er hat ihn wirklich geliebt, den Wald. Das war wahrscheinlich das Einzige, was er geliebt hat.«

»Außer sich selbst.«

»Ja.«

»Frau Matysek kann euch jetzt sehen«, sagt die Schwester.

Eddi hilft Lena aufzustehen. Ihr rechter Fuß und ihre rechte Hand sind eingegipst und sie hat eine Krücke. Damit humpelt sie mit Eddi in Helgas Zimmer.

»Da sind wir«, sagt Eddi. »Ich habe ja gesagt, das nächste Mal bringe ich die Lena mit.«

»Das haben Sie nicht gesagt«, sagt die Frau neben der Tür.

»›Vielleicht‹, haben Sie gesagt«, sagt die Frau in der Mitte.

»Lena«, sagt Helga. Sie schaut genauso verhutzelt aus wie letzte Woche, aber ihre Augen glänzen.

»Hallo, Helga«, sagt Lena.

»Kommst du ins Bett kuscheln?«

»Das macht die immer so«, sagt die erste Frau.

»Die meint das nicht so«, sagt die zweite.

»Wir kommen alle zwei kuscheln«, sagt Eddi.

Es gibt in diesem Roman Parallelen zu den Vorfällen in Eschenau, die 2007 durch mutige Frauen publik wurden. Dieser Roman ist aber fiktiv, die Figuren sind frei erfunden.

Danksagung

Ich möchte mich ausdrücklich bei Stephan Naguschweski für das umsichtige Lektorat bedanken. Danke auch an Chris und Uschi.